Le Pot aux roses

Petits Crimes et Jardin Secret
Tome 2

H. Y. HANNA

Traduit de l'anglais (britannique)
par Diane Garo

City
Roman

Retrouvez tous les titres City Éditions :

www.city-editions.com

Ce livre est une œuvre de fiction. Les noms, les lieux, les personnages et les événements relatés sont le fruit de l'imagination de l'auteure ou sont utilisés à des fins de fiction. Toute ressemblance avec des faits réels, des lieux ou des personnes existantes ou ayant existé ne saurait être que pure coïncidence.

Édition originale parue sous le titre *Silent bud deadly*
(*English Cottage Garden Mysteries ~ Book 2*)

ISBN : 978-2-8246-2899-8
Code Hachette : 72 2318 6

Collection dirigée par Christian English & Frédéric Thibaud
Catalogues et manuscrits : city-editions.com

Dépôt légal : Mai 2025

Chapitre 1

Poppy Lancaster se redressa en gémissant, la main sur son dos douloureux. Elle avait l'impression qu'elle ne pourrait plus jamais se tenir droite. Avec précaution, elle fit pivoter ses épaules, essayant de soulager la tension, et grimaça lorsqu'une douleur sourde naquit le long de sa colonne vertébrale. *Aoutch !*

Elle jeta un regard abattu aux raisons de son état : des mauvaises herbes, partout. Dans le jardin, entre les pavés, parmi les buissons, étouffant toutes les fleurs… Elle leur faisait la guerre depuis le début de la matinée, armée d'une binette et d'un couteau désherbeur, mais elle en arrivait à se dire que c'était peine perdue.

Avec un soupir, Poppy se pencha à nouveau et tira sur une touffe verte têtue coincée entre deux grosses pierres. Les feuilles se détachèrent de la base, laissant la racine fermement ancrée dans le sol.

— Aarrghh ! grogna Poppy, frustrée.

Elle s'accroupit plus près de la mauvaise herbe et grimaça lorsque les muscles de ses cuisses protestèrent. Elle fit volte-face en entendant un bruit derrière elle. Elle était seule au fond du jardin, et son récent contact avec un meurtrier dément l'avait rendue beaucoup plus méfiante qu'auparavant.

Les buissons s'agitèrent à nouveau, puis s'écartèrent, et Poppy sourit en apercevant le nouveau venu. Si quelqu'un lui avait dit un mois plus tôt qu'elle abandonnerait sa vie à Londres pour s'installer à la campagne et tomberait sous le charme d'un mâle roux, suffisant et exigeant, elle aurait éclaté de rire. Bien sûr, c'était avant qu'elle n'apprenne qu'elle avait hérité d'une pépinière familiale, avant qu'elle ne découvre qu'elle avait la main verte et avant qu'elle ne rencontre Oren.

Certes… le jardin était si négligé qu'on aurait dit la jungle de Tarzan, elle ne maîtrisait pas encore toutes les subtilités du jardinage et Oren était un chat – un beau gros matou roux, plus précisément. Il s'approcha et appuya sa tête contre ses tibias en poussant son miaulement caractéristique. Aux oreilles de Poppy, il ressemblait toujours étrangement à un « *Mais euh !* » Il se glissa entre ses jambes, observant avec intérêt le tas de mauvaises herbes et la terre remuée.

— Salut Oren… ça te dirait de me prêter patte forte ? demanda Poppy.

— *Mais euh !*

Poppy émit un petit rire.

— Merci pour ton enthousiasme. Qu'est-ce que tu as d'autre à faire, de toute façon – à part faire ta toilette ?

Le matou lui jeta un regard dédaigneux, puis s'éloigna pour aller s'asseoir près d'un buisson et commença à se nettoyer les oreilles. Poppy sourit et resta l'observer un instant, puis elle se retourna vers le jardin. Il restait encore beaucoup de travail. Il y avait non seulement des mauvaises herbes à enlever, mais aussi des arbustes envahissants à tailler, des rosiers penchés à tuteurer, des fleurs fanées à couper et des plantes grimpantes rebelles à attacher… mais c'était déjà bien mieux que quand elle avait emménagé, quelques semaines plus tôt.

Elle se remémora le jour de son arrivée à Hollyhock Cottage, quand elle avait franchi le portail branlant. Même dans son état, l'endroit dégageait déjà une certaine magie – un jardin enchanté rempli de trésors et caché du monde extérieur par un haut mur de pierre calcaire – et elle avait immédiatement succombé à son charme désordonné.

Mais à présent, elle ressentait un doute familier. Avait-elle fait le bon choix ? Un mois plus tôt, elle avait eu des rêves très différents. Elle rêvait de quitter son emploi sans avenir et d'oublier le stress des dettes écrasantes, de voyager et de partir à l'aventure, de retrouver son père et d'appartenir enfin à une « famille ». Oh, elle avait eu sa mère, bien sûr – du moins jusqu'au décès de Holly Lancaster l'année précédente –, mais malgré le lien étroit qui les unissait, elle ne s'était jamais sentie complète. Poppy avait toujours eu envie de plus. Cousins, tantes, oncles et grands-parents – des choses que les autres considéraient comme allant de soi.

Et si l'esprit libre de sa mère et sa décontraction vis-à-vis de l'éducation l'avaient amenée à traiter Poppy plus comme sa meilleure amie que comme sa fille, il y avait une chose dont Holly Lancaster ne parlait jamais : la famille. Aussi, lorsqu'une lettre d'un avocat était sortie de nulle part, lui annonçant qu'elle avait hérité d'une grand-mère qu'elle n'avait jamais connue, Poppy y avait vu l'occasion de renouer avec sa famille perdue de vue, et peut-être même de retrouver enfin ses racines.

Je ne m'attendais pas à ce que mes « racines » soient aussi littérales, pensa Poppy avec un sourire ironique en regardant le tas de mauvaises herbes à côté d'elle, avec leurs racines apparentes.

C'était à elle qu'il incombait désormais de perpétuer l'héritage des Lancaster. En fait – Poppy se sourit à elle-même –, elle avait déjà commencé. Avec le peu d'argent qu'il lui restait suite au règlement de la succession, elle s'était empressée d'aller acheter un lot de graines. Elle avait ensuite fouillé dans la serre attenante à l'arrière de la maison – manifestement ajoutée par sa grand-mère pour cultiver de jeunes plantes destinées à la vente – et avait déniché des bacs à semis dans lesquels elle avait planté toutes les graines avec empressement. L'attente avait été insoutenable, mais le jour où elle avait remarqué les premières pousses vertes sortant de terre avait été le plus excitant de sa vie ! Depuis, elle allait voir ses semis chaque jour. Elle aurait tellement aimé qu'ils poussent plus vite.

Et si j'allais voir comment ça avance ? pensa Poppy en se levant avec enthousiasme et en se dirigeant vers le cottage. Elle passa par la porte arrière, qui donnait directement sur la serre, et se précipita vers les bacs à semis alignés sur la longue table au centre de la pièce. Mais en s'approchant, elle resta bouche bée.

Les jeunes pousses, bien vertes la veille, s'étaient toutes ratatinées. Leurs feuilles étaient jaunies et flétries. Quelques tiges avaient même noirci et commencé à pourrir.

— Non, non, non, non… chuchota Poppy en se penchant pour les regarder. Qu'est-ce qui ne va pas ? Qu'est-ce qu'il s'est passé ?

Elle inspecta tous les autres bacs… Le constat était le même : tous les plants étaient morts ou en train de mourir. Poppy sentit la déception et la confusion l'envahir. Qu'avait-elle fait de mal ? Elle avait fidèlement suivi les instructions figurant sur le paquet de graines, à quelques détails près, et tout semblait aller pour le mieux…

Je ne les ai peut-être pas arrosées assez ? Poppy se précipita pour remplir un arrosoir à proximité et commença à inonder les bacs à semis, avant de s'arrêter en se rappelant le désastre qu'elle avait connu avec les plantes de bureau à Londres. Elles avaient failli mourir parce qu'elle les avait trop arrosées. Peut-être avait-elle reproduit la même erreur ? Mais elle avait été prudente cette fois-ci, tâtant la terre avec ses doigts et s'assurant qu'elle était sèche avant de l'humidifier à nouveau…

Peut-être qu'elles ont besoin de plus de soleil ? Elle jeta un coup d'œil dubitatif au toit en verre de la serre. La lumière du soleil pénétrait à travers les vitres, arrivant droit sur les bacs. Non, ça ne pouvait pas être ça…

Peut-être que si je les laisse tranquilles, elles se rétabliront d'elles-mêmes, pensa-t-elle enfin en désespoir de cause.

Elle se força à s'éloigner et, après avoir jeté un dernier coup d'œil aux bacs à semis, elle quitta la serre et regagna l'extérieur. Lentement, elle retourna à l'endroit qu'elle désherbait. Le jardin semblait se refermer autour d'elle, encore plus sauvage et enchevêtré qu'il ne l'était auparavant, et elle ressentit un éclair de panique lorsque l'énormité de ce qu'elle venait d'entreprendre la frappa à nouveau.

Qu'est-ce qui lui était passé par la tête ? Elle n'avait aucun projet, aucune compétence, aucune expérience réelle en matière de jardinage. Elle n'avait rien d'autre que les livres sur les plantes de sa grand-mère et la passion qu'elle nourrissait depuis toujours pour les fleurs. Comment avait-elle pu penser qu'elle serait capable de diriger une pépinière ?

Son anxiété s'accentua lorsqu'elle pensa aux sommes qu'elle devait encore. Elle n'avait peut-être plus de loyer à payer, mais elle avait quand même un minimum à verser pour sa carte de crédit chaque mois, et sans emploi ni revenu, comment allait-elle faire ?

Le peu d'argent de la succession lui permettrait de tenir quelques semaines, mais ensuite ?

Une abeille passa près de son oreille, bourdonnant joyeusement en rentrant à la ruche, tirant Poppy de ses pensées agitées. Elle ferma les yeux et inspira profondément pour se calmer. Lorsqu'elle les rouvrit, elle perçut de faibles miaulements.

Oren ! Elle regarda autour d'elle à la recherche du matou. Il n'était plus près du buisson à faire sa toilette. Les miaulements provenaient du fond du jardin. Hâtivement, elle se fraya un chemin parmi la végétation, suivant le son, jusqu'à ce qu'elle arrive à l'angle du jardin. Contre le mur de calcaire poussait un rosier monstrueux – une énorme plante grimpante aux tiges épineuses serpentant dans toutes les directions, tels les tentacules d'un monstre marin. Des grappes de fleurs d'un blanc crémeux ornaient cet enchevêtrement, de sorte qu'on aurait dit que le monstre était recouvert d'écume, façon bain moussant…

Poppy le regarda fixement, se demandant ce qu'elle devait faire. Le rosier liane était plus haut qu'elle, et large de plusieurs mètres. Les miaulements d'Oren provenaient des profondeurs de la plante. S'était-il faufilé à l'intérieur et s'était-il ensuite retrouvé coincé entre les branches piquantes ?

— Oren ? Tu es là ?

— *Mais euh ! Mais euhhh !*

— Attends… J'arrive ! lança Poppy.

Elle tendit la main et essaya de soulever l'une des tiges.

— Aïe !

Elle recula d'un bond lorsqu'une épine acérée s'enfonça dans son pouce.

Poppy suça la plaie, examinant à nouveau la plante monstrueuse. Elle remarqua un espace où ses tiges étaient drapées sur le mur d'un côté. L'ouverture débouchait sur un creux dans le fourré de branches épineuses. Lentement, elle se fraya un chemin jusqu'au mur et, à sa grande surprise, elle vit une porte en bois apparaître dans l'ouverture.

Pendant un instant, toutes les histoires qu'elle avait lues dans son enfance sur les bosquets féériques et les cachettes secrètes dans les forêts enchantées lui revinrent… puis, en regardant de plus près, elle se rendit compte qu'il y avait une explication beaucoup plus prosaïque. La porte appartenait à un vieil abri de jardin. Le rosier avait dû être planté à côté, pour recouvrir joliment le toit en bois, mais avec le temps et sans entretien, il n'avait cessé de grandir, jusqu'à étouffer tout ce qui se trouvait dans ce coin du jardin. En fait, si elle ne s'était pas approchée du mur, elle n'aurait jamais réalisé qu'il y avait un abri de jardin en dessous.

Oren se tenait devant la porte, donnant des coups de patte dessus, exigeant qu'on l'ouvre.

— Pourquoi veux-tu entrer là-dedans ? demanda Poppy. C'est juste un vieil abri de jardin sale, probablement plein de toiles d'araignées et de bestioles…

Elle frémit.

— *Mais euh !* insista Oren en donnant de nouveau un coup de patte à la porte.

Sa queue s'agitait d'un côté à l'autre et ses moustaches frémissaient d'excitation.

Qu'est-ce qui peut bien se trouver dans un vieil abri de jardin pour l'intéresser à ce point ? se demanda Poppy. Se glissant prudemment sous une tige épineuse, elle s'approcha de la porte et enclencha la poignée. À sa grande surprise, la porte n'était pas verrouillée, mais la rouille avait fait son œuvre. Il lui fallut plusieurs tentatives pour parvenir à ses fins. La porte s'ouvrit vers l'intérieur dans un grincement de gonds digne d'un film d'horreur et Poppy sentit un picotement d'angoisse remonter le long de sa colonne vertébrale, malgré la journée ensoleillée.

Elle jeta un coup d'œil dans l'embrasure, mais l'éclat du soleil dehors et l'enchevêtrement de tiges recouvrant toutes les fenêtres l'empêchait de voir quoi que ce soit dans la pénombre intérieure. Poppy prit une profonde inspiration et entra. Lentement, ses yeux s'acclimatèrent à la pénombre. L'endroit était encombré de vieux pots et de bacs à semis, de boîtes métalliques et de bocaux en verre, de tuyaux en caoutchouc enroulés et de bouts de ficelle, de pelles rouillées, de sacs de ce qui ressemblait à du fumier séché (impression confirmée par leur odeur), et d'un assortiment de feuilles en décomposition, de brindilles et d'autres déchets verts.

Poppy fit quelques pas dans l'abri, fronçant le nez devant l'odeur de renfermé. On aurait dit que personne n'y avait mis les pieds depuis des mois. Les toiles d'araignée qu'elle redoutait tapissaient chaque recoin et une épaisse couche de poussière recouvrait la table de rempotage près de la fenêtre. Ce n'était guère surprenant. Avec ce monstre épineux dehors, personne n'approchait assez près pour apercevoir l'abri, et encore moins y entrer. Son cœur se serra à l'idée de devoir débarrasser et trier tout ce fatras, et elle eut l'envie soudaine de faire marche arrière et de refermer la porte sur tout ce désordre. Mais avant qu'elle ne puisse bouger, Oren passa entre ses jambes et se dirigea vers la pile de sacs en toile de jute dans le coin.

Il renifla attentivement le tas, puis la regarda par-dessus son épaule.

— *Mais euh !*

— Non, Oren, on reviendra trier tout ça un autre jour, dit Poppy.

Elle avait hâte de quitter l'abri sinistre et poussiéreux, et de retrouver le soleil.

Le chat l'ignora et donna des coups de patte aux sacs.

— *Mais euh ! Mais euh !*

Poppy fronça les sourcils, puis s'approcha du tas.

— Qu'est-ce qu'il y a ?

Oren sauta sur le sommet de la pile et malmena à nouveau les sacs, ses griffes s'accrochant au tissu rugueux. Poppy souleva un coin de la toile de jute, mais ne vit rien.

— *Mais euh !* insista Oren, grimpant sur la pile, sa queue s'agitant d'excitation.

Poppy poussa un soupir exaspéré.

— Quoi, Oren ? Il n'y a rien ici, juste un tas de vieux sacs...

Elle s'interrompit brusquement lorsque ses oreilles perçurent un bruit. Elle se figea. Était-ce... *un couinement ?*

Quelque chose avait bougé dans le tas. Poppy retira sa main, faisant tomber par inadvertance l'un des sacs en toile de jute et exposant ce qu'il y avait en dessous. Il y eut du mouvement, de nouveaux couinements, et Poppy se retrouva soudain en train de fixer plusieurs paires d'yeux noirs.

C'était un nid de rats.

Chapitre 2

Poppy poussa un cri involontaire et faillit basculer en arrière.

— *Argh ! Des rats !*

— *Miaou !* fit pour une fois Oren en sautant sur le nid.

Les rats poussèrent des couinements paniqués et se précipitèrent, tels des lemmings, hors de leur nid, se déversant sur le sol. Poppy hurla et sauta d'un pied sur l'autre, au milieu de la marée de corps bruns et poilus qui s'agitaient autour d'elle. Oren miaulait de plaisir, poursuivant un rat qui courait en rond, puis passa entre ses jambes, la faisant trébucher. Poppy sursauta, chancela et partit en arrière, s'écrasant contre la table de rempotage. Il y eut un craquement sinistre et, l'instant d'après, la table se brisa, s'affaissant d'un côté et la laissant tomber dans un bruit sourd sur le sol, suivie par la moitié du contenu du mur de l'abri.

— Argh ! Aoutch ! grommela Poppy alors qu'elle se retrouvait ensevelie sous une avalanche de pots vides, d'arrosoirs, de cordes, d'outils, de brindilles et de feuilles séchées.

De gros nuages de poussière se soulevèrent. Poppy resta sonnée un moment, puis bougea ses bras et ses jambes avec précaution. Elle ne semblait pas s'être cassé quoi que ce soit. Elle se redressa et se tâta le crâne, à la recherche de blessures. Poppy poussa un soupir de soulagement. Elle s'en était sortie indemne, à l'exception de quelques égratignures. Sans compter les feuilles et les brindilles dans ses cheveux. Elle se tourna pour fixer Oren, qui se tenait à quelques mètres de là, l'observant avec ce qui ressemblait à un sourire sur son minois de félin effronté.

— *Mais euh !*

— *Mais euh* toi-même, marmonna Poppy en tirant la langue au chat.

— Mais qu'est-ce que vous fabriquez ?

Poppy se figea, sa langue encore sortie, puis elle se retourna lorsqu'une ombre apparut par la porte ouverte. L'abri parut rétrécir considérablement lorsqu'un homme de grande taille y pénétra. Des yeux sombres, un air taciturne, une bouche soucieuse…

Nick Forrest était l'incarnation même de l'auteur lunatique – passant du voisin amical à l'étranger renfrogné en l'espace de quelques secondes. Ce jour-là, cependant, il paraissait d'une inhabituelle bonne humeur. Il semblait également avoir envie de rire.

— Qu'est-ce que j'ai l'air de faire ? répondit Poppy d'un ton acerbe, agacée de l'amuser autant.

Puis elle se figea en entendant un bruissement au-dessus d'elle. Avant qu'elle n'ait pu réagir, un sac en plastique lui tomba sur la tête et s'ouvrit, la recouvrant de compost.

— Argh ! s'écria Poppy en toussant.

Elle leva les yeux, s'attendant à ce que Nick se précipite pour lui demander si ça allait, mais au lieu de ça, l'auteur de romans policiers rejeta la tête en arrière et éclata de rire. Il avait un rire de baryton aussi envoûtant que sa voix – bien qu'à ce moment-là, Poppy soit plus énervée qu'envoûtée.

— C'est... ce n'est pas drôle ! bredouilla-t-elle.

— Non, vous avez raison... Je suis désolé. Ce n'était pas très galant de ma part, dit Nick, mais sa voix était toujours amusée tandis qu'il essayait d'arborer un visage grave.

Il se pencha vers elle.

— Tout va bien ? Je vous aide à vous relever ?

Poppy ignora la main qu'il lui tendait, préférant se relever seule. Elle savait que c'était stupide. Elle aurait probablement ri aussi si elle s'était vue avec un sac de compost sur la tête. C'était juste que... Nick Forrest semblait toujours chercher à la provoquer...

Elle s'épousseta et secoua ses cheveux pour en chasser le compost, puis elle sortit de l'abri, Nick sur les talons. Lorsqu'ils s'extirpèrent de l'enchevêtrement de tiges de roses épineuses et qu'ils retrouvèrent la lumière du soleil, elle vit qu'il avait l'air suave et décontracté, dans un jean délavé et un T-shirt en coton à col en V qui révélait son bronzage. À côté, elle paraissait encore plus débraillée, et elle sentit son irritation s'accroître.

— Qu'est-ce que vous faites là ? demanda-t-elle.

Il haussa légèrement les sourcils devant son ton brusque et dit :

— J'étais au jardin et j'ai entendu quelqu'un hurler comme une banshee à côté, alors j'ai pensé qu'il valait mieux que je vienne voir.

— Je n'ai pas hurlé, dit Poppy. J'étais juste... euh... un peu surprise.

Elle lui lança un regard de défi.

— Je parie que si *vous* tombiez sur un nid de rats, vous auriez la même réaction.

Il sourit.

— En fait, j'aime les rongeurs. Et les rats sont très mal perçus, mais ils sont incroyablement intelligents, vous savez, et même... (il lui jeta un regard espiègle), assez câlins.

Poppy allait rétorquer quelque chose lorsqu'elle entendit des pas s'approcher. Elle se tourna vers l'allée qui faisait le tour de la maison et menait au jardin de devant. Un homme et une femme apparurent sur le côté de la maison, descendant le chemin. Lui devait avoir la fin de la trentaine. Il était blond, et possédait une beauté superficielle, avec des yeux bleu pâle derrière des lunettes à la mode et un corps trapu et musclé avec un brin de graisse au niveau de la taille. Elle avait l'air beaucoup plus jeune et était très jolie, avec un teint de pêche que Poppy avait toujours envié. Ils étaient tous deux vêtus de vêtements élégants et décontractés, avec les tissus luxueux et les coupes ajustées de créateurs, et même sans la Rolex en or au poignet de l'homme et les perles au cou de la femme, Poppy aurait deviné qu'ils étaient très fortunés.

— Nick, mon vieux… tu es parti si longtemps qu'on se demandait ce qui t'était arrivé, dit l'homme en s'approchant d'eux.

Sa compagne, qui s'était attardée au bord de l'allée pour observer diverses plantes, les rejoignit en s'exclamant :

— Ohhh… c'est le plus beau des jardins ! Oh, mon chéri, c'est *exactement* le genre de choses que je te montrais dans *Country Garden Magazine*… tu t'en souviens ? Un jardin à l'anglaise traditionnel, débordant de fleurs, sauvages et romantiques… oh, regarde-moi cette rose qui grimpe sur le mur là-bas… et ces magnifiques phlox sous le chèvrefeuille… et les digitales… et les delphiniums… oh, j'adore cet endroit !

— Ne reste pas là, ma chérie, dit l'homme en fronçant les sourcils. Tu as le soleil en plein visage. Tu risquerais d'avoir des taches de rousseur. Viens par ici, place-toi sous cet arbre, à l'ombre. Non, pas là, c'est trop ombragé… Viens te mettre à côté de moi.

Il prit le coude de la femme, la guidant vers lui. Poppy fut légèrement surprise par ses manières. Il se comportait plus comme s'il parlait à un enfant – ou même à un chien – qu'à sa partenaire.

Nick se racla la gorge.

— Poppy, voici mes amis, John et Amber Smitheringale. John et moi avons étudié à Oxford ensemble. Il travaille à Londres maintenant. Il est cardiologue et travaille à Harley Street.

C'était le quartier très sélect qui abritait les cabinets privés des spécialistes les plus chers d'Angleterre.

Il se tourna vers ses amis et fit un geste vers Poppy.

— Je vous présente ma nouvelle voisine, Poppy Lancaster. C'est le cottage de sa grand-mère, dont elle a hérité il y a quelques semaines.

— Oooh ! J'ai vu le panneau « HOLLYHOCK COTTAGE… Pépinière et fleurs fraîches » près de la porte quand nous sommes entrés.

Amber tourna ses grands yeux bleus vers Poppy.

— Votre jardin est tout simplement merveilleux !

Elle était véritablement émerveillée, et Poppy ressentit une fierté inattendue. Elle regarda le jardin d'un œil nouveau. Ayant passé la semaine à arracher les mauvaises herbes et à se frayer un chemin dans les broussailles, elle s'était habituée à tout regarder d'un œil critique, à ne voir que le mauvais, le laid et l'indésirable. Mais elle se rendait compte à présent de la beauté du jardin, malgré la négligence dont il avait fait l'objet.

Amber se pencha et dit :

— Vous avez le genre de jardin dont j'ai toujours rêvé. Je suis tellement jalouse !

— Merci, dit Poppy, ravie et surprise à la fois.

Elle ne s'attendait pas à être enviée par quelqu'un comme Amber Smitheringale, qui devait avoir tout ce qu'elle voulait.

— Hum… alors quel genre de jardin *avez-vous* ?

Une fossette apparut sur son visage.

— À Londres, nous n'avons qu'une cour arrière, mais nous venons d'acheter une superbe maison de l'autre côté du village. En périphérie. Ce sera notre maison de campagne, avec un *vrai* jardin.

Puis elle fit la grimace.

— Mais visiblement… les anciens propriétaires devaient vouloir vivre sur un terrain de golf ou quelque chose comme ça, parce que tout était recouvert de pelouse ! Mais j'ai fait arracher la plus grande partie de l'herbe à l'arrière, j'ai installé de nouvelles plates-bandes, et je suis sur le point de commencer les plantations. Je compte mettre des rosiers et…

— *Tu* ne vas rien planter du tout, ma chérie, rectifia John Smitheringale. Tu ne t'approcheras pas de la moindre bêche.

Il posa une main sur son ventre.

— Avec le bébé, il ne faut prendre aucun risque, et il est hors de question que tu pratiques une activité intense comme le jardinage.

Amber fit la grimace.

— Oh, mais mon chéri, qui va s'occuper du jardin alors ? Je voulais qu'il soit terminé avant la fin du mois. Nous recevons les Fitzgerald et les Somersby-Beale pour le week-end, tu te rappelles ? Et puis le magazine

Society Madam doit faire un article sur nous, la maison doit être fabuleuse d'ici là !

— Nous trouverons quelqu'un, dit son mari en retroussant les lèvres. Un homme du peuple qui viendra faire le sale boulot.

Nick se racla la gorge, l'air gêné par la grossièreté de son ami.

— Il existe de nombreux services d'aménagement paysager. Je suis sûr qu'ils seraient ravis de s'occuper de votre jardin…

— Oh non, je ne veux pas que quelqu'un vienne imposer ses idées fantaisistes pour mon jardin, s'écria Amber. Je connais les paysagistes. Christine n'arrête pas de me recommander des entreprises avec lesquelles elle avait travaillé…

— Christine ? demanda Nick.

— C'est notre architecte d'intérieur, dit rapidement John. C'est elle qui s'est occupée de toute la rénovation et qui a supervisé tous les choix de décoration et de mobilier pour notre nouvel appartement.

— Christine est gentille… mais elle a des goûts très modernes, dit Amber d'un air maussade. J'ai dû me battre jusqu'au bout pour obtenir ma « cuisine d'été » et je suis sûre que les paysagistes auxquels elle ferait appel voudraient des murs d'agrément avec des jardins verticaux et du béton partout… Ils voudraient probablement même installer du gazon artificiel !

Elle eut un frisson exagéré.

— Je me fiche que ce ne soit pas à la mode. Je veux un jardin à l'anglaise à l'ancienne…

— J'aime aussi ce genre de jardin, dit impulsivement Poppy. Je n'ai jamais aimé non plus l'aspect moderne et minimaliste, même si c'est censé nécessiter moins d'entretien. Il n'y a rien de tel que le romantisme d'un jardin à l'anglaise avec des roses grimpantes et des herbes parfumées…

— *Oui !* s'écria Amber en serrant les mains de Poppy dans les siennes. Vous voyez *exactement* ce que je veux dire. Si seulement ces paysagistes pouvaient… Attendez ! Je viens d'avoir une idée géniale !

Elle se pencha en avant, les yeux pétillants.

— Pourquoi ne *viendriez-vous* pas m'aider avec mon jardin ?

— M… moi ? balbutia Poppy, complètement prise au dépourvu.

— Oui, je sais exactement quel résultat je veux et où je veux planter les choses. J'ai même déjà acheté certaines plantes. J'ai juste besoin de quelqu'un pour creuser et planter à ma place. Vous pouvez m'aider pour ça, n'est-ce pas ?

Elle se tourna vers son mari.

— N'est-ce pas ?

— Tant que Poppy fait tout le travail et que tu te contentes de superviser, dit John. Elle peut aussi tailler les haies et ramasser toutes les feuilles mortes le long de la maison, tant qu'elle y est. J'allais demander à Joe de le faire, mais si elle vient, autant qu'elle le fasse.

Poppy ressentit une pointe d'irritation. Il faisait comme si elle n'était pas là et n'avait même pas songé à lui demander si ça l'intéressait ! Dans tous les cas, elle ne pouvait pas accepter. Elle n'avait aucune expérience en matière d'aménagement paysager ou de travaux de jardinage. Elle n'avait jamais autant jardiné que cette semaine-là, quand elle avait entrepris de désherber et de débroussailler Hollyhock Cottage.

Elle se racla la gorge.

— Merci pour votre offre, mais je ne…

Mais avant qu'elle ne puisse en dire plus, John l'interrompit :

— Ne vous inquiétez pas. Si c'est une question d'argent, nous vous paierons grassement. En fait, je vous verserai d'emblée un généreux acompte pour vous permettre de démarrer, ajouta-t-il avec l'assurance d'un homme habitué à toujours obtenir ce qu'il veut, pourvu qu'il offre suffisamment.

Puis il indiqua une somme qui lui fit presque sortir les yeux de la tête. Poppy déglutit et fit quelques calculs mentaux rapides. Avec cet argent, elle aurait plus qu'assez pour payer ses frais pendant un certain temps, et il lui resterait un peu d'argent pour acheter de nouvelles graines et d'autres plantes. Ses protestations moururent sur ses lèvres. Elle ne pouvait pas se permettre de laisser passer cette chance. *De toute façon, ça ne doit pas être si difficile, n'est-ce pas ?* se dit-elle. Ce n'était pas comme si elle devait planter des graines et faire des semis. Il semblait qu'Amber avait déjà acheté des fleurs, prêtes à être plantées. Tout ce qu'elle avait à faire, c'était de creuser des trous et de les y placer.

— Hum… d'accord ! Je suis partante, dit-elle avec enthousiasme. Quand voulez-vous que je commence ?

— Demain ! fit Amber, radieuse. Pouvez-vous venir à la première heure ?

— Bien sûr. À quelle adresse ?

Alors qu'Amber lui donnait les détails, une forme féline familière apparut soudain dans les buissons. Oren était absent depuis quelques minutes – sans doute occupé à chasser les rats dans tout le jardin –, mais il se dirigeait à présent vers eux, annonçant son arrivée avec son miaulement caractéristique.

— *Mais euh… Mais euh… !*

— Argh ! C'est ton chat, Nick ? demanda John.

— Oui, c'est Oren, répondit Nick.

John saisit le bras de sa femme et l'éloigna, la poussant derrière lui comme pour la protéger d'un tigre à dents de sabre.

Nick lança un regard agacé à son ami.

— Il ne mord pas.

— Non, mais les chats sont porteurs de la toxoplasmose, qui peut être dangereuse pour les bébés. Je ne veux pas qu'il s'approche d'Amber !

Nick fronça les sourcils.

— Pour autant que je sache, on ne peut être infecté que si on manipule des excréments de chat sans se laver les mains ou si on mange de la viande porteuse de la bactérie.

Mais John ne l'écoutait pas, trop occupé à feindre un coup de pied en direction du matou.

— Va-t'en… sale bête !

— Hé, pas besoin de faire ça, dit Nick d'un ton sec.

Il prit Oren dans ses bras et mit le chat sur ses épaules.

Poppy fut surprise par son attitude protectrice. Son imprévisible voisin semblait toujours traiter Oren avec une impatience teintée de mépris, et vice-versa. En fait, ils étaient comme deux vieux grincheux qui vivaient ensemble et qui ne cessaient de s'agacer mutuellement.

Et pourtant, en voyant Nick gratter distraitement le menton d'Oren et le matou roux ronronner bruyamment, elle commença à se dire que ces chamailleries constantes cachaient probablement une profonde affection mutuelle. Même si aucun des deux ne l'aurait reconnu !

Chapitre 3

Poppy avait prévu de passer l'après-midi à désherber, mais son dos douloureux et ses muscles endoloris commençant à protester, elle décida qu'elle en avait assez fait pour la journée. De plus, une part d'elle ne pouvait s'empêcher de penser aux jeunes plants mourants. Elle était retournée plusieurs fois au cours de la matinée vérifier leur état, mais dans l'après-midi, même un aveugle aurait pu voir qu'ils étaient condamnés. Elle retira les petits plants ratatinés des bacs et les jeta à la poubelle, puis réfléchit à ce qu'elle allait faire ensuite.

Je n'ai qu'à réessayer, se dit-elle. *C'était probablement un mauvais lot de graines ou quelque chose comme ça. Je vérifierai leur qualité la prochaine fois.*

Elle pensa soudain à son nouveau contrat de jardinage chez les Smitheringale et à l'argent qu'il lui rapporterait, et ressentit un petit frisson d'excitation. Pourquoi n'irait-elle pas acheter de nouvelles graines sans attendre ?

Une heure plus tard, elle arpentait avec délectation le rayon graines de la jardinerie la plus proche. Elle choisit plusieurs sachets et les apporta à la caisse. Il y avait une femme en blouse verte derrière la caisse, dont le visage sévère n'incitait pas vraiment à la conversation, mais Poppy lui offrit un sourire sympathique et lui demanda :

— Y a-t-il un moyen de vérifier que les graines contenues dans ces sachets sont bonnes ?

La femme la regarda d'un air renfrogné.

— Bonnes ? Qu'est-ce que vous voulez dire par « bonnes » ?

— Eh bien, qu'elles sont... vous savez, de bonne qualité.

La femme se hérissa.

— Toutes nos graines sont de bonne qualité

— Eh bien... je vous en ai acheté l'autre jour et les plants ont bien poussé, mais au bout d'une semaine, ils sont tous morts.

— Cela n'a rien à voir avec la qualité de nos graines. C'est parce que vous ne vous en êtes pas occupée correctement, dit la femme avec un reniflement dédaigneux.

— Je m'en suis très bien occupée ! protesta Poppy. J'ai suivi les instructions sur l'emballage et elles ont germé et poussé... et puis, tout d'un coup, elles se sont flétries et sont devenues toutes jaunes et pourries.

— Hmm... ça ressemble à la fonte des semis.

— La fonte des semis ?

— C'est une maladie qui affecte les jeunes plants. Ils vont bien un jour et meurent le lendemain. Mais ça n'a rien à voir avec la qualité des graines, c'est dû à un champignon dans la terre qui les attaque et qui est généralement causé par un manque d'entretien.

Elle adressa un regard dur à Poppy.

— Avez-vous utilisé du terreau stérilisé ?

Poppy la regarda d'un air absent.

— Non, je n'en avais pas et j'ai pensé que la terre du jardin ferait l'affaire…

— *Quoi ?* s'étrangla la caissière. Pas étonnant que vos plants soient morts ! Il *ne faut jamais* utiliser de terre de jardin pour ça : elle est remplie d'agents pathogènes et ne se draine pas correctement. Elle reste détrempée et favorise la croissance des champignons. Vous devez utiliser un terreau stérilisé spécialement formulé. Qu'en est-il de l'espacement ? Avez-vous éclairci les semis pour éviter la surpopulation ?

— Non, dit Poppy. Je n'avais pas réalisé qu'il fallait le faire.

— Et l'arrosage ?

— Oh, j'ai tâté le sol avec mon doigt à chaque fois avant d'arroser, dit Poppy, impatiente de montrer qu'elle savait faire *quelque chose* de bien.

— Oui, mais à quel moment de la journée avez-vous arrosé ?

— Oh… généralement le soir avant d'aller me coucher.

— Et je parie que vous avez utilisé un arrosoir et que vous leur avez versé l'eau dessus, n'est-ce pas ?

— Je n'étais pas censée le faire ?

La femme poussa un nouveau soupir exagéré.

— Non, on n'arrose jamais par le dessus si on peut éviter, et si on doit le faire, on le fait tôt dans la journée pour que les feuilles aient le temps de sécher. L'humidité des feuilles, surtout la nuit, favorise le développement de maladies fongiques.

Voyant l'expression de Poppy, elle se détendit quelque peu et ajouta :

— Ce n'est pas grave. On commet tous des erreurs de débutants. Vous pouvez réessayer avec un nouveau lot de graines. Vous aurez probablement encore des pertes – c'est toujours le cas –, mais vous devriez obtenir de bien meilleurs résultats.

— D'accord, dit Poppy, encouragée.

Elle lui adressa un sourire reconnaissant.

— Merci pour vos explications.

Quelques minutes plus tard, elle quitta la jardinerie avec son nouveau lot de graines et un petit sac de terreau, et se rendit à l'arrêt de bus le plus proche. Alors qu'elle attendait impatiemment le prochain bus qui la ramènerait au village de Bunnington, où se trouvait Hollyhock Cottage, Poppy commença à se demander si elle ne devrait pas investir dans un autre moyen de transport. À présent qu'elle avait décidé de faire sa vie ici, il était logique qu'elle ait son propre véhicule, afin de ne pas devoir toujours compter sur les bus locaux, particulièrement lents. Une voiture serait trop chère, mais pourquoi pas… un vélo ?

Elle leva les yeux lorsqu'un bus approcha. L'enseigne au-dessus du chauffeur indiquait « OXFORD » et, sur un coup de tête, Poppy monta dedans. Elle savait que la ville abritant la célèbre université était aussi réputée pour être très fréquentée par les vélos. C'était le mode de transport privilégié des étudiants, du personnel de l'université et des résidents, et elle était sûre d'y trouver de bons vélos d'occasion à des prix raisonnables. Elle était libre cet après-midi-là. Autant aller jeter un coup d'œil.

Le trajet jusqu'à Oxford sembla durer une éternité, car le bus s'arrêtait dans chaque ville et village de la campagne du sud de l'Oxfordshire, et Poppy fut soulagée lorsque les emblématiques « clochers rêveurs » de la ville universitaire se profilèrent. Elle descendit et demanda son chemin. On lui indiqua l'extrémité nord-est de la ville, accueillant les départements scientifiques de l'université. Un magasin de vélos populaire, fréquenté par les étudiants, était censé se trouver dans une rue secondaire.

Mais la boutique ne fut pas aussi facile à trouver que le suggéraient les indications, et Poppy se retrouva à tourner en rond, de plus en plus frustrée. Enfin, elle s'arrêta à côté d'une sandwicherie et demanda son chemin à un étudiant aux taches de rousseur qui en sortait, un sac en papier à la main.

— Oh, il faut aller jusqu'au bout de cette rue, dit-il en se retournant et en tendant la main. C'est la dernière boutique à droite.

Poppy le remercia et elle s'apprêtait à partir lorsqu'elle aperçut les sandwichs frais dans la vitrine de la sandwicherie. Ils avaient tous l'air délicieux et ses yeux s'attardèrent sur les étiquettes qui mettaient l'eau à la bouche :

Mmmm... « Dinde rôtie avec bacon croustillant et salade »... « Saumon fumé avec aneth frais et cream cheese »... « jambon glacé au miel avec tomates et moutarde de Dijon »...

Il était presque l'heure du goûter et le maigre sandwich fait maison qu'elle avait mangé à midi lui semblait bien loin. Sur un coup de tête, Poppy se retourna pour entrer dans la boutique, puis s'arrêta lorsqu'elle aperçut un homme qui descendait du côté opposé de la rue. C'était John Smitheringale. Elle voulut lever la main pour le saluer, mais changea d'avis lorsqu'elle remarqua qu'il semblait marcher d'un pas pressé, presque furtif. Elle se demanda soudain ce qu'il faisait à Oxford. Le soleil de l'après-midi éclairait l'autre côté de la rue, plongeant le sien dans l'ombre – ce qui expliquait sans doute pourquoi il ne l'avait pas vue –, et Poppy recula instinctivement pour que son visage soit caché par l'auvent de la boutique.

Sous ses yeux, John s'approcha d'une porte de l'autre côté de la rue – une porte géorgienne classique avec un grand heurtoir en laiton – qui donnait sur la maison de ville à plusieurs étages située presque exactement en face de la sandwicherie. Il s'agissait peut-être autrefois de la maison d'un riche marchand, mais elle avait manifestement été transformée et abritait désormais des bureaux distincts répartis sur ses différents étages.

Un interphone était installé à côté de la porte, au-dessus d'une rangée de plaques en laiton luisantes – le genre de plaques sur lesquelles était généralement gravé le nom d'une entreprise. John jeta un nouveau regard nerveux par-dessus son épaule, puis il se pencha, avec l'attitude d'un homme qui cherche à attirer le moins possible l'attention, et pressa son pouce sur l'un des boutons de l'interphone. Poppy tendit l'oreille lorsqu'il se pencha, mais il parlait à voix basse et il était trop loin pour que le son porte. Un instant plus tard, la porte s'ouvrit et il disparut dans le bâtiment.

Elle resta fixer la porte fermée de l'autre côté de la rue. *Il n'y a rien d'étrange à ce qu'un homme sonne à un interphone et entre dans un bâtiment*, se dit fermement Poppy. Et puis, ce n'était vraiment pas ses affaires. Pourtant, sans savoir vraiment pourquoi, elle était curieuse de savoir quelle entreprise John Smitheringale était allé voir. Ignorant son estomac qui grondait, elle entreprit de traverser la rue pour voir de plus près ces plaques en laiton, mais à peine avait-elle posé le pied sur le trottoir qu'un vélo surgit de nulle part et manqua de la percuter.

Poppy sursauta et recula juste à temps, tandis que le vélo s'arrêtait dans un crissement de freins et s'inclinait précairement contre le trottoir – ou du moins, Poppy devina qu'il s'agissait d'un vélo. Il avait bien deux roues, mais la roue avant était beaucoup plus grande que la roue arrière, comme un grand bi de l'époque victorienne. Fixés à la roue arrière, deux objets ressemblant à des voiles et à des nageoires de poisson dépassaient de chaque côté, et un long télescope était fixé sur le guidon, dépassant comme la lance de joute d'un chevalier. Mais le plus étrange, c'étaient les roues elles-mêmes. Elles semblaient être… Poppy cligna des yeux et les frotta, puis regarda à nouveau. Oui, elles étaient *carrées*.

Perché sur le siège entre les deux roues se trouvait un vieil homme à la chevelure grisonnante et aux yeux bruns scintillants derrière d'étranges lunettes. Il portait un costume trois-pièces démodé en tweed marron avec un nœud papillon à pois rouges, et tenait dans une main une vieille mallette en cuir et un parapluie. Un petit terrier noir sortit la tête du panier à linge fixé à l'avant du guidon et aboya d'excitation en la voyant.

La scène était tellement étrange que Poppy aurait pu croire qu'elle rêvait si elle n'avait pas reconnu le vieil homme. C'était le Dr Bertram Noble – Bertie, pour les intimes. Le voisin de Hollyhock Cottage.

— Poppy ! Quelle coïncidence de vous rencontrer ici, très chère !

Bertie descendit précipitamment de son engin et sortit le terrier du panier. Le petit chien se précipita vers Poppy et sauta en l'air en agitant ses pattes avant.

— *Waf ! Waf waf !*

Poppy rit et se pencha pour caresser le petit chien.

— Bonjour, Einstein. Qu'est-ce que vous faites en ville ?

— Oh… Einstein et moi sommes venus voir un vieil ami dans la partie scientifique de l'université, dit Bertie. Le professeur Dimitri Xanthopoulos – vous le connaissez ? C'est un homme merveilleux ! C'est aussi un physicien de renom. Il a conçu une nouvelle formule pour calculer l'énergie cinétique de rotation d'un système à axe unique.

Il se pencha vers elle et ajouta dans un chuchotement :

— De vous à moi, je ne suis pas sûr d'être d'accord avec ses postulats sur le moment d'inertie, mais c'est tout de même une bonne hypothèse de travail.

Il se pencha en arrière et reprit d'une voix normale :

— Je voulais lui montrer ma nouvelle invention – tenez-vous bien ! Le quadracycle !

Bertie fit un geste emphatique de la main.

— Euh… waouh, dit Poppy.

Ses conversations avec Bertie lui donnaient toujours l'impression de discuter avec un extraterrestre amical qui parlait une langue qu'elle ne comprenait pas.

Il jeta un coup d'œil à la sandwicherie voisine.

— Oh ! Vous envisagiez d'acheter un sandwich ? Je vous conseille « dinde rôtie au bacon croustillant ». C'était l'un de mes préférés pour le déjeuner…

— Oh, vous veniez souvent ici ? demanda Poppy, surprise.

Le visage de Bertie s'assombrit et la nostalgie brilla dans ses yeux.

— Oui. Mon ancien laboratoire était au coin de la rue.

Poppy le regarda fixement en pensant à l'article de magazine sur lequel elle était tombée récemment. Il traitait d'une vieille affaire de meurtre non résolue datant de quelques décennies. Un étudiant était mort dans des circonstances suspectes dans les laboratoires de l'université, tard dans la nuit, et le Dr Bertram Noble figurait sur la liste des suspects. *Non, c'était le* professeur *Noble à l'époque. Bertie avait été professeur à l'université*, se souvint-elle.

Elle regarda le vieil homme à côté d'elle et se demanda ce qui s'était réellement passé. Elle voulait lui poser la question depuis qu'elle avait lu l'article, mais n'arrivait jamais à trouver le bon moment. Bien que Bertie et elle aient noué une amitié immédiate dès leur première rencontre, Poppy ne savait toujours pas grand-chose de son excentrique voisin. Il était évident que c'était un scientifique brillant et un inventeur créatif (même s'il ne vivait pas toujours dans le « monde réel » et que ses inventions pouvaient tout aussi bien vous mutiler que vous aider !) et il avait précisé qu'il avait emménagé seulement un mois avant son arrivée. Mais au-delà de ça, elle ignorait tout du passé de Bertie, de sa famille, ou même de la façon dont il subvenait à ses besoins.

Elle avait essayé d'aborder le sujet une ou deux fois, mais il avait toujours dévié la conversation. Et elle hésitait à insister, car elle avait l'impression qu'il y avait quelque chose dans le passé de Bertie qui pouvait être sensible. Très discrète sur son passé, elle n'aimait pas s'immiscer dans celui des autres non plus.

Mais ça semble être une bonne occasion. Après tout, c'est lui *qui en a parlé,* pensa Poppy.

Elle s'éclaircit la gorge et demanda :

— Hum… du coup, Bertie… vous étiez professeur à l'université ?

Il leva les yeux, s'extirpant de ses pensées.

— Oui. J'étais à la tête du département des sciences expérimentales.

— Et… hum… vous avez dit que c'était près d'ici ?

Il prit de nouveau un air triste.

— Non, le département n'existe plus. Ils l'ont fermé lorsqu'ils ont mis fin à mon contrat.

— Oh.

Poppy ne savait pas quoi dire. Elle hésita, puis dit doucement :

— Est-ce que c'est… à cause de cet étudiant qui a été tu… je veux dire, qui est mort ?

Bertie poussa un profond soupir.

— Oui. Pauvre Patrick. C'était un jeune homme merveilleux et il avait un tel potentiel.

Poppy aurait voulu en savoir plus, mais quelque chose dans l'expression de Bertie la poussa à ne pas insister. Au lieu de ça, elle dit :

— Vous viviez à Oxford jusqu'à ce que vous déménagiez à Bunnington ?

— Oh non, j'ai vécu à l'étranger pendant de nombreuses années. Je ne suis rentré en Angleterre qu'il y a quelques mois.

Avant que Poppy ne puisse en demander plus, le bruit le plus étrange émana soudain de la personne de Bertie. On aurait dit un croisement entre un ressort géant rebondissant et une vache légèrement ivre. L'air vibrait tout autour d'eux, pulsant à un rythme étrange.

— Qu'est-ce que c'est que ça ? s'exclama Poppy.

— Oh, c'est mon téléphone qui sonne, dit fièrement Bertie en fouillant dans ses poches à la recherche de son portable.

— Votre... votre téléphone ?

— Oui, j'ai choisi un morceau de didgeridoo comme sonnerie. N'est-ce pas merveilleux ?

Poppy hésita entre la politesse et l'honnêteté.

— Euh... C'est... hum... très inhabituel.

Bertie sortit enfin le téléphone de la poche intérieure de sa veste.

— Je voulais une sonnerie originale, pour ne jamais me demander si c'est moi qu'on appelle ou non. J'ai envisagé un temps les vuvuzelas... mais j'ai pensé que le didgeridoo serait plus mélodieux.

Bon sang, je n'aimerais pas entendre le son des « vuvuzelas », pensa Poppy en se détournant poliment lorsque Bertie répondit à l'appel.

— Oh... Je crains de devoir partir, très chère, dit Bertie quelques instants plus tard.

Il récupéra Einstein et déposa le terrier dans le panier à linge, où Poppy aperçut également plusieurs paires de chaussettes dépareillées.

— N'oubliez pas de demander un supplément bacon avec votre sandwich. À bientôt !

Et d'un signe de la main, il s'en alla, chancelant dans la rue sur son vélo à roues carrées.

Chapitre 4

La nouvelle résidence des Smitheringale se trouvait à la périphérie du village, le long d'un chemin sinueux qui se prolongeait dans la campagne. Il n'y avait que deux maisons dans l'allée, côte à côte, et il était impossible de manquer celle qui appartenait au riche couple londonien. On se serait cru dans un magazine glamour. C'était une ancienne ferme magnifiquement reconvertie et luxueusement rénovée, située au milieu d'un vaste jardin entouré d'une haie bien nette de chaque côté. Les anciens propriétaires avaient opté pour de l'art topiaire le long de la pelouse parfaitement manucurée à l'avant de la maison. L'ensemble était si soigné et élégant que, malgré son amour des jardins à l'anglaise, Poppy espérait qu'Amber ne voudrait rien changer à l'avant de la maison.

Elle commença à remonter l'allée menant à la porte d'entrée, puis fronça les sourcils en entendant des voix s'élever. Elle tourna donc et suivit le chemin qui menait à l'arrière de la propriété. Elle venait de passer l'angle de la maison et de pénétrer dans le jardin arrière lorsqu'elle aperçut John Smitheringale. Contrairement à la veille, à Oxford, le cardiologue ne faisait aucun effort pour baisser le ton. Il se tenait près d'un trou dans la haie qui séparait son terrain de la propriété voisine, et criait à une femme d'âge moyen qui se trouvait de l'autre côté :

— ...ne tolérerai pas votre fichue ingérence, vous m'entendez ? Je vais vous dénoncer à la mairie !

Il s'égosillait, le visage rouge de colère.

— Je n'ai rien fait de mal, rétorqua la femme en reniflant avec dédain. J'ai tout à fait le droit de tailler la haie.

— Oui, mais vous n'avez pas le droit de la tailler de *mon côté*, grogna John. Ne croyez pas que je ne sais pas ce que vous faites ! Vous faites des trous dans ma haie volontairement pour pouvoir nous espionner.

— Quelle idée absurde ! rétorqua la femme.

Elle leva le sécateur qu'elle tenait et rétorqua :

— Je ne fais qu'entretenir la haie pour la garder nette. Si *vous* entreteniez correctement vos haies, je n'aurais pas besoin de le faire à votre place.

— J'entretiens ma haie ! rugit John.

Il fit un geste vers le trou.

— Mais *ceci* n'est pas de l'entretien, c'est de la profanation de plantes sur ma propriété, juste pour pouvoir fouiner plus facilement.

Il s'approcha et brandit le poing devant le visage de la voisine.

— Je vous préviens, Valerie, ne me poussez pas à bout ou vous le regretterez !

La femme n'eut pas l'air inquiète outre mesure.

— Oh, je ne crois pas. Je pense que c'est *vous* qui risquez de le regretter, Dr Smitheringale. Après tout, pensez à votre addiction, hmm ?

John s'arrêta net. Il fixa la femme, le visage blême. Poppy vit ses poings se serrer et son corps tressaillir, comme s'il luttait contre de violentes impulsions.

— Vous… maudite sorcière…

— Mon chéri, crois-tu qu'on puisse… oh !

Amber Smitheringale sortit de l'autre côté de la maison, vêtue d'une jolie robe d'été à fleurs et d'un tablier blanc. Elle sourit en voyant son mari avec leur voisine, ignorant la tension qui régnait dans l'air, et dit :

— Je suis désolée, je vous dérange ?

John prit une profonde inspiration par le nez et expira par la bouche, faisant un effort visible pour retrouver son calme.

— Euh… non, ma chérie, pas du tout. Valerie et moi étions en train de discuter de la haie… mais nous avons terminé, ajouta-t-il d'un air décidé.

Valerie renifla à nouveau, puis tendit délibérément son sécateur et coupa une autre feuille du côté des Smitheringale. John se hérissa, mais parvint à tenir sa langue. Au lieu de quoi, il tourna le dos à la femme et se dirigea vers la maison.

Poppy réalisa soudain qu'il passerait juste à côté de l'endroit où elle se tenait et qu'il la verrait probablement. Ne voulant pas qu'il sache qu'elle avait assisté à toute cette scène, elle se retourna et regagna rapidement la rue. En s'approchant à nouveau de la porte d'entrée, elle lissa ses vêtements, afficha son plus beau sourire professionnel et sonna à la porte.

Amber ouvrit une minute plus tard.

— Ah, Poppy, entrez !

Poppy pénétra dans le hall et regarda autour d'elle. Comme on pouvait s'y attendre compte tenu de la richesse des Smitheringale, la maison était luxueusement meublée, avec du mobilier artisanal et recouvert de tissus somptueux, des boiseries complexes et des accessoires ornés. De véritables antiquités et des céramiques de grande valeur remplissaient les nombreuses étagères et alcôves, tandis que des peintures à l'huile et des aquarelles originales ornaient les murs.

Elle suivit son hôtesse dans le grand salon dont les portes-fenêtres donnaient sur la terrasse et le grand jardin de derrière. D'élégants meubles en osier trônaient sur la terrasse et, au-delà, une petite pelouse s'étendait entre de larges parterres de fleurs. Les plates-bandes étaient nues et Poppy aperçut une collection de plantes en pot à côté d'un des parterres, attendant manifestement d'être plantées. Au-delà s'étendait une rangée d'aubépines, formant une haie qui encerclait la propriété.

Poppy aperçut Valerie, toujours près de la haie. La femme faisait mine de la couper avec son sécateur, mais il était évident qu'elle regardait en réalité avidement à travers la fente, cherchant à espionner le salon des Smitheringale par les portes-fenêtres. Poppy ressentit une pointe d'empathie pour John. Bien qu'elle n'apprécie pas le médecin arrogant, elle aurait également été agacée d'avoir une voisine aussi fouineuse !

— Oh, c'est cette affreuse Valerie Winkle, dit Amber en suivant le regard de Poppy. Elle est *toujours* en train de regarder par-dessus la haie pour essayer de voir ce que nous faisons ou d'écouter nos conversations. John devient fou. La semaine dernière, il l'a surprise dans notre jardin en train de fouiller dans notre bac à compost – vous vous rendez compte ? Elle a dit qu'elle vérifiait que nous « superposions correctement les couches ».

Amber secoua la tête, incrédule.

— Et John vient de me dire qu'elle a encore coupé notre haie ! Il lui a déjà dit quelques mots à ce sujet à plusieurs reprises.

— Elle a l'air d'être un vrai cauchemar, dit Poppy. Ça doit être vraiment frustrant pour John si elle lui tourne autour quand il essaie de tailler la haie.

— Oh, John ne taille pas la haie ! dit Amber en riant. Il ne distinguerait pas un bout du sécateur de l'autre. Il ne touche à rien dans le jardin. Nous avons un homme à tout faire qui vient tondre la pelouse, tailler les haies et désherber.

— Oh, oui, c'est vrai... il l'a mentionné hier, se rappela Poppy.

Elle jeta un coup d'œil à Amber.

— Hum... votre homme à tout faire aurait pu vous aider à planter les parterres, non ?

Amber fit une grimace.

— Je suppose... mais Joe n'est pas forcément très arrangeant. Il est vraiment difficile de lui parler, et en plus, je ne pense pas qu'il aurait la patience de s'occuper des parterres de fleurs, d'essayer différents emplacements et différentes couleurs. En fait, je l'ai entendu parler assez brusquement à Valerie lorsqu'elle essayait d'interférer.

Elle soupira.

— C'est peut-être ce que je devrais faire : davantage tenir tête à Valerie. Elle ne me laisse jamais tranquille. Chaque fois que je vais au jardin, elle surgit de nulle part pour me dire ce que je dois faire. Elle pense toujours que je fais tout de travers.

Elle secoua la tête et rit.

— Quand John s'énerve, il dit parfois que si nous avions su que Valerie habitait à côté, nous n'aurions pas acheté la maison ! Bien sûr, il ne le pense pas vraiment. Nous adorons cet endroit.

Elle poussa un nouveau soupir, de contentement cette fois, en regardant par la fenêtre et en contemplant le paysage. Poppy suivit son exemple et admira la vue sur les champs vallonnés qui s'étendaient au-delà de la haie au bout de la propriété.

— C'est vraiment beau, n'est-ce pas ? dit Amber. Comme nous sommes à la périphérie du village, il n'y a que la campagne autour – enfin, à part l'ancienne usine d'embouteillage. Là, on peut l'apercevoir à travers les arbres…

Elle la pointa du doigt.

— Elle est située au bout de notre chemin. Si vous passez devant notre maison, la route s'incurve et débouche sur l'usine.

Elle fit une grimace.

— C'est une horreur, n'est-ce pas ? Elle n'a fermé que récemment. J'ai entendu dire au village que le site venait d'être vendu et qu'il allait être remplacé par un lotissement moderne. J'espère que les travaux ne seront pas trop bruyants…

Elle se détourna des fenêtres.

— Allez, venez vous asseoir avec nous. J'ai préparé des biscuits florentins, et Christine et moi étions sur le point de prendre le thé. Ensuite, nous pourrons aller au jardin et je vous montrerai ce que je veux faire.

Amber la conduisit vers une suite de trois pièces près de la cheminée, de l'autre côté, et Poppy eut la surprise de constater qu'une femme était assise sur le canapé. Elle était si calme qu'elle se fondait pratiquement dans le décor. Elle avait l'air d'avoir une quarantaine d'années, elle était mince, avait des cheveux noirs coupés au carré et des sourcils fins et arqués sur un visage aux traits nobles. Elle était assise, incroyablement immobile, comme une statue, et son visage avait la même douceur vide qu'un buste de marbre, de sorte qu'il était difficile d'y lire une quelconque expression.

— Voici Christine – Christine Inglewood, dit Amber en versant une tasse de thé à Poppy. Christine est notre architecte d'intérieur et... notre cheffe de projet en général. Elle est venue à la maison presque tous les jours au cours des derniers mois et nous a aidés à superviser chaque détail de la rénovation. Je pense qu'elle a vécu dans la maison plus longtemps que moi, ajouta-t-elle en riant.

La femme offrit à Poppy un sourire poli qui n'atteignit pas ses yeux.

— Comment allez-vous ? dit-elle d'une voix froide en lui tendant la main.

— Christine, voici Poppy Lancaster. Elle habite le cottage à côté de celui de Nick – Nick Forrest, le vieil ami d'université de John, qui vit de l'autre côté du village, poursuivit Amber. Nous l'avons rencontrée hier quand nous sommes allés chez Nick. Oh, Christine, vous devriez voir son jardin. Il est absolument magnifique ! C'est exactement le genre de jardin à l'anglaise dont je vous parlais. Il y a des roses partout, de la lavande, des digitales, des delphiniums et… tellement de fleurs ! C'est le plus beau jardin que j'aie jamais vu !

— C'est ma grand-mère qui a créé le jardin, en réalité, avoua Poppy. Mais j'ai beaucoup travaillé pour essayer de le remettre dans son état d'origine. Il a été vraiment négligé pendant la maladie de ma grand-mère.

— Vraiment ? C'est gentil de votre part, dit Christine d'une voix ennuyée. Je dois dire que je n'arrive pas à comprendre l'intérêt qu'il y a à travailler la terre tout le temps. Comme je n'arrête pas de le dire à Amber, si elle laissait cette entreprise de paysagisme venir refaire le jardin de derrière, ils installeraient en un rien de temps un magnifique jardin qui ne nécessiterait que peu d'entretien. Elle pourrait alors se détendre et profiter du reste de l'été, sans avoir à se préoccuper de creuser, de planter et de tout le reste.

— Oh, mais ce n'est pas laborieux quand on y prend du plaisir, protesta Amber. Les personnes qui aiment jardiner ne veulent pas d'un jardin qui nécessite peu d'entretien – c'est l'entretien qui est amusant ! Nous aimons nous salir les mains.

Elle émit un bruit agacé.

— Mais je ne risque pas de me salir les mains avant un certain temps. John ne me laisse plus jardiner, alors je ne peux plus rien creuser ni planter.

— Quoi ?

Christine s'arrêta alors qu'elle portait sa tasse de thé à ses lèvres.

— Vous n'allez plus jardiner ?

Amber secoua la tête.

— Pas jusqu'à la naissance du bébé. Il dit que je n'ai pas le droit de faire d'activité physique.

— Mais... mais c'est ridicule ! s'écria Christine. Les médecins ne vous ont pas dit de ne pas jardiner, n'est-ce pas ? John est stupide. Vous ne pouvez pas le laisser vous dicter votre conduite. Vous aimez jardiner et vous devriez pouvoir le faire. C'est très bon pour la santé.

Poppy regarda l'architecte d'intérieur avec une certaine surprise. Quelle volte-face ! Deux minutes plus tôt, elle encourageait Amber à ne pas s'embêter à « creuser, planter et tout le reste » ! Pourtant, elle ne pouvait s'empêcher d'être d'accord avec son intervention féministe, et elle ressentit un respect croissant pour elle.

— Eh bien... je ne sais pas... j'ai promis à John, dit Amber en tripotant les rubans de sa robe.

Puis elle s'illumina.

— De toute façon, cela n'a pas d'importance – Poppy est là ! Nous l'avons engagée pour m'aider à planter les nouvelles plates-bandes. Elle pourra s'occuper de creuser, et je me contenterai de tout superviser.

Christine regarda Poppy et elle vit un éclair de pitié dans ses yeux, ce qui l'agaça légèrement. L'architecte était-elle désolée de savoir qu'elle était payée pour être le larbin d'Amber ? *Eh bien, elle ne sait pas combien je suis payée – elle n'aurait pas autant de pitié pour moi dans ce cas*, pensa Poppy avec suffisance. De plus, l'argent mis à part, Poppy se sentait chanceuse d'avoir quelqu'un d'aussi gentil qu'Amber comme employeuse. La femme avait des manières si douces et si enfantines qu'on n'hésitait pas à lui obéir. C'était un peu comme se montrer conciliant à l'égard d'une enfant autoritaire de 5 ans. *Et ça aurait pu être bien pire : j'aurais pu être embauchée par quelqu'un comme Valerie Winkle !*

Chapitre 5

Vingt minutes plus tard, après plusieurs tasses de thé et une pile de biscuits dont il ne restait plus que des miettes, Christine Inglewood prit congé et Poppy suivit Amber hors de la maison.

— Je croyais que John était là ? demanda Poppy en regardant le jardin de derrière alors qu'elles sortaient sur la terrasse.

— Je lui ai dit de venir prendre le thé avec nous, mais il a dit qu'il devait aller chercher quelque chose au village, expliqua Amber.

Elle leva les yeux au ciel.

— De vous à moi, je pense qu'il essaie juste d'éviter Christine. Ils ne sont pas toujours d'accord et elle peut être très franche, vous savez… et John n'aime pas ça.

Ça ne m'étonne pas, pensa Poppy. Une femme indépendante et compétente qui n'a pas peur de le contredire ou de dire ce qu'elle pense doit être un cauchemar pour un machiste comme John Smitheringale !

— Ils s'entendaient bien, avant, poursuivit Amber d'un ton pensif. En fait, c'est John qui a embauché

Christine. Je pense que c'est un de ses collègues qui l'a recommandée. Mais depuis Pâques, les choses sont devenues glaciales entre eux. John ne me l'a jamais dit, mais je pense qu'ils ont probablement eu un certain nombre de disputes lorsqu'il est venu dans l'Oxfordshire pour vérifier l'avancée des rénovations. Il allait souvent voir la maison – toutes les semaines, en fait –, et il revenait souvent de mauvaise humeur. Christine peut être assez rigide, et elle n'aime pas qu'on remette en question ses décisions. John non plus, ajouta Amber en riant.

— Il a de la chance que sa femme soit si agréable, fit remarquer Poppy.

— Oh, c'est juste que je déteste les conflits. Et puis, je trouve qu'il y a d'autres moyens de faire faire des choses aux gens que de se disputer avec eux, dit Amber avec un petit sourire. Vous savez ce qu'on dit : on attrape plus de mouches avec du miel qu'avec du vinaigre !

Elles venaient d'arriver devant le parterre et la collection de plantes en pot posée tout le long. Elle se trouvait à côté de la haie et Poppy jeta un coup d'œil méfiant pour voir si Valerie n'était pas dans les parages. Heureusement, la voisine curieuse ne semblait pas là. Peut-être était-elle rentrée prendre le thé également, ou peut-être était-elle sortie. Poppy espérait ardemment que c'était la deuxième option. La dernière chose dont elle avait besoin, c'était que Valerie Winkle la surveille pendant qu'elle travaillait !

Amber fit un geste vers plusieurs pots qui contenaient de petits rosiers.

— La semaine dernière, je me suis rendue dans une pépinière spécialisée dans les roses et j'ai acheté ces fleurs – ne sont-elles pas magnifiques ? Elles sont encore petites, bien sûr, mais elles deviendront de grands arbustes. Vous connaissez les roses David Austin ?

Poppy s'efforça de paraître informée.

— Oh… euh… oui, bien sûr, mentit-elle.

La veille au soir, elle avait lu à la dernière minute les livres de plantes de sa grand-mère pour essayer de se préparer, mais c'était un peu comme essayer de bachoter la veille d'un examen pour lequel on n'avait pas étudié. Elle s'était sentie complètement dépassée et n'avait pas assimilé grand-chose – et s'était même endormie, affalée sur l'un des énormes volumes. Elle avait survolé les chapitres sur les roses et se souvenait vaguement d'une mention de « David Austin », mais ne se rappelait plus aucun détail.

Jetant un coup d'œil à l'un des rosiers qui arborait de grandes fleurs d'une douce teinte abricot, Poppy se risqua à une supposition :

— Euh… elles sont cultivées par un certain David Austin et elles sont… euh… elles sont connues pour être très parfumées… ?

— Oui, elles ont le plus magnifique des parfums ! Et elles ont de belles fleurs avec beaucoup, beaucoup de pétales… vous voyez ?

Amber souleva l'un des bourgeons pour le lui montrer.

— Mais ce n'est pas une variété ancienne. Elles ont été sélectionnées pour ressembler aux anciennes roses, mais ce sont des hybrides entre roses anciennes et modernes. J'adore leur aspect romantique, pas vous ? s'extasia-t-elle en passant la main au-dessus. J'ai pris deux plants roses – dans des nuances différentes –, un plant couleur abricot, un autre crème, un rouge pourpre foncé – et celui-ci est une sorte de jaune beurre. J'ai hâte de les voir fleurir !

Poppy acquiesça, se laissant gagner par l'excitation de la femme.

— Oui, elles seront magnifiques. Alors… où voulez-vous que je les plante ?

Elles passèrent les dix minutes suivantes à placer les pots sur le parterre et à essayer différentes combinaisons, en fonction de la hauteur et de la couleur des roses. Cela aurait pu être très amusant, sauf que Poppy devait constamment répondre à des questions sur des sujets dont elle ignorait tout et faire semblant de s'y connaître en jardinage.

C'était stupide, elle aurait dû avouer la vérité. Amber avait l'air d'être une gentille fille et elle aurait probablement été très compréhensive. Mais Poppy ne pouvait pas supporter l'humiliation d'admettre qu'elle était une débutante qui ne savait pratiquement rien. De plus, bien qu'elle soit censée n'avoir été engagée que pour fournir un travail manuel, les Smitheringale pourraient changer d'avis s'ils découvraient à quel point elle était inexpérimentée, et elle ne pouvait pas se permettre de passer à côté de cet argent.

— Pensez-vous que je doive faire quelque chose au sol avant que vous ne commenciez à les planter ? demanda Amber en regardant d'un air dubitatif le parterre de fleurs vide.

Poppy regarda fixement la zone. *Oh, mon Dieu, qu'est-ce que j'ai lu hier soir sur les sols ?* Elle se creusa la tête pour essayer de se souvenir.

— Oh, euh... non, je ne pense pas.

— Vous pensez que la terre est bonne ?

— Euh... oui... je suis sûre que ça ira.

— Oh, tant mieux ! Parce que là où j'ai acheté les roses, ils n'arrêtaient pas de parler « d'améliorer le sol » et ils ont essayé de me vendre un tas de choses, comme du compost, du fumier et autre. Vous savez, parfois ces jardineries essaient juste de vous vendre des choses, pour faire plus d'argent. Je suis si heureuse que vous soyez ici et que vous puissiez me conseiller, fit Amber, enthousiaste.

Poppy déglutit, gênée.

— Allez, je vous laisse travailler. J'ai sorti les bêches, les fourches et autres outils de l'abri de jardin. Ils sont là-bas...

Amber désigna plusieurs outils posés à côté des pots.

— Et il y a aussi un nouveau jeu d'outils – tenez.

Poppy regarda avec étonnement la pochette couleur crème recouverte d'un motif floral rose et blanc, qui semblait plus à sa place dans un shooting photo Laura Ashley que dans un parterre de fleurs boueuses. Le rabat de la pochette s'était ouvert et elle aperçut à l'intérieur un ensemble d'outils à main, avec des manches en bois à l'aspect vintage.

Amber aperçut son expression et rit.

— Je sais, ils sont presque trop beaux pour être utilisés, n'est-ce pas ? Christine me les a offerts ce matin. Elle m'a dit que c'était le genre « cottage anglais » qui correspondrait à mon projet de jardin. Rien à voir avec les manches en plastique brillant des outils que j'ai achetées au magasin de bricolage, s'esclaffa Amber. Elle avait l'air horrifiée quand je les lui ai montrés la semaine dernière. Je pense qu'ils ont heurté sa sensibilité de designer ! Elle est incroyablement pointilleuse et veut que tout corresponde au style des lieux… Je suppose que c'est la décoratrice en elle qui parle. En tout cas, c'est un cadeau attentionné, n'est-ce pas ?

— Oui, acquiesça Poppy, qui se sentait de mieux en mieux disposée à l'égard de Christine Inglewood.

La décoratrice était peut-être un peu froide et obsédée par la coordination des couleurs, mais elle avait manifestement bon cœur.

— Bien. Je vais aller vous préparer une carafe de boisson fraîche et vous apporter un verre, pour que vous puissiez vous servir quand vous le souhaitez. Que diriez-vous d'une limonade ? J'ai aussi de l'eau gazeuse… ou d'autres boissons non alcoolisées, si vous préférez…

— Non, la limonade me convient parfaitement. Mais ce n'est pas la peine, vraiment. Je suis ici pour travailler, je ne suis pas votre invitée, dit Poppy en riant. Je peux aller chercher de l'eau moi-même si…

— Non, non ! Je préfère vous préparer quelque chose. C'est comme si je contribuais d'une certaine manière à la création de ce jardin, même si c'est seulement en vous gardant hydratée ! gloussa Amber avant de se retirer dans la maison.

Restée seule, Poppy inspecta à nouveau le parterre de fleurs, se demandant par où commencer. Elle allait d'abord s'occuper des roses à l'arrière, puis planterait les végétaux plus grands tout autour. Elle ferait ensuite une pause avant de s'attaquer aux plantes plus petites de l'avant de la plate-bande. Mais d'abord, elle devait délimiter les zones à planter. Peut-être pourrait-elle tracer des cercles dans le sol avec une fourche à main…

Elle se pencha vers les outils, mais hésita lorsque sa main se posa sur la jolie pochette fleurie. Elle se sentait mal à l'aise de salir les outils neufs. D'ailleurs… elle sourit en se rappelant soudain qu'elle avait apporté ses propres outils. Elle les avait trouvés dans la serre à l'arrière de Hollyhock Cottage et ils avaient dû appartenir à sa grand-mère.

Poppy ôta de son épaule son grand sac de toile et fouilla à l'intérieur, sortant une vieille fourche à main et une truelle. Leurs manches étaient peut-être décolorés et élimés, et les bords métalliques tachés de rouille, mais il y avait quelque chose de touchant à l'idée d'utiliser les mêmes outils que ceux dont sa grand-mère s'était servie autrefois pour s'occuper de ses plantes.

Poppy avait à peine commencé à creuser le premier trou qu'une voix nasillarde rompit le silence. Son cœur se serra lorsqu'elle la reconnut.

— Vous plantez des roses, n'est-ce pas ? Vous devrez creuser un trou beaucoup plus profond que ça… *beaucoup plus* profond. Au moins cinquante centimètres de profondeur et autant de largeur. Et j'espère que vous n'avez pas l'intention d'enfoncer les roses directement dans les trous ? Les avez-vous d'abord humidifiées correctement ?

Poppy leva les yeux et aperçut Valerie Winkle de l'autre côté de la haie, qui l'observait d'un œil critique.

— Euh… vous voulez dire les arroser ? demanda-t-elle.

— Oui ! Il est important de les arroser dans leurs pots, afin qu'elles soient bien hydratées avant de les planter, et de bien les arroser les premiers jours après leur installation, surtout s'il fait chaud.

Valerie se pencha par le trou et jeta un coup d'œil au parterre de fleurs.

— Avez-vous enrichi le sol ? On ne dirait pas. Il faut donner un bon coup de fourche à toute la plate-bande pour aérer – regardez, la terre est totalement compactée ! – et y ajouter beaucoup de compost et d'autres matières organiques.

Valerie haussa les sourcils et émit un *tut tut tut* désapprobateur.

— J'ai entendu dire que vous dirigiez une pépinière. J'aurais pensé que vous connaîtriez des règles aussi basiques.

Poppy rougit et jeta un coup d'œil rapide par-dessus son épaule, soulagée qu'Amber ne soit pas là pour entendre les commentaires de Valerie.

— Je… j'ai trouvé que la terre avait l'air bonne, hésita-t-elle.

— N'importe quoi ! Vous n'avez pas la moindre idée de ce que vous faites, rétorqua Valerie. Qu'en est-il de l'engrais ? L'avez-vous mélangé à la terre autour du trou pour les roses ? Non ? Et qu'en est-il des champignons mycorhiziens ?

Qu'est-ce que c'est que ça, encore ? se demanda Poppy. Elle n'avait qu'une envie : que Valerie s'en aille. Non seulement cette femme lui donnait l'impression d'être totalement incompétente, mais elle craignait qu'Amber ne revienne d'un instant à l'autre et n'entende Valerie l'accuser d'être un imposteur.

Poppy baissa la tête et s'acharna sur sa bêche, espérant que son absence de réponse persuaderait Valerie de se taire et de s'en aller. Mais la femme ne semblait pas avoir compris. Au lieu de ça, elle se pencha encore plus à travers la haie pour observer ce que faisait Poppy.

— Ce n'est pas comme ça qu'on creuse un trou ! Il faut appuyer proprement dans le sol et faire levier… dit-elle. Et vous devriez vraiment utiliser une fourche. Il faut ameublir le sol au fond du trou, afin que les racines du rosier puissent pénétrer et se développer plus facilement dans la terre… Non, non, pas comme ça ! Attendez, je vais vous montrer…

Valerie franchit la brèche dans la haie et s'avança vers elle. Poppy se leva d'un bond, jetant un regard inquiet par-dessus son épaule.

— C'est bon, je peux me débrouiller. Je n'ai pas besoin…

— Il faut plonger la fourche dans la terre, comme ça… dit Valerie, continuant comme si Poppy n'avait rien dit.

Elle l'écarta pour pouvoir s'accroupir à côté du trou et se pencher dessus avec une fourche à main. Elle commença à enfoncer la fourche dans la terre molle au fond du trou en la déplaçant avec force.

— Tenez le manche comme ceci – une prise ferme – et assurez-vous de séparer tous les amas…

— Euh… OK, merci… c'est super… Écoutez, j'apprécie votre aide et je vous remercie pour les conseils… mais je pense que je peux me débrouiller toute seule maintenant… bafouilla Poppy, jetant des regards inquiets par-dessus son épaule.

Amber allait revenir avec la limonade d'une minute à l'autre et elle ne voulait pas que Valerie lui fasse la leçon sur tout ce qu'elle faisait de travers !

— S'IL VOUS PLAÎT ! Pouvez-vous *me* laisser faire maintenant ? dit-elle en haussant la voix.

Son ton tranchant parut enfin atteindre Valerie. La femme s'arrêta, se leva, puis haussa les épaules et recula pour laisser Poppy reprendre sa place près du trou. Poppy lui tourna ostensiblement le dos et recommença à creuser. Mais elle essaya de suivre les conseils de Valerie et d'imiter ses mouvements. Elle travailla dans un silence bienheureux pendant quelques minutes, consciente néanmoins des regards désapprobateurs que Valerie lui jetait. Lorsque le trou fut enfin assez grand, Poppy prit l'une des roses en pot et essaya de la retirer en saisissant la tige centrale.

— Non, non, non ! s'écria Valerie, horrifiée. On n'arrache jamais une plante d'un pot comme ça ! C'est pour ça que je vous ai dit d'arroser d'abord le pot. La terre est alors bien humide et il vous suffit de renverser le pot, de mettre votre main sur la base de la plante et de la faire glisser doucement vers l'extérieur en gardant la motte intacte.

Poppy prit une grande inspiration. Cette femme était agaçante… mais elle semblait savoir de quoi elle parlait. D'ailleurs, tirer dessus ne semblait pas donner grand-chose. Elle n'avait réussi qu'à arracher plusieurs feuilles et tiges. Elle retourna le pot et essaya de faire glisser le rosier comme Valerie l'avait décrit, mais comme elle ne l'avait pas arrosé, le rosier ne venait pas facilement. De la terre meuble tombait partout tandis qu'elle se débattait avec le pot à l'envers.

Elle entendit Valerie émettre à nouveau des bruits désapprobateurs et elle leva les yeux, sur le point de rétorquer quelque chose, mais ses mots moururent sur ses lèvres lorsqu'elle réalisa que la voisine n'émettait pas des bruits de mépris, mais plutôt de détresse. Poppy la regarda avec une inquiétude soudaine.

— Valerie... ?

Valerie tituba légèrement, puis s'effondra en gémissant.

— Oh mon Dieu... vous allez bien ? s'écria Poppy, oubliant son irritation.

Elle laissa tomber le rosier et se précipita vers elle.

Valerie agita une main en l'air, l'autre se portant à sa poitrine. Elle semblait avoir des difficultés à respirer et son visage devenait violet.

— C'est votre cœur ? demanda désespérément Poppy. Vous avez des problèmes cardiaques ? Des médicaments à prendre ?

Valerie tenta de parler, mais un nouveau gémissement s'échappa de ses lèvres. Elle se dirigea en titubant vers sa maison, s'effondrant contre la haie en essayant de passer par la brèche. Poppy s'empressa de lui saisir le coude et de la soutenir.

— Attendez, laissez-moi... Je vais vous aider à rentrer et ensuite, on devrait peut-être appeler une ambulance...

— Eeuuh... argghh...

Valerie haletait, la respiration sifflante, et Poppy commençait sérieusement à paniquer. Elle hésitait à retourner chez les Smitheringale pour appeler une ambulance, mais elle ne voulait pas la laisser seule. Elle voulut lui redemander si elle avait des médicaments, mais Valerie s'arracha soudain à son emprise et se précipita vers sa propre maison. Elle ne fit que quelques pas, cependant, avant de s'effondrer sur l'herbe.

— Valerie !

Poppy la suivit en courant et s'accroupit à côté de la femme couchée. Elle se pencha pour la retourner, puis se figea. Quelque chose dans l'immobilité peu naturelle du corps la fit frissonner. Elle se lécha les lèvres.

— Valerie ?

Rien. La femme n'émettait aucun son. Pas même le bruit d'une respiration.

Ne sois pas ridicule. Bien sûr qu'elle respire encore ! se reprocha Poppy. *Tu ne l'entends pas, c'est tout, parce qu'elle est couchée sur le ventre dans l'herbe. Une fois que tu l'auras retournée...*

Il lui fallut quelques minutes pour retourner le corps. Poppy resta accroupie, haletante, puis déglutit en regardant le masque figé de Valerie. Lentement, elle se pencha pour écouter sa respiration, observa sa poitrine, prit son pouls... C'était comme si elle connaissait la vérité, mais ne voulait pas l'admettre.

Valerie Winkle était morte.

Chapitre 6

— Il y a eu un autre meurtre.

— Quoi ?

La voix de Nell, incrédule, monta dans les aigus. Puis elle poussa un soupir.

— Oh… tu te paies ma tête, c'est ça ?

— Non, je suis sérieuse ! Tu te souviens que je t'ai parlé de ce couple qui m'a engagée pour l'aider à planter son nouveau jardin ? Avant-hier, je suis allée chez eux pour commencer et j'ai rencontré leur voisine, Valerie Winkle. C'est… c'était une horrible femme qui n'arrêtait pas de fourrer son nez partout. Elle était vraiment autoritaire et impolie… honnêtement, Nell, elle était insupportable ! Elle avait même fait des trous dans leur haie pour pouvoir les espionner !

Poppy reprit son souffle et s'empressa de poursuivre avant que Nell ne puisse faire un commentaire.

— Elle est venue me surveiller pendant que je plantais les roses et elle s'est montrée très condescendante. Elle me faisait la leçon sur la façon de creuser et tout le reste… puis elle a commencé à faire des bruits bizarres et à tituber. J'ai cru qu'elle faisait une crise cardiaque ou quelque chose comme ça, parce qu'elle se tenait la poitrine, et j'étais sur le point de courir pour appeler l'ambulance quand elle est tombée raide morte !

— Oh Seigneur… Tu es sûre que *ce n'était pas* une simple crise cardiaque ?

— Oui, j'ai parlé à Suzanne ce matin… Tu te souviens de Suzanne Whittaker – l'inspectrice Whittaker ? Elle travaille pour le CID du sud de l'Oxfordshire…

— Oui, c'est l'ancienne petite amie de ton voisin, c'est bien ça ? Le type qui écrit des romans policiers… Nick comment, déjà ? dit Nell.

Poppy sourit. Se souvenir de la relation particulière de Nick et de Suzanne… C'était du Nell tout craché. Lorsqu'elle vivait à Londres et sous-louait une chambre à Nell, son amie passait le plus clair de son temps libre à spéculer sur la vie amoureuse des différents voisins et résidents de leur rue. Quand elle n'avait pas le nez plongé dans la lecture d'une romance. S'il y avait une histoire d'amour, une infidélité, un divorce ou un exemple tragique d'amour non réciproque à portée de main, Nell en connaissait tous les détails. Elle demanda avec le ton inquisiteur qui lui était familier :

— Tu es sûre qu'ils ne sont plus ensemble ? Parce que d'après ce que tu m'as dit, ils ont l'air très proches pour être seulement des ex.

— Peut-être qu'ils sont simplement matures et philosophes à ce sujet. Ils ont convenu que ça n'a pas fonctionné et ils ont décidé d'aller de l'avant et de rester amis. Les gens peuvent rester civilisés et gentils l'un envers l'autre, même s'ils ne sont plus en couple.

— C'est faux, dit Nell d'un air sombre. Les ruptures sont toujours désagréables et amères, et les gens n'oublient jamais, surtout ceux qui restent derrière. Quoi qu'il en soit, ils ont l'air proches… Suzanne devait nourrir le chat de Nick pour lui quand il partait en dédicaces, non ? Et tu as dit qu'elle avait les clés de sa maison et qu'elle t'avait invitée sans même lui demander l'autorisation.

— Oh non, elle lui a demandé d'abord. Elle avait les clés parce qu'elle était censée nourrir son chat, mais elle a eu l'idée de m'héberger à la place. C'était logique. Comme ça, j'avais un endroit où loger pendant que le cottage – enfin, la scène de crime – était bouclé et Suzanne n'avait pas à venir tous les jours nourrir le chat.

— Mais qu'en est-il de la nuit où tu es arrivée au cottage ? Tu as dit que tu les avais vus s'embrasser…

Poppy poussa un soupir exaspéré.

— Je n'ai jamais dit ça… ! Elle lui a simplement fait une bise sur la joue quand elle lui a dit au revoir. Il faisait sombre et je ne voyais pas très bien… Bref, ce ne sont pas vraiment nos affaires, ajouta-t-elle, se sentant mal à l'aise de parler ainsi de Nick et de Suzanne. Le sujet n'est pas leur vie amoureuse, mais Suzanne qui enquête sur la mort de Valerie Winkle, ce qui est bien plus intéressant !

— Hmm… dit Nell, qui paraissait en douter.

Néanmoins, elle laissa tomber et demanda :

— Pourquoi la police pense qu'il s'agit d'un meurtre ?

— On a trouvé du poison dans l'organisme de Valerie, déclara Poppy. C'est ce que Suzanne m'a dit.

— Du poison ? *Vraiment ?*

Nell semblait plus intéressée à présent.

— Oui, Suzanne pense que quelqu'un l'a glissé dans la nourriture ou la boisson de Valerie.

— L'as-tu vue manger ou boire quelque chose ?

— Non. Mais… elle a disparu pendant un certain temps après que je l'ai vue près de la haie. Je me souviens d'avoir pensé qu'elle avait dû rentrer prendre le thé ou quelque chose comme ça. Il était environ 10 heures, ça aurait pu correspondre.

— Hmm… comment savent-ils que c'est du poison ? demanda Nell. Peut-être que c'était plutôt quelque chose qui venait de son jardin. Les gens ne se lavent jamais les mains correctement, et ils ne portent pas de gants quand ils le devraient, et il y a tellement de germes dans la terre. Oh, mon Dieu, Poppy, j'ai lu un article dans le journal l'autre jour à propos d'un homme qui a fini en soins intensifs à l'hôpital, juste parce qu'il s'était fait une égratignure en jardinant. Il y a toutes sortes de bactéries et de champignons dans le sol et s'ils pénètrent dans notre sang, on peut faire un choc septique ! C'est ce qui lui est arrivé, le pauvre. Il a failli y rester.

— D'accord, mais ce genre de choses mettent du temps à arriver, non ? rétorqua Poppy. J'étais avec

Valerie et elle allait parfaitement bien, puis soudain, elle s'est effondrée ! Ça ne peut pas être dû à une infection bactérienne, si ? Elle aurait déjà été malade.

— Je suppose...

Nell semblait toujours dubitative. En tant qu'obsédée du nettoyage, elle ne pouvait pas admettre que les bactéries n'étaient pas la racine du mal.

— La police a pensé à fouiller sa maison et à tester tout ce qui se trouve dans sa cuisine ?

— Oui, je pense. Je ne suis pas retournée travailler chez les Smitheringale depuis. Amber était trop bouleversée, et de toute façon, la police a bouclé toute la « scène de crime ». Mais ils ont libéré la partie du jardin située du côté des Smitheringale, alors je vais y retourner pour reprendre là où je m'étais arrêtée.

— Fais attention, dit Nell. Assure-toi de porter des gants en permanence. Et tu devrais peut-être éviter de manger ou boire quoi que ce soit quand tu es là-bas...

Poppy émit un rire exaspéré.

— Nell ! Valerie n'a pas été empoisonnée par John et Amber !

— Comment le sais-tu ?

— Eh bien, je...

Poppy s'interrompit alors que le souvenir du visage furieux de John lui revenait en mémoire. Elle repensa à l'affreuse dispute dont elle avait été témoin à son arrivée chez le couple. Puis elle pensa à l'étrange absence de John pendant qu'elles prenaient le thé avec Christine. Était-il vraiment allé au village ? Ou était-il allé empoisonner la boisson de Valerie Winkle, pour se débarrasser une fois pour toutes de son agaçante voisine ?

Ne sois pas ridicule, se réprimanda-t-elle. *Beaucoup de gens ne s'entendent pas avec leurs voisins, mais ils n'essaient pas de les assassiner pour autant !*

— Poppy ?

— Oui… oui, je suis là. Désolée, j'étais ailleurs…

— Tu penses que les Smitheringale *pourraient* avoir quelque chose à voir avec ça ?

— Non, non, bien sûr que non, dit rapidement Poppy. C'est absurde de penser qu'ils pourraient essayer d'empoisonner leur voisine ! En plus, Amber était avec Christine et moi, donc elle ne pouvait pas être en train d'empoisonner le thé de Valerie dans la maison voisine. Et John… John était au village.

— J'espère que la police procédera rapidement à une arrestation. Je n'aime pas l'idée que tu loges au cottage, toute seule, avec un meurtrier en liberté…

— Nell… dit Poppy avec un mélange d'affection et d'exaspération. Ne t'inquiète pas ! Tout ira bien. Je ne risque rien, et de toute façon, ça n'a rien à voir avec moi. Je ne connaissais même pas Valerie – enfin, jusqu'à avant-hier… Oui, bien sûr, je ferme les portes à clé la nuit… Non, je vérifie toujours avant d'ouvrir. J'ai fait installer un judas, tu te souviens ? Oui, oui, d'accord, je le ferai… Prends soin de toi aussi maintenant… à bientôt… Au revoir.

Poppy raccrocha, un sourire sur le visage. Même si elle se plaignait gentiment de tous ses chichis, au fond d'elle, elle appréciait la présence maternelle de Nell dans sa vie. Depuis qu'elle avait perdu sa mère, un an plus tôt, elle était seule, sans autre famille, et il était bon de sentir que quelqu'un se souciait d'elle et s'inquiétait pour elle.

En fait, Nell veillait probablement sur elle plus que sa propre mère ne l'avait jamais fait. Holly Lancaster était une éternelle enfant sauvage, une rêveuse insouciante qui n'avait jamais vraiment grandi, et la moitié du temps, Poppy avait eu l'impression que c'était *elle* qui devait s'occuper de sa mère et non l'inverse. À sa mort, elle avait été surprise de constater que, malgré le chagrin, elle ne s'était pas sentie aussi seule qu'elle l'aurait cru, et elle avait compris que c'était grâce à Nell. La femme de ménage bavarde, avec sa présence chaleureuse et maternelle, avait cessé d'être une simple amie et logeuse pour devenir sa « famille ». En fait, depuis qu'elle avait déménagé dans l'Oxfordshire, leurs discussions quotidiennes et leurs soirées conviviales manquaient à Poppy, et elle se promit de retourner à Londres dès qu'elle le pourrait, pour passer un peu de temps avec Nell.

⁂

Poppy se tenait sur le perron des Smitheringale. Elle sonna à la porte, essayant d'ignorer l'impression de *déjà-vu* qui l'assaillait. Cette dernière se trouva renforcée lorsqu'Amber ouvrit la porte et l'accueillit avec un sourire chaleureux, comme deux jours plus tôt – même si Poppy remarqua qu'elle avait l'air plus maigre et qu'elle avait des cernes sous les yeux. Elle suivit Amber dans la maison jusqu'au grand salon avec les portes-fenêtres donnant sur le jardin arrière, et marqua un temps d'arrêt lorsqu'elle vit – comme la fois précédente – qu'il y avait un service à thé et une assiette de biscuits sur la table basse, et une femme assise sur le canapé.

Cette fois-ci, la visiteuse n'était pas Christine Inglewood. C'était une habitante du village que Poppy reconnut vaguement : Mrs Peabody, une femme curieuse et bavarde qui semblait toujours rôder autour du parc du village ou faire des commérages au bureau de poste. Elle leva les yeux avec intérêt lorsque Poppy entra dans la pièce et dit d'une voix forte :

— Ah ! Poppy, c'est bien ça ? La petite-fille de Mary Lancaster revient pour poursuivre l'entreprise familiale ! J'ai connu votre grand-mère, vous savez. C'était une femme très dure. Elle n'avait pas beaucoup d'amis au village. Mais je dois dire qu'elle faisait des merveilles avec les plantes. Un jour, j'ai apporté un dahlia à la pépinière pour lui demander conseil. Je l'avais depuis cinq ans et il n'avait pas fleuri une seule fois – pas une seule fois ! – et Mary m'a dit de le lui laisser. J'y suis retournée quelques semaines plus tard et il était couvert de fleurs aussi grandes que des assiettes ! Vous vous rendez compte ? J'espère que vous avez hérité de la main verte de votre grand-mère.

— Euh... bonjour, Mrs Peabody... dit Poppy en adressant à la femme un sourire hésitant. Comment allez-vous ?

— Mieux que jamais. Je reviens tout juste de vacances sur la côte du Norfolk. L'air marin y est très vivifiant. Il purifie merveilleusement les poumons. Mais j'ai été terriblement choquée, à mon retour hier, d'apprendre pour Valerie Winkle ! Je suis venue immédiatement voir Amber pour m'assurer qu'elle tenait le coup.

Elle porta une main théâtrale à son ample poitrine.

— Empoisonnée ! Vous vous rendez compte ? On se croirait dans *Inspecteur Barnaby* ! Et j'ai cru comprendre que vous étiez là quand c'est arrivé ?

Elle se pencha en avant, les yeux brillants, et regarda Poppy comme une délicieuse part de gâteau qu'elle avait hâte de manger.

Poppy haussa les épaules, mal à l'aise.

— Euh... oui, j'étais présente. Enfin, pas quand elle a été empoisonnée, mais j'étais là quand Valerie s'est sentie mal et s'est effondrée.

Mrs Peabody regarda par la porte-fenêtre.

— Et j'ai entendu dire que ça s'était passé dans le jardin ? Dans *ce* jardin, et non le sien ?

Elle se retourna pour regarder Poppy d'un air interrogateur.

— Euh... oui... Valerie était venue pour... euh... me regarder planter les roses et puis... elle a commencé à tituber et à avoir du mal à respirer...

Poppy s'interrompit.

— Oh, ça a dû être terrible ! s'écria Amber. Je suis sûre que Poppy n'a aucune envie de revivre tout ça.

Poppy lui adressa un sourire reconnaissant.

— Ce n'est rien. J'ai dû le répéter plusieurs fois déjà, à la police et…

— Ah, la police !

Mrs Peabody esquissa un sourire espiègle.

— Oui, ils ont interrogé tous les habitants du village, en particulier ceux qui auraient vu Valerie avant-hier.

— Est-ce qu'ils ont des suspects ? demanda Amber.

— Ils viennent tout juste d'ouvrir l'enquête, dit Poppy. Ils vont sûrement mettre du temps à établir une liste de suspects.

— Alors que moi… fit Mrs Peabody avec un sourire suffisant, je sais exactement qui voulait la mort de Valerie Winkle.

Chapitre 7

Le silence s'installa dans le salon après l'annonce surprenante de Mrs Peabody et celle-ci s'adossa au canapé avec un large sourire, appréciant manifestement d'être sous le feu des projecteurs.

— Oh mon Dieu, vous savez qui est le meurtrier ? s'exclama Amber. Qui est-ce ?

— C'est évident, non ? Prunella Shaw !

— Qui est Prunella Shaw ? demanda Poppy.

Mrs Peabody se tourna vers elle.

— C'est une habitante du village. Elle vit dans ce grand cottage dans la ruelle derrière l'église.

— Oh… celui avec le jardin rempli de delphiniums ? s'écria Amber. Je suis passée plusieurs fois devant sa maison et son jardin est à couper le souffle ! J'avais l'intention de passer la voir et de lui demander quelques conseils.

— Oui, les delphiniums sont justement le nerf de la guerre, déclara Mrs Peabody en hochant la tête. Prunella est convaincue qu'elle cultive les plus beaux delphiniums du pays et les juges semblent être d'accord. Chaque année, elle reçoit le premier prix au concours de la société des delphiniums de l'Oxfordshire… Enfin, sauf cette année, dit-elle avec un regard lourd de sous-entendus.

— Que s'est-il passé ? demanda Amber.

— Cette année, Valerie n'a cessé de dire à Prunella de donner aux plantes un peu plus d'engrais juste avant le concours. Elle a insisté sur le fait que ça les aiderait à mieux fleurir et à produire de plus grosses fleurs, mais Prunella n'était pas d'accord. Elles se sont disputées à ce sujet un dimanche à l'église. En fait, elles faisaient tellement de bruit que le vicaire a dû leur demander de partir avant la fin de l'office. Ensuite…

Mrs Peabody se mit à chuchoter de façon théâtrale :

— Valerie Winkle a pris l'initiative de s'introduire dans le jardin de Prunella et de verser de l'engrais sur les delphiniums prévus pour le concours !

— Mais… vous n'êtes pas en train de suggérer que Prunella l'a assassinée à cause de ça ? protesta Amber. Les gens ne sont jamais d'accord en matière de jardinage. Ce n'est pas parce que vous n'aimez pas les méthodes de quelqu'un que vous devez l'assassiner.

— Sauf si ses méthodes vous font perdre vos plus beaux delphiniums, rétorqua Mrs Peabody. Toutes les plantes de Prunella ont été brûlées par l'engrais – Valerie a probablement utilisé un mélange trop fort et ne l'a pas arrosé correctement par la suite – et elles n'ont pas pu participer au concours. Elles se sont littéralement ratatinées, ont jauni et leurs feuilles sont tombées. Certaines d'entre elles sont même mortes. C'était horrible à voir. Prunella était absolument furieuse. J'étais là, à la poste, quand elle est entrée en trombe, et j'ai cru qu'elle allait tuer Valerie à mains nues ! Il a fallu appeler Martin du pub pour qu'il nous aide à la sortir de là.

— Mais… de là à la tuer ? Juste parce qu'elle n'a pas gagné le concours ?

Amber semblait toujours sceptique.

— Vous ne connaissez pas Prunella comme moi, rétorqua Mrs Peabody. Gagner ce concours est tout pour elle. Elle l'a remporté tous les ans ces dix dernières années et n'a pas supporté de perdre ce record. Elle tient à maintenir sa réputation de meilleure cultivatrice de delphiniums de la région. En fait, je me souviens qu'une année, il y a eu un véritable scandale parce qu'une exposante avait arraché par erreur quelques fleurs de Prunella. Ou du moins, elle a dit qu'il s'agissait d'une erreur, mais Prunella était convaincue que la femme l'avait fait exprès et elle est entrée dans une rage folle. Elle lui a jeté un arrosoir à la tête.

— Vraiment ? s'étrangla Poppy. Elle a été blessée ?

— Heureusement, Prunella n'a pas très bien visé, et la femme a simplement fini trempée. Mais ça montre bien que Prunella peut être violente quand elle perd son sang-froid, dit Mrs Peabody d'un air appuyé.

— Vous en avez parlé à la police ? demanda Poppy.

— Bien sûr ! J'ai tout raconté à l'inspectrice Whittaker hier après-midi, quand la police a interrogé les gens au pub. Elle s'est montrée très reconnaissante pour cette information, affirma Mrs Peabody, rayonnante de suffisance. Elle a dit qu'elle allait interroger Prunella immédiatement. Je ne serais pas surprise qu'elle procède à une arrestation dès aujourd'hui.

— Oh, ce serait merveilleux ! s'écria Amber. Ce serait un tel soulagement de savoir qu'ils ont trouvé le meurtrier.

Poppy ne dit rien. Elle ne pensait pas que les choses seraient aussi simples.

⁂

Poppy prit congé dès que la politesse le permit et retrouva le jardin des Smitheringale, heureuse d'avoir une excuse pour échapper aux questions indiscrètes de Mrs Peabody. Elle se dirigea vers le parterre de fleurs sur lequel elle avait travaillé et resta un moment à l'observer. Elle ne pouvait s'empêcher de penser à Valerie et jeta un coup d'œil vers sa maison. La porte d'entrée était toujours barrée par le ruban bleu et blanc de la police, et on voyait que l'équipe médico-légale avait prélevé des échantillons dans le jardin de la victime.

Poppy éprouva un soudain remords en pensant à la façon dédaigneuse dont elle avait traité Valerie ce matin-là. Certes, la voisine s'était montrée incroyablement agaçante, mais tout de même… *Aurais-je pu la sauver si j'avais remarqué sa détresse plus tôt ?* se demanda Poppy avec culpabilité. Elle se sentait terriblement mal de ne pas avoir prêté plus d'attention à Valerie. Elle ne pouvait se défaire du sentiment qu'elle aurait peut-être pu « en faire plus » et empêcher cette terrible tragédie.

Il est trop tard pour avoir des regrets, mais il y a encore quelque chose que je peux *faire*, pensa-t-elle d'un air sombre. *Je peux aider à trouver l'assassin de Valerie et à le traduire en justice.* Elle repensa à sa conversation avec Mrs Peabody et se demanda si Prunella Shaw pouvait vraiment être la meurtrière. Elle avait vu de ses propres yeux à quel point Valerie était agaçante avec son attitude de Miss je-sais-tout et ses manières autoritaires – et ça avait coûté à Prunella ses fleurs les plus précieuses –, mais ça semblait être tellement tiré par les cheveux.

Mais si ce n'est pas Prunella, alors qui ? John Smitheringale ? Poppy fronça les sourcils en pensant à l'arrogant cardiologue. Son mobile ne serait-il pas encore plus farfelu ? Les gens ne commettaient pas un meurtre simplement parce que leur voisine avait fait un trou dans leur haie !

Avec un soupir, elle se tourna vers le parterre de fleurs et se rappela qu'elle était jardinière, pas détective. Elle retrouva le rosier qu'elle avait essayé de planter ce matin-là, à moitié sorti de son pot. Il avait l'air plus mal en point qu'avant. Une grande quantité de terre était tombée lorsqu'elle l'avait retourné et Poppy vit plusieurs racines apparentes. Les tiges étaient toutes molles, les feuilles flétries, et les belles fleurs roses se ratatinaient, leurs pétales éparpillés partout. Elle se sentait coupable de l'avoir laissé là et d'avoir complètement oublié d'en prendre soin au cours des deux derniers jours. Elle s'empressa de verser de l'eau sur le rosier, puis fit le tour des autres pots pour les arroser également.

Poppy passa le reste de la matinée à creuser des trous et à planter des roses. Elle se demanda si elle n'aurait pas dû commencer par enrichir la terre des plates-bandes, en y ajoutant des matières organiques telles que du fumier et du compost, comme Valerie l'avait suggéré. Mais elle était impatiente de planter les rosiers et elle pouvait toujours ajouter le compost plus tard. D'ailleurs, comment savoir si Valerie savait vraiment de quoi elle parlait ? Il suffisait de voir ce qui était arrivé aux delphiniums de Prunella, tout ça parce que Valerie avait eu une mauvaise idée !

Poppy travailla joyeusement et se retrouva tellement absorbée par ce qu'elle faisait qu'elle vit à peine la journée passer. Très vite, le soleil commença à descendre à l'horizon. Elle recula et étira ses muscles endoloris tout en examinant à nouveau le parterre de fleurs, cette fois avec une intense satisfaction. Tout était parfait ! Au lieu d'une étendue de terre nue, il y avait maintenant des touffes de verdure placées stratégiquement autour du parterre. Il y avait encore de grands espaces à combler, car elle n'avait pas tout planté, mais ça commençait déjà à ressembler à un « vrai » jardin.

Rougissant de fierté, Poppy rassembla ses affaires, rangea les pots vides et remit la bêche dans la pile d'outils près de la haie. Puis elle dit au revoir à Amber et repartit de l'autre côté du village. Alors qu'elle descendait l'impasse menant à Hollyhock Cottage et passait devant la maison de Nick, qui se trouvait juste avant la sienne, une forme svelte se détacha de l'ombre près du portail et passa devant elle.

— *Mais euh... !* fit Oren en agitant sa queue rousse et rayée.

— Salut, toi… dit Poppy, souriant en s'arrêtant pour caresser le chat. Qu'est-ce que tu fais là ?

Oren ronronna bruyamment, frottant son menton contre son genou. D'après sa récente expérience de garde d'animaux, elle savait que le matou voulait probablement de la nourriture. Il avait un appétit vorace et commençait généralement à harceler les gens pour obtenir son dîner dès le début de l'après-midi. Elle jeta un coup d'œil à la maison sombre à côté, se demandant où était Nick.

— Je suis sûre qu'il reviendra bientôt pour te donner à manger, dit-elle.

— *Mais euh ! Mais euh !* insista Oren.

Poppy regarda à nouveau la maison vide, puis dit :

— Bon, d'accord. Mais ne le dis pas à Nick !

Et, contre son gré, elle prit le chat dans ses bras et le ramena à Hollyhock Cottage.

Le déposant dans la cuisine, elle fouilla dans le cellier et en sortit une boîte de nourriture pour chats. Ça avait été un achat impulsif lors de son dernier passage au supermarché, et en s'y attaquant avec un ouvre-boîte, elle se sentit légèrement coupable. Elle n'aurait pas dû nourrir Oren. Elle savait qu'il était bien nourri chez lui. Pourtant, elle ne pouvait pas supporter l'idée qu'il ait faim. En outre, elle n'avait jamais eu d'animal de compagnie et il y avait un plaisir inattendu à placer sa nourriture devant lui et à regarder Oren l'engloutir avec tant d'appétit.

Elle allait se détourner pour préparer son propre repas lorsqu'Oren se raidit brusquement, les poils de son dos se hérissant, et qu'elle entendit un bruit venant de l'arrière du cottage. On aurait dit un grattage insistant, accompagné d'un léger gémissement. Perplexe, Poppy traversa la grande extension aérée de la serre jusqu'à la porte qui donnait sur le jardin arrière. Elle l'ouvrit et trouva un petit terrier noir dépenaillé assis sur le pas de la porte.

— *Waf !*

Il la regarda en remuant la queue avec impatience.

— Salut, Einstein, qu'est-ce que tu fais là, toi aussi ? demanda Poppy.

— *Waf ! Waf !* répondit le petit chien.

Puis il leva une patte et poussa un gémissement plein d'espoir.

— Bon, d'accord… entre, dit Poppy avec un sourire en s'écartant de l'embrasure de la porte.

Le petit chien entra en trottinant et se dirigea infailliblement vers la cuisine, où il s'assit devant la porte du cellier et la regarda à nouveau avec un nouveau gémissement plein d'espoir.

— Petit effronté ! Comment as-tu su… ?

Secouant la tête en riant, Poppy ouvrit la porte et fouilla jusqu'à ce qu'elle trouve la boîte de biscuits pour chiens.

— Ne te fais pas d'idées, dit-elle à Einstein en cherchant un bol. Il se trouve qu'elle était en promotion, comme la boîte de la semaine dernière, et que je me promenais dans le rayon animaux de compagnie du supermarché…

Le chien lui lança un regard qui voulait dire qu'il n'était pas dupe, puis il plongea sa tête dans le bol et commença à engloutir les biscuits. Poppy le regarda en souriant, puis se souvint soudain d'Oren. Le matou et le terrier étaient de vieux ennemis, qui se rencontraient régulièrement dans le jardin de Hollyhock Cottage, situé entre leurs maisons respectives. La plupart du temps, Oren gagnait, ce qui ne semblait pas décourager Einstein. En fidèle terrier, il était convaincu qu'en persévérant, il finirait par l'emporter. Il se lançait dans la bataille avec une ferveur renouvelée à chaque fois qu'il voyait le chat.

Heureusement, il semblait trop absorbé par son repas. Poppy jeta un coup d'œil méfiant de l'autre côté de la cuisine. Oren avait feulé et s'était hérissé jusqu'à faire le double de sa taille lorsque le terrier était entré dans la pièce, et il était à présent assis sur le plan de travail, fixant le chien et grognant des insultes félines. Mais il n'avait pas l'air de vouloir se jeter sur Einstein de sitôt, aussi, Poppy se détendit et se tourna à nouveau vers le cellier, cette fois pour réfléchir à son propre dîner.

Alors qu'elle préparait son repas, ses pensées revinrent sur le mystère de la mort de Valerie Winkle. Elle avait beau essayer, elle n'arrivait pas à oublier John Smitheringale. Elle repensa au jour où elle l'avait vu à Oxford et à la façon furtive dont il s'était comporté. Qu'avait-il fait, là-bas ? À qui avait-il rendu visite ? Elle s'en voulait d'avoir été si distraite par sa rencontre avec Bertie. Elle n'était pas allée voir de plus près les noms affichés sous l'interphone. *La prochaine fois que j'irai à Oxford...* se promit-elle.

Mais en attendant, la question était de savoir si elle devait ou non faire part de ses soupçons à Suzanne Whittaker. Elle se sentait mal, d'une certaine manière, de dénoncer son employeur, mais en même temps, s'il *pouvait* être le meurtrier, n'était-il pas de son devoir de le faire savoir à la police ? D'autant plus qu'elle se sentait en partie responsable de la mort de Valerie. C'était idiot, elle le savait. Elle n'aurait probablement rien pu faire pour changer les choses, mais elle n'arrivait pas à chasser le sentiment de culpabilité qui l'habitait.

Poppy posa son assiette sur la table en bois de la cuisine et s'assit sur l'un des sièges, fixant sans la voir la nourriture devant elle. Elle était bien consciente qu'elle n'aimait pas John et elle craignait que ses sentiments négatifs à son égard ne la rendent partiale. *Est-ce que je le soupçonnerais aussi si je l'appréciais davantage ? Mais que je l'apprécie ou non ne change rien au fait que je l'ai entendu menacer Valerie pendant leur dispute*, pensa-t-elle en se rappelant la façon dont John avait brandi le poing sous son nez.

Et ça ne changeait rien au fait qu'il était absent de la maison au moment où le thé de la victime aurait pu être empoisonné. Ce n'était pas parce qu'il *avait dit* qu'il était allé au village que c'était vrai. Quelqu'un l'avait-il vraiment vu au village ?

De plus, cet homme était cardiologue, il devait donc avoir une très bonne connaissance des produits susceptibles de faire penser à une crise cardiaque. Et le trou dans la haie fonctionnait dans les deux sens. Il aurait été facile pour lui de se glisser jusqu'à la maison de Valerie et d'empoisonner sa tasse de thé, puis de s'éclipser sans se faire remarquer. Ou peut-être n'avait-il même pas essayé de se cacher. Peut-être était-il venu sous prétexte de s'excuser pour son récent emportement et en avait-il profité pour glisser quelque chose dans la tasse de Valerie quand elle avait le dos tourné…

Poppy fut tirée de ses pensées et réalisa que sa nourriture refroidissait. C'était idiot de spéculer de la sorte. La police avait peut-être déjà confirmé qu'un témoin oculaire avait vu John au village ce matin-là, ce qui signifiait qu'il n'avait pas pu être chez Valerie pour empoisonner le thé. En dépit de son sentiment de culpabilité, elle ferait mieux de consacrer son temps et son énergie à son entreprise naissante. Dès qu'elle aurait fini de dîner, elle se rendrait dans la serre à l'arrière de la maison et sèmerait son nouveau lot de graines.

Poppy venait de terminer son repas et se levait de table lorsqu'elle remarqua d'étranges lumières à travers l'une des fenêtres. Elle donnait sur l'autre côté du cottage, à l'opposé de la maison de Nick, et offrait une vue sur le mur de pierre en ruine qui séparait Hollyhock Cottage de la propriété de Bertie. Le crépuscule était tombé et, de là où elle était, elle distinguait à peine le toit de la maison du vieil inventeur à travers les arbres.

— Que fabrique ton maître, Einstein ? demanda-t-elle au terrier qui avait fini ses biscuits et s'était installé près de la table.

Le petit chien leva les yeux vers elle et pencha la tête en émettant un doux gémissement. Oren, qui s'était installé sur le rebord de la fenêtre pour se laver, interrompit sa toilette pour lancer un regard mauvais au chien. Puis il tourna la tête pour regarder également par la fenêtre. Poppy s'apprêtait à se lever pour aller voir de plus près lorsqu'un gros *boum* secoua l'air. Les vitres vibrèrent sous l'effet de l'explosion. Poppy sursauta et se précipita vers la fenêtre, Einstein sur les talons, aboyant follement. Elle vit de la fumée s'échapper de la maison voisine.

La maison de Bertie était-elle en feu ?

Chapitre 8

Poppy se précipita hors du cottage et traversa le jardin, se dirigeant vers la section du mur séparant sa propriété de celle de Bertie, où l'une des pierres s'était détachée, laissant un large espace qu'Einstein utilisait comme porte personnelle. Elle se baissa pour passer en rampant, puis s'arrêta, confuse, en se redressant de l'autre côté. Elle s'attendait à trouver la moitié de la maison en flammes, mais, à sa grande surprise, elle semblait en parfait état. Chaque brique et chaque tuile du toit était intacte. Cependant, de la fumée s'échappait des fenêtres à l'autre bout – celles qui donnaient sur le salon, d'après ses souvenirs.

— *Waf ! Waf waf !* aboya Einstein, qui l'avait suivie à travers le trou dans le mur.

Il se dirigea vers l'angle de la maison et Poppy le suivit jusqu'à la porte arrière, légèrement entrouverte. C'était sans doute par là que le chien était sorti un peu plus tôt. Elle la poussa et passa la tête à l'intérieur en appelant :

— Bertie ?

Il n'y eut pas de réponse, mais elle entendit un brouhaha de voix provenant de l'avant de la maison. Perplexe, elle entra et remonta le couloir, passant devant la cuisine et les chambres, avant d'arriver à la porte du salon. La pièce était enfumée. Elle observa, bouche bée, la scène surréaliste qui se déroulait devant elle.

Un groupe d'hommes d'âge moyen était assis sur des chaises disposées en demi-cercle. Ils étaient tournés vers un côté de la pièce où une table regorgeait de tubes à essai, becs Bunsen, fioles jaugées et autres équipements de laboratoire. Les hommes étaient tous vêtus d'un uniforme composé d'un blazer bleu marine à boutons en laiton et d'un pantalon beige soigneusement repassé. Ils avaient également tous le visage noirci par la suie et la fumée, et semblaient choqués, fixant le vieil homme en blouse blanche qui tenait un enchevêtrement de fils dans une main et un rat albinos dans l'autre.

— Hmm... oui... bon, un peu plus de puissance explosive que je ne l'espérais, mais dans l'ensemble, c'est un succès, n'est-ce pas ? dit Bertie, rayonnant

— Un succès... ? Un succès... ? bafouilla l'un des hommes, qui se leva de sa chaise et sortit de sa poche un mouchoir d'un blanc immaculé pour s'essuyer le visage. Dr Noble, vous avez failli nous faire exploser !

— Je croyais que vous aviez dit que c'était *sans danger*, dit un autre homme, s'efforçant de réarranger ses cheveux pour masquer sa calvitie. Vous avez dit que c'était une méthode sûre pour repousser les rats.

— Oui, vous avez dit que vous alliez nous montrer une nouvelle forme révolutionnaire de gestion des nuisibles, s'indigna un troisième homme. Je n'investirai certainement pas dans cette… cette bombe à retardement !

— Messieurs… messieurs… intervint un grand homme à l'allure distinguée et aux cheveux grisonnants, assis au premier rang.

Il se leva de sa chaise et fit face aux autres, les mains levées en signe d'apaisement.

— Je suis sûr qu'il s'agit d'un accident et que le Dr Noble saura nous expliquer ce qui s'est passé et pourquoi cela a très peu de chances de se reproduire.

Il se tourna vers Bertie.

— Oh, en fait, c'est bien censé exploser, Mr Fothergill, dit joyeusement Bertie. Mais peut-être pas aussi bruyamment ni en dégageant autant de fumée… L'appareil repose principalement sur des ultrasons, mais j'ai pensé qu'une véritable explosion pourrait augmenter son efficacité contre les nuisibles. Hmm… mais je réalise que ce n'est peut-être pas aussi idéal que je le pensais. Il faudra peut-être faire d'autres tests, concéda-t-il. Ce n'est qu'un prototype, après tout… Je sais ! Je n'ai qu'à retirer l'élément explosif et nous pourrons réessayer.

Plusieurs hommes parurent inquiets et commencèrent à se défiler.

— Bonté divine, est-ce vraiment le moment ? s'exclama l'un des membres.

— Hum… Je dois y aller. Ma femme n'aime pas que je sorte trop tard… déclara un autre.

Un troisième homme porta la main à sa tête.

— Mince alors ! Je viens de me rappeler que je dois… euh… changer la pile de la télécommande de ma télévision…

— Je viens vous aider ! s'écria l'homme à côté de lui.

Il y eut une ruée vers la porte d'entrée et, en quelques minutes, la pièce était vide, à l'exception de l'homme à l'allure distinguée qui se trouvait au premier rang. Bertie le regarda avec plaisir.

— Ah, Mr Fothergill, je suis ravi que vous puissiez rester. Je vais…

— Euh… en fait…

L'homme s'agrippa nerveusement à son col et se dirigea vers la porte.

— C'est très gentil à vous de proposer de faire une nouvelle démonstration de votre invention, Dr Noble, mais…

— Mais au contraire, avec grand plaisir. Je suis honoré que le président de l'association veuille bien consacrer plus de temps à mon travail. Il est évident que vous êtes en contact avec votre côté féminin et…

— Je… Je vous demande pardon ? bafouilla Fothergill.

Il vira au rouge brique et ajusta sa ceinture de pantalon.

— Oh, ce n'était pas une insulte, dit Bertie avec sérieux. Je voulais simplement dire que le fait que vous souhaitiez en savoir plus sur mon invention montre que vous avez un mode de pensée plus évolué et plus ouvert, ce qui est une caractéristique féminine. Voyez-vous, une étude publiée dans *Current Anthropology* rassemble les opinions de plusieurs universitaires américains et postule que l'évolution significative de l'humanité est due à la « féminisation » des premiers hommes.

— Oh… euh… d'accord, dit Fothergill, l'air confus et soulagé à la fois.

Il se racla la gorge.

— Mais je ne voudrais pas abuser de votre temps, Dr Noble… Je suis sûr que vous voudrez un peu de tranquillité pendant que vous vérifiez vos calculs, alors… euh… je vais vous laisser… Bonne nuit !

Et il se précipita vers la sortie aussi vite que ses brogues polies le lui permettaient. Poppy se sentit un peu désolée pour Bertie, qui se tenait là, l'air penaud, tenant toujours le rat et l'enchevêtrement de fils. S'empressant d'afficher un sourire radieux, elle sortit de l'embrasure de la porte et lança :

— Bonjour, Bertie !

Le vieil inventeur se retourna et la regarda d'un air de hibou derrière ses lunettes.

— Ah ! Poppy – quel plaisir de vous voir, très chère ! Je crains que vous n'ayez manqué ma démonstration. J'étais en train de présenter ma dernière invention aux membres de l'association des entrepreneurs de l'Oxfordshire…

— Oui, en fait, j'ai entendu l'explosion, c'est pour ça que je suis venue.

— Hmm… hmm… une légère erreur de calcul, c'est tout… Je dois juste recalibrer la balance… Maintenant, où ai-je mis mon…

— *Waf !*

Einstein bondit et se jeta sur le rat dans la main de Bertie, qui commença à émettre des couinements stridents et à se débattre pour se libérer.

— Arrête ça, Einstein – vilain chien ! le gronda Bertie en levant la main pour la mettre hors de portée du terrier. Tu sais que tu n'as pas le droit de chasser Celsius ou Fahrenheit.

Il fit sortir le terrier de la pièce et ferma la porte, puis remit le rat dans une grande cage dans un coin.

Poppy le suivit et le regarda placer délicatement le rongeur dans un hamac pour animaux de compagnie où un autre rat dormait en boule. Il lui donna une friandise et une tape sur la tête, puis referma et verrouilla la porte de la cage.

— Vous êtes au courant, Bertie ? Pour le meurtre de Valerie Winkle ? demanda Poppy.

Il aurait été stupide de poser la question à qui que ce soit d'autre. Il n'y avait probablement plus une seule personne dans le village qui ne savait pas pour le meurtre – enfin, à part Bertie. L'inventeur excentrique vivait dans un monde à part et, comme il sortait rarement, il ignorait souvent ce qui se passait dans la communauté locale. Bertie fronça les sourcils.

— Hein ? Qui ça ?

— Valerie Winkle. C'est... c'était l'une des habitantes du village. La voisine des Smitheringale, qui sont mes nouveaux employeurs.

— Ah oui... la femme qui a été empoisonnée... je l'ai vu aux informations du soir... dit vaguement Bertie.

— J'étais là quand elle est tombée. C'était terrible.

Poppy frémit à ce souvenir.

— Elle allait bien et puis, tout d'un coup, elle a commencé à tituber et à avoir du mal à respirer. J'ai cru qu'elle faisait une crise cardiaque – elle avait les mains crispées sur son cœur –, mais la police est sûre qu'il s'agit de poison.

— Est-ce qu'elle tremblait ? S'est-elle plainte de fourmis dans les doigts ?

— Je... je ne suis pas sûre. Elle marmonnait, mais ce n'était pas très clair. Oui, elle avait l'air de trembler et de se tortiller d'une manière bizarre.

— Ses pupilles étaient-elles dilatées ?

Poppy fronça les sourcils.

— Je n'ai pas pu le voir. Je n'étais pas assez près et elle titubait...

— Ah oui... vous l'avez dit... oui, le manque de coordination est caractéristique...

— Caractéristique de quoi ?

— C'est un symptôme courant d'empoisonnement aux alcaloïdes.

— Aux alcaloïdes ?

— Oui, je ne serais pas surpris qu'elle ait été tuée comme ça, dit Bertie en hochant la tête. Les alcaloïdes ont des effets cardiotoxiques, neurotoxiques et gastro-intestinaux-hépatiques très puissants. C'est un composé que l'on trouve dans les plantes, ajouta-t-il devant le regard vide de Poppy.

— Vous voulez dire que ce sont des poisons végétaux ?

— Tous les alcaloïdes ne sont pas toxiques. Certains d'entre eux ont des usages médicinaux importants, comme la morphine et la codéine, par exemple, qui sont utilisées pour soulager la douleur, et la quinine, qui était utilisée pour traiter le paludisme. Et souvent, de petites quantités ne font pas de mal. Vous ingérez des alcaloïdes chaque fois que vous prenez votre café du matin, très chère.

— Quoi ? Il y a du poison dans mon café ? s'étrangla Poppy, effrayée.

— Ce n'est pas exactement un poison, mais la caféine est un alcaloïde. C'est pour ça que le café réveille, vous comprenez ? C'est un stimulant qui, à fortes doses, peut provoquer des vomissements, des convulsions, des battements de cœur irréguliers, voire la mort.

Poppy fronça les sourcils.

— Valerie aurait-elle pu mourir d'une overdose de café ?

Bertie parut dubitatif.

— En théorie, je suppose… mais en pratique, c'est très peu probable, car il faudrait en boire de grandes quantités. Il n'y a pas assez de caféine dans une tasse de café normale pour que la dose soit létale. Bien sûr, des personnes sont déjà mortes d'une overdose de caféine, mais il s'agit généralement de pilules ou de boissons énergisantes à base de caféine, dont la concentration est très élevée et qui contiennent beaucoup de sucre pour masquer la saveur amère. En fait, la plupart des alcaloïdes sont très amers.

— Oh… dit Poppy, pensant à la tasse de thé de Valerie et au goût amer de l'alcaloïde qui aurait pu être masqué.

Bertie poursuivit d'un ton grave :

— Mais la caféine n'est pas la seule possibilité. Il existe de nombreux autres alcaloïdes végétaux bien plus toxiques, et certains, comme la strychnine et l'aconitine, peuvent être absorbés par la peau, ou même – comme pour la strychnine – être inhalés sous forme de poudre ! Il y a aussi la conine, issue de la ciguë, qui provoque une paralysie progressive et la mort ; l'atropine, issue de la belladone, qui entraîne le délire… Même la nicotine est mortelle si elle est administrée à des doses concentrées sous sa forme pure. Ce sont tous des alcaloïdes végétaux.

— Je crois que je vais faire des cauchemars, dit Poppy en riant. Je serai trop terrifiée pour toucher la moindre plante du jardin après ça !

— Oh, à votre place, je ne m'inquiéterais pas. La plupart des plantes sont sans danger si vous ne les mettez pas dans votre bouche. En fait, de nombreuses plantes courantes dans la plupart des jardins anglais sont toxiques. Les delphiniums, les digitales, les hortensias, les rhododendrons…

— Attendez, vous avez dit les delphiniums ? dit Poppy en se redressant d'un coup.

— Oui, toutes les parties d'un delphinium contiennent des alcaloïdes toxiques.

— Et ça provoque les mêmes symptômes ? Comme des vomissements et des problèmes cardiaques…

Bertie acquiesça.

— Oh, oui. Nausées, vomissements, spasmes musculaires, collapsus respiratoire et arrêt cardiaque… J'avais un collègue aux États-Unis qui a fait des études approfondies sur l'empoisonnement au delphinium. Là-bas, on appelle le delphinium « pied-d'alouette », et il est à l'origine de nombreux empoisonnements du bétail, dans le Colorado et le Wyoming notamment. Le Dr Howell essayait de mettre au point un traitement à base de médicaments cholinergiques pour les animaux, mais je ne pense pas qu'il ait eu beaucoup de succès.

Il secoua tristement la tête.

Poppy le regarda fixement, l'esprit en ébullition. Était-ce une coïncidence que Prunella Shaw – une femme qui avait de bonnes raisons de détester Valerie Winkle – soit une experte en matière de delphiniums ?

Chapitre 9

Poppy arriva chez les Smitheringale tôt le lendemain, impatiente de se remettre au travail. Elle sourit de fierté lorsqu'elle entra dans le jardin et vit le parterre de fleurs qu'elle avait planté. Enfin, à moitié. Elle en fit le tour, l'admirant sous différents angles, et se sentit incroyablement satisfaite d'elle-même. *Pourquoi ai-je pensé que le jardinage était difficile ?* se dit-elle en souriant. Les villageois avaient peut-être raison : elle était une Lancaster, après tout, et peut-être avait-elle hérité du talent naturel de sa grand-mère.

C'était une journée exceptionnellement chaude – même pour le milieu de l'été – et un soleil de plomb brillait dans un ciel sans nuages. Poppy se retrouva rapidement trempée de sueur à force de creuser et de soulever des pots. Les plantes semblaient souffrir elles aussi. En fait – elle jeta un regard inquiet à la platebande –, celles qu'elle avait plantées la veille commençaient déjà à avoir mauvaise mine. Leurs feuilles se recroquevillaient et se flétrissaient. *Peut-être qu'il leur faut un peu de temps pour se faire à leur nouvel environnement*, pensa-t-elle.

Malgré la chaleur, elle progressa bien et réussit à planter presque tout ce qu'elle voulait avant de décréter qu'elle en avait fait assez pour la journée. En retraversant le village, Poppy eut soudain une idée : elle fit un léger détour et arriva dans la ruelle derrière l'église. Il n'était pas difficile de trouver la maison – on pouvait voir les hautes tiges des fleurs depuis le bout de l'allée – et elle s'arrêta devant le cottage aux delphiniums. Les fleurs étaient magnifiques : hautes et majestueuses, de toutes les nuances de bleu, de rose, de blanc et de violet, et plus grandes qu'elle.

Il y avait une femme dans le jardin, accroupie au pied d'une plante. Elle portait des gants et un tablier de jardinage qui lui donnait un air professionnel, et ôtait soigneusement les feuilles jaunies et mortes. Elle avait l'air d'avoir une cinquantaine d'années, ses cheveux gris encadraient un visage fin et perspicace, et elle semblait assez brusque dans ses manières. Elle leva les yeux avec méfiance lorsque Poppy s'approcha et se leva.

— Bonjour…

Poppy lui adressa un sourire hésitant.

— J'espère que ça ne vous dérange pas, mais il fallait que je vienne admirer votre jardin. Ce sont les plus beaux delphiniums que j'ai jamais vus !

Son visage s'adoucit.

— Merci. Ils ne sont pas au meilleur de leur forme, cette année, mais ils ne sont pas trop mal.

Elle regarda Poppy plus attentivement.

— Votre visage me semble familier… Je vous ai déjà vue au village ?

— Oui, probablement. J'ai emménagé récemment. J'ai… hum… j'ai hérité de Hollyhock Cottage.

— Oh, bien sûr ! Vous êtes la petite-fille de Mary Lancaster, dit la femme. Je suis Prunella Shaw. J'ai connu votre grand-mère, vous savez. C'était une fantastique jardinière. Ses delphiniums étaient magnifiques, eux aussi.

Elle hocha la tête en signe d'approbation. Puis elle regarda Poppy avec curiosité.

— Je n'avais jamais réalisé qu'elle avait une petite-fille. Vous n'êtes jamais venue rendre visite à Marie de son vivant ?

— Ma mère avait coupé les ponts avec la famille, dit Poppy maladroitement. Elle ne m'en a jamais parlé pendant mon enfance. Je ne savais même pas que ma grand-mère vivait ici jusqu'à ce que la lettre du notaire arrive, m'annonçant que j'avais hérité du domaine.

Prunella haussa les sourcils.

— Ça a dû être une sacrée surprise ! Comment a réagi votre mère ?

— Elle est décédée il y a un an et n'en a jamais rien su.

— Oh ! Je suis désolée de l'apprendre. Qu'en est-il de votre père ? Est-il plus enclin à se réconcilier avec la famille ?

Poppy hésita. Elle détestait qu'on lui pose des questions sur son passé.

— Euh... eh bien... en fait... euh... ma mère m'a élevée seule.

Les yeux de Prunella brillèrent de curiosité.

— Oh, je vois... alors... vos parents se sont séparés quand vous étiez bébé ?

Poppy secoua la tête, ses joues rougissant alors qu'elle se demandait comment répondre. Elle redoutait toujours ce moment de la conversation.

— Euh... non, pas exactement, dit-elle.

— Pas exactement ? Vous voulez dire que...

— Alors, depuis combien de temps cultivez-vous des delphiniums ? demanda Poppy avec enthousiasme.

Heureusement, Prunella se laissa facilement distraire par son sujet favori.

— Oh, depuis des années. Ça a toujours été ma fleur préférée. J'essaie même de créer mes propres espèces, maintenant... Et vous ?

Prunella avait habilement détourné la conversation vers elle.

— J'ai entendu une rumeur selon laquelle vous prévoyez de reprendre l'activité de votre grand-mère ?

— Ce n'est pas une rumeur, c'est la vérité, dit Poppy en souriant. Je vais rouvrir la pépinière de Hollyhock Cottage ! Je viens de planter un lot de graines et je suis en train de rafraîchir le jardin. Je devrais avoir terminé dans une semaine environ. Il ne me reste plus qu'à trouver de jolies guirlandes pour décorer l'extérieur du cottage, des ballons et à imprimer quelques affiches, peut-être même des étiquettes pour les plantes, dont je pourrais coordonner les couleurs avec celles des pots…

Prunella éclata de rire.

— Attendez, attendez ! Vous plaisantez, n'est-ce pas ?

— Non, je suis sérieuse… pourquoi ?

Prunella éclata à nouveau de rire, incrédule.

— Ma chère, savez-vous combien de temps il faut aux semis pour pousser et atteindre une taille décente ? La saison est déjà bien avancée – nous approchons de la fin juillet – et la plupart des plantes vivaces que vous semez maintenant devront grandir. Elles ne seront pas prêtes à être vendues avant le printemps prochain ! Qu'allez-vous vendre en attendant ?

— Oh, fit Poppy, déconcertée. Je… Je ne savais pas… Je pensais pouvoir planter les graines et…

— Vous *pouvez* essayer les plantes annuelles à floraison rapide, comme le bleuet, mais même dans ce cas, il faut planter les graines avant le mois de juin ; il faut bien six semaines avant de voir des fleurs. C'est probablement trop tard même pour ça, surtout si vous n'avez pas de chance et que nous avons des gelées précoces…

Elle marqua une pause, pensive.

— Je suppose que vous pourriez commencer à faire des boutures, mais même ça prendra du temps…

— Des boutures ? dit Poppy d'un air absent.

Prunella soupira et lui lança un regard de pitié.

— Vous n'êtes pas aussi férue de jardinage que votre grand-mère, n'est-ce pas ?

Poppy rougit et baissa la tête, embarrassée.

— Je… non, je débute.

La femme la regarda en silence pendant un moment, puis dit d'un ton vif :

— Reprenez-vous. Nous avons tous dû commencer quelque part. Il n'y a pas de honte à admettre qu'on ignore quelque chose, à condition d'être prêt à apprendre. Et l'expérience est le meilleur des professeurs, comme on dit.

Elle se tourna vers son propre jardin.

— Regardez-moi : j'ignorais tout des delphiniums, et maintenant je suis probablement la plus grande productrice du comté.

— Oui, j'ai entendu dire que vos fleurs remportaient chaque année le premier prix du concours, dit Poppy en souriant.

Le visage de la femme s'assombrit.

— J'ai toujours eu de la chance, sauf cette année

— Oh ? Que s'est-il passé ? demanda Poppy innocemment.

Prunella se renfrogna.

— Valerie Winkle a décidé de s'en mêler et a failli tuer toutes mes belles plantes. Je sais bien qu'il ne faut pas dire du mal des morts, mais cette femme était une vraie plaie ! Elle pensait qu'elle savait tout – en particulier tout ce qui concernait le jardinage – et s'immisçait toujours là où on ne voulait pas d'elle.

— Oh, c'est affreux ! dit Poppy. Vous avez dû être anéantie. J'aurais été furieuse, à votre place.

— J'étais furieuse, admit Prunella. Ce matin-là, quand je suis sortie et que j'ai vu l'état des plantes, j'ai perdu la tête. J'aurais pu la tuer !

Puis elle sembla réaliser ce qu'elle avait dit et ajouta avec aigreur :

— Mais je ne l'ai pas assassinée. Oh, je sais ce que dit Mrs Peabody… Cette vieille chauve-souris bavarde… Elle fait le tour du village en disant à tout le monde que j'ai tué Valerie, n'est-ce pas ?

Elle avança le menton.

— Eh bien, je ne l'ai pas fait.

— Je suppose que si vous avez un alibi pour le matin de son assassinat, vous ne risquez rien… dit Poppy d'une voix suggestive.

— Je n'en ai pas, dit brusquement Prunella. La police est venue m'interroger – tout ça à cause de cette maudite Peabody – et c'est exactement ce qu'ils m'ont demandé : où est-ce que j'étais à ce moment-là ? Je leur ai dit la vérité : j'étais là, en train d'ajuster les tuteurs de mes Pacific Hybrids, et d'ajouter un peu de paillis, mais j'étais seule. Il n'y a aucun témoin pour le corroborer.

Elle croisa les bras.

— Mais s'ils veulent savoir qui a tué Valerie, ils perdent leur temps à m'interroger. *Je* n'ai pas de secrets pour lesquels je serais prête à tuer.

— Que voulez-vous dire ? demanda Poppy, surprise.

— Valerie ne se contentait pas de fourrer son nez partout, elle aimait aussi *espionner* les gens. Et il y a des gens qui ont des secrets dans ce village, des secrets qu'ils veulent à tout prix protéger.

Prunella marqua une pause et ajouta :

— Peut-être même des secrets pour lesquels ils seraient prêts à tuer.

Poppy la regarda fixement.

— Vous voulez dire que… Mais qui pourrait…

— Je ne suis pas une commère comme Mrs Peabody, dit Prunella, se hérissant. Je sais me taire et respecter la vie privée des autres. C'est à la police d'être aux aguets et de trouver le fin mot de l'histoire. Maintenant… si vous voulez bien m'excuser, je dois m'occuper de quelques tâches ménagères.

Elle lui dit sèchement au revoir et se retira à l'intérieur. Poppy resta un moment à regarder sans les voir les rangées de delphiniums, puis elle se retourna et revint sur ses pas, regagnant lentement Hollyhock Cottage. Tout en marchant, elle réfléchit à leur conversation. Ce qu'avait dit Prunella sur les difficultés liées à la réouverture de la pépinière la tracassait. Elle ne pouvait pas se permettre d'attendre le printemps pour commencer à vendre des plantes ! Il fallait que la pépinière familiale reprenne du service et commence à générer des profits dans les prochaines semaines, mais comment allait-elle y parvenir si elle n'avait rien à vendre ?

Poppy pensa alors au parterre de fleurs qu'elle venait de planter chez les Smitheringale et s'illumina. Elle pourrait peut-être accepter plus de contrats de ce type ! Après tout, le jardinage ne semblait pas aussi difficile qu'elle le pensait et il y avait probablement des tas d'autres couples comme les Smitheringale – des citadins fortunés avec des maisons de campagne dans la région qui voulaient avoir de beaux jardins sans se salir les mains. Oui, elle pourrait faire imprimer des dépliants et proposer ses services alentour. Peut-être pourrait-elle même profiter du bouche-à-oreille. Après tout, les rumeurs se répandaient comme une traînée de poudre dans les petits villages et la nouvelle serait certainement rapidement connue de tous.

Poppy fronça soudain les sourcils. Penser aux ragots la ramena à l'autre partie de sa conversation avec Prunella et à ce que la femme avait dit sur le mobile du meurtre de Valerie Winkle. Était-ce ce qui s'était passé ? Avait-on tué Valerie Winkle pour la faire taire ? Mais quel secret pouvait être si terrible que l'on en vienne à tuer pour le protéger ?

Et quel secret aurait pu être préservé dans ce village ? s'interrogea Poppy avec sarcasme. Après avoir vécu la majeure partie de sa vie dans de grandes villes, elle avait été surprise, lorsqu'elle avait emménagé à Bunnington, par les particularités du village. En particulier, le fait que tout se savait. Il semblait impossible de changer de marque de dentifrice sans que tout le village ne soit au courant avant le déjeuner (et n'ait son avis sur la question).

Pas étonnant, en habitant ici, qu'on cherche à protéger ses secrets à tout prix, pensa Poppy. Quitte à commettre un meurtre ?

Chapitre 10

Aucune silhouette féline n'attendait dans l'ombre lorsqu'elle revint ce soir-là et Poppy fut surprise de constater que la compagnie d'Oren lui manquait. Tout en préparant son dîner solitaire, elle se demanda si Nick était chez lui et avait nourri Oren plus tôt, ce qui expliquait sans doute pourquoi le matou n'était pas venu réclamer à manger. *Son affection est seulement intéressée, après tout,* se dit-elle avec un sourire cynique.

Mais elle fut vite détrompée, car un miaulement familier et strident retentit devant la porte d'entrée après le dîner. Lorsqu'elle ouvrit, Oren entra, svelte et repu, ses moustaches fraîchement toilettées. Il se dirigea vers le fauteuil de Poppy et sauta, s'installant confortablement dans le creux de l'assise, comme si elle avait chauffé le siège spécialement pour lui.

— Hé, j'étais assise là, Oren, dit-elle en jetant un coup d'œil à sa tasse de thé à moitié terminée à côté du fauteuil. Descends. Prends-toi ton propre fauteuil.

— *Mais euh !* fit Oren en repliant ses pattes sous sa poitrine.

Poppy poussa un soupir d'exaspération et tenta de pousser doucement le chat. Il roula sur le dos et s'amusa à lui frapper les mains avec ses pattes, pensant manifestement qu'il s'agissait d'un jeu.

— Aïe ! Arrête, Oren, pas avec les griffes… Aoutch ! Arrête, ça fait mal !

Après plusieurs minutes de lutte, Poppy abandonna et Oren s'étala sur le fauteuil avec un air suffisant.

Grrrr. Poppy commençait à se demander comment la compagnie du chat avait pu lui manquer. Elle envisageait d'utiliser un coussin pour pousser de force Oren hors du fauteuil, mais il avait l'air si bien installé qu'elle n'eut pas le cœur de le faire. Au lieu de ça, elle jeta un coup d'œil au canapé affaissé dans le coin, puis récupéra sa tasse avec un soupir résigné et changea de place, se disant que ce n'était pas parce qu'elle était une chiffe molle – certainement pas –, mais qu'elle était de toute façon plus à l'aise sur le deux-places, avec la possibilité de lever ses pieds…

Elle était à peine installée qu'on frappa à la porte d'entrée. Soupirant, Poppy se leva une fois de plus et alla ouvrir. Elle fut surprise de trouver Nick Forrest debout sur le seuil, les yeux brûlants de rage, la bouche en colère et ses cheveux noirs indisciplinés plus sauvages que jamais, comme s'il les avait malmenés avec fureur.

— Ce satané chat est là ? grogna-t-il.

— Oren ? Oui, il vient d'arriver. Pourquoi ?

— Je vais lui tordre le cou, grogna Nick en entrant. Il m'a embêté toute la soirée, à grimper sur mon clavier et à masquer mon écran pendant que j'essayais d'écrire. Et puis j'ai quitté mon bureau un instant – un *instant !* – et ce satané chat a renversé mon café sur mon ordinateur portable ! Il est complètement HS maintenant et j'étais au milieu d'une scène cruciale !

Poppy porta la main à sa bouche.

— Oh non… Vous n'avez pas perdu tout le manuscrit, quand même ?

Nick émit un bruit impatient.

— Non, il est sauvegardé en ligne, mais j'ai probablement perdu la dernière scène que j'étais en train d'écrire… et je ne peux même pas réutiliser mon ordinateur pour la réécrire ! *Et* je vais devoir perdre ma journée de demain à l'apporter dans un atelier de réparation informatique en ville.

Il la suivit dans le salon et lança un regard noir à Oren.

— Maudite bête – j'aurais dû te noyer quand tu n'étais encore qu'un chaton !

Le chat jeta à son maître un regard mauvais, puis lui tourna délibérément le dos et commença à faire sa toilette. Nick poussa un cri de rage et se dirigea vers le chat avec un regard meurtrier, et Poppy s'empressa de s'interposer.

— Hum… vous allez vous souvenir de la scène que vous aviez écrite si vous attendez de récupérer votre ordinateur portable ? demanda-t-elle.

Nick haussa les épaules avec colère.

— Non, bien sûr que non ! Je me souviendrai des éléments de l'intrigue, bien sûr, mais je ne pourrai pas recréer exactement les mêmes paragraphes. C'est ça le problème : quand vous êtes inspiré, les phrases vous viennent à l'esprit sans le moindre effort. Les mots s'imbriquent parfaitement, vous écrivez le dialogue parfait, comme si les personnages le prononçaient devant vous… Mais si vous ne l'écrivez pas immédiatement – si vous essayez de le retrouver plus tard –, il vous échappe. Vous n'arrivez pas à vous souvenir de la façon dont vous aviez formulé cette phrase ou cette plaisanterie… arrggghh !

Il se prit la tête entre les mains, comme s'il était à deux doigts de s'arracher les cheveux.

Poppy le regarda d'un air perplexe. À ce rythme, il serait probablement chauve d'ici Noël.

— J'ai une idée. Et si vous essayiez de réécrire la scène maintenant ? suggéra-t-elle.

— Quoi ? À la main ? s'emporta-t-il.

— Oh… pourquoi pas, oui. Mais j'allais vous proposer mon ordinateur.

Il eut l'air surpris.

— Votre ordinateur ?

— Il est très vieux et très lent, il ne sera pas aussi performant que le vôtre, s'empressa de dire Poppy. Mais si tout ce dont vous avez besoin, c'est de quelque chose pour taper…

— C'est tout ce dont j'ai besoin, dit Nick. Vous avez Internet ? Je pourrai accéder à ma copie en ligne du manuscrit et reprendre là où je m'étais arrêté. Mais vous êtes sûre que… ?

— Oh oui, je ne l'utiliserai pas ce soir de toute façon. Vous pourrez me le rapporter demain matin – ou vous pouvez l'utiliser ici, maintenant.

Poppy fit un geste vers l'arrière du cottage.

— Il est dans la cuisine. Vous pourriez vous y asseoir et écrire, si vous voulez ?

Nick la regarda pendant un moment, puis dit :

— Merci beaucoup. Plus vite je m'assiérai et j'essaierai de recréer cette maudite scène… bien que ce soit probablement trop tard maintenant, ajouta-t-il, l'air morose. Je ne me souviendrai jamais de la façon exacte dont j'avais écrit ce dialogue…

— Qui sait ? De toute façon, vous ne le saurez pas avant d'avoir essayé, dit Poppy d'un ton brusque, ayant l'impression d'avoir affaire à un enfant de 5 ans boudeur alors qu'elle le poussait vers la cuisine.

Quelques minutes plus tard, Nick était installé à la table de la cuisine, le vieil ordinateur portable de Poppy devant lui et une tasse de café posée près de lui. Elle le laissa marmonner tout seul en pianotant sur le clavier et retourna sur la pointe des pieds dans le salon, prenant soin de fermer la porte entre les deux pièces pour qu'Oren ne puisse pas faire des siennes. Cependant, même avec la porte fermée, elle pouvait entendre le tapotement furieux des touches et le son des jurons impatients de temps à autre, accompagnés parfois de gémissements d'agacement ou de profonds soupirs de frustration. Le processus semblait des plus tortueux et elle se demandait comment le métier d'écrivain pouvait faire rêver.

Quand la porte s'ouvrit enfin une demi-heure plus tard, elle fut surprise de voir Nick sortir avec un large sourire. Il entra dans la pièce, les yeux brillants de bonne humeur, et sourit même à Oren en passant devant le fauteuil.

— Alors… hum… vous avez réussi à vous souvenir d'une partie de la scène ? demanda Poppy timidement.

— Oui, la majeure partie m'est revenue ! Et j'ai même eu une nouvelle idée pour le dialogue, alors je l'ai un peu modifié. Je pense qu'il est encore meilleur maintenant, affirma Nick avec enthousiasme en se frottant les mains de satisfaction.

Poppy cligna des yeux. Bien qu'elle connaisse Nick depuis près d'un mois et qu'elle ait été témoin de plusieurs de ses sautes d'humeur, elle n'arrivait toujours pas à s'habituer à ses transformations façon Dr Jekyll et Mr Hyde. Il semblait être un homme complètement différent de l'ours hargneux qui s'était présenté sur le pas de sa porte. Il était souriant, charmant, voire affable lorsqu'il s'assit à côté d'elle sur le canapé et commença à lui demander comment se passait son travail chez les Smitheringale. Poppy lui fit un résumé de son avancée et de ce qu'elle espérait accomplir dans les prochains jours, puis dit nonchalamment :

— John et vous semblez être de vieux amis. Vous vous connaissez depuis longtemps ?

— Oui, on s'est rencontrés à Oxford. John étudiait la physiologie et moi l'anglais. On s'est en quelque sorte perdus de vue après avoir quitté l'université… puis on a repris contact il y a quelques années.

— Oh… donc vous étiez proches ?

— Assez proches, même s'il nous arrivait d'avoir des désaccords sur certains points. John est parfois un peu autoritaire, dit sèchement Nick. C'était moins vrai quand on était étudiants, mais depuis qu'il a vieilli, que son cabinet a pris de l'essor et qu'il a du succès… tout ça lui est peut-être un peu monté à la tête.

Il marqua une pause, puis ajouta rapidement, comme s'il ressentait le besoin de trouver une excuse à son ami :

— Je me rappelle avoir rencontré ses parents à plusieurs reprises lorsqu'ils venaient à Oxford, pour la remise des diplômes et d'autres choses de ce genre. C'étaient de terribles snobs élitistes – vous savez, ceux qui traitent tous les membres de la classe ouvrière avec mépris. John a été élevé dans ces valeurs. Il pense sincèrement qu'un vrai gentleman ne devrait jamais faire de « rude besogne ».

Poppy trouvait que John avait l'air d'un vrai crétin et elle ne comprenait pas pourquoi Nick tenait à être son ami, même si elle n'en dit rien à voix haute. Cela dut se voir dans son expression, car Nick passa sur la défensive et dit :

— John n'est pas un mauvais bougre. Il est juste un peu « vieux jeu », parfois, dans ses réactions.

C'est un foutu machiste, oui, pensa Poppy, et elle put voir à la lueur dans les yeux de Nick qu'il avait lu dans ses pensées. Pourtant, elle était consciente que le fait que John Smitheringale soit sexiste et élitiste ne faisait pas de lui un meurtrier. Essayant une approche différente, elle demanda :

— Amber et lui sont mariés depuis longtemps ?

— Oh… quelques années. En fait, j'ai assisté à leur mariage peu de temps après que John et moi avons repris contact. Il ne la fréquentait que depuis six mois environ – ça a été une sorte de coup de foudre.

— Comme c'est romantique. Il a l'air très protecteur envers elle, fit remarquer Poppy.

Puis elle ajouta :

— La pauvre Amber a l'air vraiment bouleversée par ce qui est arrivé à Valerie. Comment l'a pris John ?

— Pas trop mal. Il est assez stoïque en général, peut-être parce qu'il est médecin. Ils doivent être habitués à faire face à la mort et à ce genre de choses.

— Oui, mais quand même, ce n'est pas pareil quand quelqu'un que vous connaissez en vrai, non ? C'était leur voisine… mais j'ai eu l'impression que John n'aimait pas beaucoup Valerie…

Nick la regarda d'un air sévère.

— Où voulez-vous en venir ?

— Nulle part, contra rapidement Poppy, mais Nick plissa les yeux en la regardant, le sourire disparaissant de son visage.

— Suggérez-vous que John pourrait avoir quelque chose à voir avec le meurtre de Valerie ?

— Je pense qu'il pourrait être un suspect possible, dit Poppy en levant le menton. Je sais que c'est votre ami, mais vous devez envisager cette possibilité. Après tout, il détestait Valerie et je sais qu'il l'a menacée le matin de sa mort.

— Quoi ? De quoi parlez-vous ? demanda Nick.

— Quand je suis arrivée chez les Smitheringale ce matin-là, John était en train de se disputer avec Valerie près du trou dans la haie. Il lui criait littéralement au visage. Et je l'ai distinctement entendu dire à Valerie : « ...ne me poussez pas à bout ou vous le regretterez ! »

— Les gens disent tout le temps ce genre de choses quand ils sont en colère, dit Nick avec mépris. Ça ne veut rien dire.

— Il avait l'air de le penser.

Nick leva les mains.

— Écoutez, j'admets qu'il peut parfois se comporter en abruti arrogant, mais John n'est pas un mauvais bougre. Il est médecin, pour l'amour du ciel. Il a prêté serment de sauver des vies, pas de les détruire !

— Ce ne serait pas le premier médecin à bafouer son serment, rétorqua Poppy. Beaucoup de tueurs en série sont des médecins.

Nick la regarda, l'air irrité.

— C'est quoi, votre problème ? Pourquoi en voulez-vous à John ?

— Ce n'est pas le cas ! protesta Poppy, les joues rouges. Je pense simplement qu'il aurait *pu* être impliqué, c'est tout. Savez-vous si la police l'a interrogé ?

Nick haussa les épaules.

— Je n'ai pas parlé à Suzanne ces derniers jours. En tout cas, j'ai cru comprendre que la victime avait été empoisonnée. Comment John est-il censé l'avoir empoisonnée ?

— C'est facile. Il aurait pu mettre quelque chose dans son thé, lorsqu'elle est rentrée en milieu de matinée pour faire une pause…

Nick éclata de rire.

— Quoi ? Ne soyez pas ridicule ! Il n'allait pas entrer chez elle comme ça, s'approcher de sa tasse de thé et y verser du poison.

— Bien sûr que non, pas comme ça ! cracha Poppy. Il l'a probablement distraite, puis a glissé quelque chose dans son thé quand elle ne regardait pas. Il avait peut-être une fiole ou quelque chose dans sa poche.

Nick s'appuya contre le dossier, l'air amusé.

— Et où aurait-il trouvé le poison ?

Poppy émit un bruit impatient.

— Vous l'avez dit vous-même : il est médecin ! Il a accès à toutes sortes de drogues et de médicaments…

— Ils contrôlent étroitement les choses de nos jours. Les médecins ne peuvent pas s'approvisionner en médicaments comme ça. Tout est signé, l'inventaire est constamment vérifié et des témoins doivent même être présents lorsqu'il s'agit de récupérer les médicaments les plus dangereux.

— Comment le savez-vous ? demanda Poppy.

Nick croisa les bras.

— Parce que j'ai fait des recherches pour l'un de mes livres, dans lequel j'utilise un opiacé comme arme du crime. Nous ne sommes plus à l'époque d'Agatha Christie, où l'on pouvait se rendre à la pharmacie du coin et acheter une bouteille d'arsenic.

Poppy rougit.

— Bertie pense qu'il s'agit probablement d'un alcaloïde végétal, donc...

— Je ne suis pas intéressé par ce que Bertram Noble a à dire, dit froidement Nick.

Poppy se hérissa.

— Pourquoi pas ? Il est très compétent dans de nombreux domaines et a des idées brillantes. Je sais qu'il semble un peu excentrique, mais comme beaucoup de génies...

— Ce n'est pas un génie ! cracha Nick. C'est juste un vieux fou, et vous feriez mieux de rester loin de lui !

Poppy le regarda avec surprise. Il y avait un éclat furieux dans les yeux sombres de Nick, mais, avant qu'elle ne puisse en demander plus, il se leva du canapé et dit avec raideur :

— Merci de m'avoir laissé utiliser votre ordinateur portable. Ça m'a été bien utile. Mais je ferais mieux de rentrer maintenant. Allez, Oren...

Il se pencha et récupéra le chat.

— *MAIS EUH !* se plaignit Oren, se débattant dans les bras de Nick.

Mais l'auteur de romans policiers le tint fermement et le porta jusqu'à l'entrée.

Alors qu'il s'apprêtait à sortir, Nick hésita et se retourna vers Poppy. Il semblait vouloir dire quelque chose. Puis il se ravisa et, avec un « Bonne nuit » sec, passa la porte et disparut dans l'obscurité.

Chapitre 11

— Asseyez-vous, miss. L'inspectrice Whittaker va vous recevoir.

Poppy s'assit sur la chaise indiquée et essaya de chasser ses sentiments de culpabilité et de trahison. *Il fallait que je vienne*, se dit-elle. Il était de son devoir civique de faire part de ses soupçons à la police. Nick comprendrait. Après tout, il avait lui-même été policier – au sein de la police criminelle, d'ailleurs – et il savait donc à quel point chaque piste était importante dans une enquête. S'il avait été chargé de l'affaire, il aurait été reconnaissant de toutes les informations qu'elle aurait pu lui fournir, aussi farfelues soient-elles. Pourtant, elle avait le sentiment que Nick ne serait pas aussi compréhensif qu'elle l'espérait. *De toute façon, qu'est-ce que ça peut bien me faire ?* se rappela-t-elle, contrariée. *Ce n'est pas comme si je me souciais de heurter l'opinion de Nick ou ses sentiments.*

Lorsque Suzanne Whittaker s'assit en face de Poppy dans la salle d'interrogatoire dix minutes plus tard et écouta son récit nerveux, elle sourit en remarquant l'hésitation de Poppy et ses excuses constantes quant à ses soupçons envers John Smitheringale.

— Détendez-vous, Poppy, je ne suis pas Nick et je ne vais pas vous arracher la tête juste parce que vous osez soupçonner mon ami.

Poppy lui adressa un sourire contrit.

— Comment avez-vous deviné ?

Suzanne dégagea ses cheveux noirs et rit.

— J'étais la petite amie de Nick, ne l'oubliez pas. Et nous avons gravi les échelons ensemble. Je le connais assez bien. Il est très loyal et peut se laisser emporter par ses émotions. C'est d'ailleurs ce qui lui a valu plusieurs ennuis avec ses supérieurs au cours de sa carrière au CID. C'était un inspecteur brillant et dévoué – obsédé, même –, mais beaucoup trop imprévisible et impliqué émotionnellement dans les affaires. C'est probablement une bonne chose que sa carrière d'écrivain ait pris son envol et qu'il ait quitté la police, ajouta-t-elle avec un sourire en coin. Pour réussir en tant qu'enquêteur, il faut vraiment avoir une attitude froidement analytique à l'égard de tout, et être capable d'envisager le pire chez tout le monde, *même* chez ses amis et sa famille.

Comme vous ? pensa Poppy en observant l'élégante femme qui se trouvait en face d'elle. Avec sa beauté froide et son autorité tranquille, Suzanne Whittaker était l'incarnation de la femme accomplie. Poppy était sûre que l'inspectrice n'avait jamais eu de problème avec ses émotions.

Suzanne leva la main, se méprenant sur l'expression de Poppy.

— Je fais toujours confiance à l'instinct de Nick. En fait, je lui demande souvent son avis quand j'ai une affaire difficile. Il me suggère parfois un angle auquel je n'avais pas pensé. Il a ce sens de la créativité que personne d'autre ne semble pouvoir égaler. C'est probablement la raison pour laquelle ses livres sont de tels best-sellers, ajouta-t-elle avec un petit rire. C'était un handicap quand il était dans la police, mais ça marche très bien dans les pages de ses romans.

Elle baissa les yeux sur le dossier qui se trouvait devant elle et dit en reprenant un ton professionnel :

— Bien… revenons-en à John Smitheringale. Merci d'être venue m'en parler. C'est appréciable, d'autant plus qu'il est dans notre ligne de mire.

— Vous voulez dire que vous le soupçonniez déjà ? demanda Poppy, surprise.

— Nous interrogeons toutes les personnes présentes dans les environs et vérifions leur relation avec la victime.

— Oh ! Vous savez si quelqu'un l'a vu au village ce matin-là ? demanda Poppy.

Puis elle se reprit et jeta un regard gêné à Suzanne.

— Désolée, je ne voulais pas dépasser les bornes. C'est juste que je me demandais s'il avait un alibi.

Suzanne rit.

— Ne vous inquiétez pas, vous êtes bien moins intrusive que certains habitants qui m'ont bombardée de questions. Ils ont l'air de penser que la police a le devoir de leur fournir des informations détaillées sur tous les aspects de l'enquête ! Et non, je n'ai pas de problème à vous le dire : personne n'a vu John Smitheringale au village ce matin-là.

— Mais John a dit qu'il allait au village acheter quelque chose, donc quelqu'un *a dû* le voir. Ce n'est pas un petit village, mais il n'est pas immense non plus, et la plupart des magasins sont concentrés autour de la rue principale et du parc.

— En fait, j'ai confronté John à ce sujet. Il a admis qu'il n'était finalement pas allé au village. Il a dit qu'il avait changé d'avis et qu'il était allé se promener. La maison des Smitheringale est située à l'extrémité du village et il y a plusieurs sentiers de randonnée autour de cette zone. Il a dit qu'il voulait sortir prendre l'air.

— Et quelqu'un l'a vu se promener ?

Suzanne sourit.

— Vous êtes vive. Non, personne ne l'a vu se promener non plus. Il semble donc que John Smitheringale n'ait pas d'alibi pour une bonne partie de la matinée.

Poppy prit le temps de digérer l'information.

— Cependant, il n'est pas le seul à être impliqué dans le meurtre de Valerie Winkle et il ne serait pas judicieux de se concentrer uniquement sur lui, lui rappela Suzanne. Nous devons garder l'esprit ouvert et prendre en compte tous les autres suspects probables.

— Comme Prunella Shaw ?

Suzanne haussa les sourcils.

— Comment savez-vous que nous la soupçonnons ?

— Je pense que tout le village le sait maintenant, dit Poppy en riant. Mrs Peabody l'a dit à qui voulait l'entendre. Et en fait, Prunella elle-même m'a dit que vous l'aviez interrogée sur son alibi pour ce matin-là.

— Oh… dans ce cas, vous savez qu'elle n'a pas non plus d'alibi solide.

— En effet. Au fait, il y a un moyen d'aller de sa maison à celle de Valerie en passant par les ruelles plutôt que le centre du village, expliqua Poppy. Je le sais parce que je l'ai fait hier quand je suis allée la voir après avoir fini chez les Smitheringale. Elle a donc *pu* se faufiler sans que personne ne la voie, surtout très tôt le matin.

— Hmm… eh bien, personne n'a dit l'avoir vue près de la maison de Valerie – nous avons questionné tout le village –, mais c'est bon à savoir. Merci.

Suzanne inscrivit quelque chose dans son bloc-notes. Puis elle ajouta :

— Apparemment, Joe Fabbri, l'homme à tout faire, a été vu en train de frapper à la porte du cottage de Valerie le matin de sa mort. Vous le connaissez ?

— Oh… Je crois qu'il fait de petits travaux pour les Smitheringale, comme tondre la pelouse et tailler la haie.

— Vous l'avez déjà rencontré ?

Poppy secoua la tête.

— Je n'avais pas réalisé qu'il travaillait aussi pour Valerie.

— Je ne sais pas s'il travaillait régulièrement pour elle. Quand je l'ai interrogé hier, il m'a dit qu'il lui avait simplement rendu service – il avait pris certains de ses outils de jardinage pour les nettoyer et les lui rendait.

— C'est drôle, j'ai eu l'impression qu'ils n'étaient pas en bons termes, s'étonna Poppy. Amber m'a dit qu'elle avait entendu Joe s'emporter contre Valerie quand elle a essayé de se mêler de ses affaires.

Suzanne inscrivit une nouvelle note.

— Hmm... En tout cas, Joe a dit qu'elle allait bien quand il l'a vue ce matin-là.

— Pas étonnant, dit Poppy. Elle allait bien quand je l'ai vue – et c'était quelques heures plus tard.

Suzanne inclina la tête.

— Oui, et compte tenu de la quantité et du type de toxine dans son système, elle a dû ingérer le poison peu de temps avant de s'effondrer. Sinon, elle aurait commencé à présenter des symptômes plus tôt.

Poppy regarda l'inspectrice avec timidité.

— Puis-je vous demander quel type de poison c'était ?

Suzanne sourit.

— Eh bien... la presse relaiera probablement l'information, dans tous les cas... Oui, j'ai reçu les résultats de l'analyse toxicologique complète. Il y avait des niveaux mortels d'aconitine dans son système. L'aconitine est un alcaloïde, un type de toxine produite par les plantes.

— Oh ! Bertie avait raison ! s'écria Poppy.

— Je vous demande pardon ?

— Bertie – je veux dire le Dr Bertram Noble, qui habite à côté de chez moi – m'a dit que le poison était probablement un alcaloïde végétal

— Hmm... il est très perspicace, fit remarquer Suzanne. Oui, apparemment l'aconitine provient d'une plante qu'on appelle l'aconit.

— L'aconit ? Je crois que j'ai lu quelque chose à ce sujet... N'est-ce pas censé être l'une des plantes les plus mortelles au monde ?

Suzanne acquiesça.

— Oui, selon le médecin légiste, une quantité infime – de l'ordre de deux milligrammes – suffit à vous tuer. En fait, l'aconit a servi à de nombreuses tentatives d'empoisonnement depuis les années 1800. Il y a même eu un meurtre récent – en 2009, je crois – commis par une Indienne à Londres, qui a empoisonné son amant avec de l'aconitine. Elle a utilisé une toxine provenant d'une version indienne de la plante, qu'elle a dû aller chercher en Inde, mais je crois savoir que sa forme commune se trouve fréquemment dans les jardins anglais. Apparemment, les fleurs et les bourgeons sont assez beaux.

Elle fit la grimace, pensant manifestement que les gens devaient être fous pour avoir une plante aussi dangereuse dans leur jardin, aussi attrayante soit-elle.

— Si on en trouve dans les jardins, ça signifie qu'il est facile de se procurer le poison, s'écria Poppy. Il n'est même pas nécessaire d'arracher la plante entière, il suffit de cueillir quelques feuilles et bourgeons.

— C'est exact. Mais l'aconitine est aussi présente dans des préparations homéopathiques et des médicaments à base de plantes. Elle est très populaire dans la MTC – la médecine traditionnelle chinoise, expliqua Suzanne devant l'air perplexe de Poppy. En fait, la plupart des cas d'empoisonnement mortel proviennent d'Asie, notamment de Hong Kong, de Chine et de Taïwan, où la racine d'aconit est utilisée dans des remèdes à base de plantes.

— Les gens en mangent *volontairement* ? demanda Poppy avec incrédulité.

— Apparemment, l'aconitine a des effets bénéfiques à petites doses. Le problème est qu'il est très facile de faire un surdosage. Et une overdose peut être fatale.

Lorsque Poppy sortit du poste de police quelques minutes plus tard, elle avait l'impression qu'on lui avait enlevé un poids des épaules. Certes, elle éprouvait encore une certaine culpabilité à avoir dénoncé John Smitheringale, mais elle était tempérée par le fait que la police enquêtait déjà sur lui de toute façon.

Elle se sentait également flattée que Suzanne ait discuté de l'affaire avec elle et semble respecter ses opinions. Ça changeait de son ancien métier à Londres, où sa patronne se moquait constamment de son manque de qualifications… Poppy sourit en sentant un regain d'estime de soi. Elle fut soudain très heureuse d'être allée voir Suzanne ce matin-là !

Chapitre 12

Poppy s'arrêta en sortant du poste de police, se demandant si elle devait retourner directement à Bunnington. Elle ne devait commencer à travailler chez les Smitheringale qu'après le déjeuner, et avait donc quelques heures à tuer. Il faisait à nouveau une chaleur étouffante et, pendant un instant, elle fut tentée de s'allonger sur une pelouse ensoleillée et de profiter du temps estival. Mais elle se rappela qu'elle ne pouvait pas se permettre de paresser – d'une part, elle n'avait toujours pas trouvé ce qu'elle allait faire de son entreprise de jardinage. Le rire de Prunella face à son ignorance, la veille, résonnait encore dans son esprit et elle sentit la gêne l'envahir à nouveau.

Pourrait-elle vraiment trouver assez de contrats de jardinage pour tenir jusqu'au printemps ? C'était dans près de dix mois… et l'automne arrivait déjà. Que se passerait-il lorsque l'hiver serait là ? Personne n'avait envie de passer du temps au jardin en hiver. Les gens se retiraient à l'intérieur pendant les mois froids et sombres et ne pensaient pas beaucoup au jardinage jusqu'à ce que le printemps revienne… alors qui allait l'embaucher ?

Poppy se mordit la lèvre, luttant contre l'anxiété qui commençait à l'envahir à nouveau. Soudain, elle pensa à Nell. Elle s'était toujours tournée vers son amie pour trouver du réconfort. Elle sortit son téléphone et composa avec empressement son numéro.

— Oh, Poppy… ça me fait plaisir d'avoir de tes nouvelles… Comment ça se passe dans l'Oxfordshire ?

La voix de Nell était étrange – étouffée et morne – et ne ressemblait en rien à son ton habituellement jovial.

Poppy était sur le point de se lancer dans une litanie de ses malheurs, mais elle se contrôla et demanda avec incertitude :

— Nell ? Quelque chose ne va pas ? Tu as l'air un peu bizarre.

— Oh non, tout va bien…

Nell marqua une pause, puis soupira et dit :

— En fait, tout *ne* va *pas* bien. J'ai reçu de mauvaises nouvelles ce matin. L'entreprise de ménage pour laquelle je travaille a été rachetée par une autre, et elle se sépare d'un grand nombre de ses employés. J'ai été licenciée.

— Oh non… Nell, je suis désolée de l'apprendre ! Mais tu ne peux pas travailler pour une autre entreprise ?

— J'ai déjà essayé de contacter d'autres établissements, mais ils m'ont clairement fait comprendre qu'ils ne voulaient pas de moi.

La voix de Nell devint dure :

— Ils ne l'ont pas dit clairement, mais je sais que c'est parce que je suis trop âgée. Ils pensent sans doute que je prendrais plus souvent des congés maladie ou quelque chose comme ça.

Elle émit un bruit indigné.

— Je peux te dire que je suis bien plus en forme que la moitié de ces jeunes qu'ils emploient et qui ne savent même pas récurer des toilettes correctement. Je n'ai jamais pris de congé maladie de ma vie !

— Et si tu devenais… hum… freelance ? suggéra Poppy. Tu ne pourrais pas faire des ménages à ton compte ?

Nell parut dubitative.

— Je pourrais essayer… mais mon entreprise s'occupait de tout un tas de bureaux en ville. Où vais-je trouver suffisamment de clients pour compenser ?

Elle soupira à nouveau.

— C'est difficile de rivaliser avec les grandes entreprises de ménage. Elles ont un site web professionnel et une présence nationale, et les gens connaissent la marque…

— Je suis sûre que tu trouveras des clients, dit Poppy. Peut-être que si tu faisais de la publicité…

— Et ce n'est pas tout, poursuivit Nell. J'ai trouvé ce matin dans la boîte aux lettres un mot du propriétaire m'informant que mon bail avait été résilié.

— *Quoi ?* De quel droit ? Tu n'as pas de contrat ?

Nell soupira.

— Si, mais si tu peux prouver que le locataire n'a pas respecté les termes du contrat, tu peux lui demander de partir plus tôt. C'est ce qu'il a fait. Il a de nouveau ramené la sous-location sur le tapis et s'en sert comme excuse.

— Mais je suis partie ! s'écria Poppy. Dès qu'il s'est plaint – ce qu'il n'aurait pas dû faire de toute façon, puisqu'il avait accepté notre accord de sous-location –, j'ai quitté la maison. Je n'y vis plus. Il ne peut quand même pas te mettre à la porte un mois plus tard ?

— Ce n'est qu'une excuse. La vérité, c'est qu'il a besoin d'un moyen rapide de me faire partir et que cette raison était bien pratique.

— Mais pourquoi il voudrait que tu partes ? Tu paies toujours le loyer à temps, tu entretiens la maison, tu ne te plains jamais quand il tarde à régler les problèmes…

— C'est une question d'argent, dit Nell d'un ton sec. Je discutais avec Mrs Waltham de l'autre côté de la rue et elle m'a dit qu'elle avait entendu dire que cette zone était destinée à être réaménagée. Un grand promoteur immobilier a racheté la moitié de la rue et prévoit de transformer les maisons en appartements de luxe. On est proches de la gare et du centre de Londres. C'est un emplacement de choix. Je suis sûre qu'ils ont proposé à mon propriétaire une somme rondelette pour racheter son bien. Il veut me mettre dehors pour pouvoir vendre rapidement et empocher l'argent.

— Quand est-ce que tu dois partir ? demanda Poppy.

— J'ai jusqu'à la fin du mois.

— Ça te laisse encore deux semaines. Je suis sûre que tu trouveras une autre maison d'ici là, dit Poppy avec enthousiasme.

Nell soupira à nouveau et dit d'une voix fatiguée :

— C'était un miracle d'avoir trouvé un logement avec un loyer aussi bas, si proche des commerces et des transports. Je ne sais pas comment je vais faire pour trouver autre chose, surtout dans un délai aussi court. Et maintenant que je n'ai plus d'emploi, ma candidature sera beaucoup moins intéressante. Ils privilégient toujours les gens qui ont un emploi stable.

Poppy n'avait jamais entendu Nell aussi abattue et découragée. Son amie semblait toujours affronter l'adversité avec un optimisme joyeux. C'était une chose que Poppy avait trouvée merveilleusement réconfortante, surtout pour tenir bon pendant la maladie de sa mère. Entendre Nell aussi désespérée était déconcertant.

Ce fut alors qu'une idée lui vint.

— Nell, je viens d'avoir une idée géniale ! Tu pourrais venir vivre avec moi !

— Avec toi ?

— Oui, le cottage est suffisamment grand pour ça. Il n'est pas immense, mais il y a deux chambres et on avait déjà l'habitude de partager une salle de bain. On est loin du confort moderne, je l'admets, dit Poppy avec un rire gêné. L'eau est chaude, mais tout juste, et la baignoire est un vestige du siècle dernier ; la cuisine est très rudimentaire et la cuisinière est ancienne… mais tout est parfaitement fonctionnel.

— Oh, Poppy, c'est vraiment gentil de ta part, mais… et pour mon travail ?

— Qu'est-ce qui te retient à Londres ? Tu pourrais venir chercher du travail ici. Oxford n'est pas très loin et c'est une petite ville. Il y a beaucoup de bureaux et de locaux commerciaux qui ont besoin d'être nettoyés. Tu pourrais même trouver un poste au sein de l'université. Avec tous ces collèges et départements… ça fait beaucoup de ménage !

Son enthousiasme déteignait manifestement sur Nell. La voix de son amie se fit plus joyeuse :

— Tu sais quoi, Poppy ? Peut-être que tu as raison… Peut-être que c'est une chance pour moi de prendre un nouveau départ. Et j'ai toujours eu envie de m'installer à la campagne… Mais tu es sûre ? ajouta-t-elle anxieusement. Je veux dire… tu n'apprécies pas d'avoir ton chez-toi, après tout ce temps ? Tu voudrais vraiment être à nouveau en colocation ?

— Ne sois pas stupide ! J'adorerais que tu viennes vivre avec moi. Le cottage est un peu vide, à vrai dire. Et puis, ajouta Poppy en riant, tu ne te rends pas compte que c'est intéressé. Si tu emménages ici, alors je pourrais manger tes délicieux petits plats au lieu des pitoyables repas que je prépare.

Nell éclata de rire.

— D'accord. Tu m'as convaincue. Je viendrai… mais à une condition : Je veux te payer un loyer.

— Quoi ? Non, ne sois pas ridicule…

Le ton de Nell était ferme.

— Je suis sérieuse, Poppy. Je n'accepterai pas d'être hébergée gratuitement. Je ne suis d'accord que si je te verse un loyer.

— Je… oh, d'accord. Pour l'instant, dit Poppy, sachant par expérience qu'une fois que Nell avait pris ce ton, il était inutile d'argumenter.

— Parfait.

Nell laissa échapper un petit rire.

— Ça va être drôle d'inverser les rôles. Cette fois, ce sera toi, ma logeuse !

Chapitre 13

Alors qu'elle raccrochait, Poppy eut une idée et, au lieu de retourner à Bunnington, elle prit un bus pour Oxford. À son arrivée, elle trouva la ville universitaire plus animée que jamais, les rues bondées de touristes occupés à photographier l'architecture et de locaux désireux de profiter du soleil estival. Elle descendit à Gloucester Green et se dirigea vers un bureau situé à l'angle de la rue. Elle regarda avec dégoût le panneau rouge et jaune criard au-dessus de la porte. On y voyait un homme d'âge moyen dans un costume tape-à-l'œil, avec une grosse moustache et un sourire mielleux, et les mots suivants :

LEACH PROPERTIES LTD.

Le meilleur conseiller en VANTE !

Poppy fixa l'affiche avec effroi et se demanda si elle ne devrait pas se fier à son instinct et éviter cet endroit comme la peste. Puis elle chassa cette pensée, reprit son souffle et entra.

La réceptionniste leva les yeux et parut la reconnaître.

— Oh, vous êtes la dame à l'alstrœmère ! Comment va-t-elle ?

— Très bien ! dit Poppy en lui rendant son sourire. Je l'ai plantée près de ma porte d'entrée et elle est constamment en fleurs.

Elle jeta un coup d'œil vers le bureau et demanda :

— Mr Leach est là ?

— Je vais l'appeler. C'est pour louer un appartement ?

— Oh non. En fait, je suis sa cousine, dit Poppy.

Les yeux de la réceptionniste s'arrondirent.

— Ohhh ! C'est vous qui avez hérité de Hollyhock Cottage et qui avez privé le vieil Hubert de son héritage, dit-elle en riant. Il en parle depuis des semaines !

Poppy rougit.

— Oui… eh bien… c'était une surprise totale pour moi aussi, dit-elle d'un ton bourru.

Elle savait que ce n'était pas sa faute si sa grand-mère avait changé son testament à la dernière minute et qu'elle ne devait pas se sentir coupable, mais elle se sentait quand même mal.

— Ne vous inquiétez pas, dit la réceptionniste en souriant. Hubert est un vieux bouc avare. Ça lui fera du bien d'avoir à débourser son propre argent, pour changer.

Poppy fut un peu surprise d'entendre l'employée parler ainsi de son patron. Manifestement, Hubert n'inspirait pas beaucoup de respect à son personnel !

Mais avant qu'elle ne puisse répondre, Hubert Leach ouvrit la porte de son bureau et en sortit. Hormis le sourire mielleux, il était le portrait craché de l'affiche à l'extérieur, avec son costume bleu marine bon marché, sa cravate jaune pétant et sa moustache grasse.

Il aperçut Poppy et s'arrêta net, un regard acerbe sur le visage.

— Cousine ! Que nous vaut ce plaisir ? demanda-t-il d'un ton sarcastique.

Poppy lui adressa un sourire hésitant.

— Euh… Bonjour Hubert… Vous auri… *tu* aurais un moment ? Je voulais juste te demander quelque chose.

Il se retourna et fit un geste vers son bureau.

— Bien sûr. Tout pour ma cousine *préférée.*

Poppy grimaça devant son ton narquois et précéda Hubert dans le bureau, où elle s'assit face à lui tandis qu'Hubert s'enfonçait dans son fauteuil de direction en cuir. Il n'avait pas l'air particulièrement accueillant et Poppy décida d'en venir au fait.

— Hubert, tu gères des locations, c'est bien ça ? Je suppose qu'il faut y faire le ménage régulièrement, surtout quand les locataires s'en vont ? Est-ce que tu as recours à une entreprise en particulier ?

— À plusieurs, en fait. Pourquoi ? demanda Hubert d'une voix ennuyée.

— J'ai une bonne amie qui vient vivre avec moi et qui cherche du travail. Elle est femme de ménage.

J'ai pensé que ça pourrait intéresser ces entreprises de l'embaucher. Tu pourrais me donner tes contacts ?

Une lueur apparut dans les yeux d'Hubert.

— Voyons... je peux faire mieux que ça. Je pourrais proposer à ton amie un contrat permanent de ménage pour tous les biens locatifs dont nous nous occupons. Y compris ce bureau.

Les yeux de Poppy s'écarquillèrent.

— Vraiment ?

Hubert afficha un large sourire.

— Bien sûr. Nous sommes de la même famille, après tout, et les proches doivent s'entraider, n'est-ce pas ?

Puis il ajouta d'un ton doucereux :

— Bien sûr, en retour, je m'attends à pouvoir te demander une faveur de temps à autre.

Poppy le regarda avec méfiance.

— Je n'ai pas d'argent, Hubert. Je te l'ai dit, tout le capital de la succession se trouve dans...

— Oh, je ne veux pas d'argent. Mon Dieu, serais-je si grossier ? intervint Hubert avec un air horrifié. Ce ne serait qu'une petite faveur de rien du tout – un renvoi d'ascenseur, en quelque sorte.

Poppy le regarda avec inquiétude. Tous ses instincts lui disaient de dire non – conclure un accord avec Hubert était une mauvaise idée... mais s'il pouvait offrir un emploi à Nell, ce serait un réel soulagement pour son amie. Nell avait tant fait pour elle qu'elle voulait lui rendre la pareille, d'une manière ou d'une autre. Poppy se rappela qu'après tout, Hubert était son cousin, sa seule famille. Elle n'avait jamais eu de famille élargie et ne savait pas comment les choses fonctionnaient. C'était peut-être ce que les proches faisaient les uns pour les autres…

— D'accord, dit-elle.

— J'ai ta parole ?

Poppy prit une profonde inspiration.

— Oui.

Cinq minutes plus tard, elle quitta l'agence immobilière avec un soupir de soulagement. Elle espérait ne pas regretter sa promesse. Poppy se dirigea vers le nord de la ville et se retrouva bientôt dans le quartier désormais familier des départements scientifiques de l'université. Elle alla jusqu'à la sandwicherie où elle avait vu John Smitheringale, et s'approcha de la porte par laquelle elle l'avait vu passer. Les plaques en laiton sous l'interphone brillaient au soleil de midi et elle dut plisser les yeux pour lire les mots qui y étaient gravés.

Comptables Telford & Worthing... Olympus Training Solutions... X-Group Website Services... Golden Lotus MTC... Bullseye Marketing... i-Spy Studios...

Hum...

Poppy remonta le long de la rangée de plaques et s'arrêta sur celle indiquant « Golden Lotus MTC ». La conversation qu'elle avait eue au poste le matin même lui revint, et elle entendit à nouveau la voix de Suzanne dans sa tête :

« L'aconitine est aussi présente dans des préparations homéopathiques et des médicaments à base de plantes.

Elle est très populaire dans la MTC – la médecine traditionnelle chinoise... »

Poppy inspira bruyamment. Rapidement, elle sortit son smartphone et chercha sur Internet « Golden Lotus MTC ». Après tout, « MTC » aurait pu signifier tout autre chose. Mais non. Elle trouva presque instantanément l'entreprise dans l'annuaire local. La section indiquait :

« Golden Lotus MTC est situé à Oxford et propose une équipe de praticiens expérimentés en acupuncture et en médecine traditionnelle chinoise (MTC). La médecine chinoise est principalement basée sur les plantes et est utilisée depuis des milliers d'années. Elle présente des avantages majeurs pour la santé en général et la prévention des maladies. Elle est basée sur les concepts du yin et du yang et adopte une approche holistique... »

Poppy regarda à nouveau le nom sur la plaque en laiton et se demanda si John Smitheringale était l'un des clients de Golden Lotus. Elle n'était pas sûre qu'il ait appuyé sur *leur* sonnette ce jour-là. Cinq autres entreprises figuraient sur la liste située sous l'interphone. Il aurait tout aussi bien pu rendre visite à des comptables ou aller voir quelqu'un à l'agence de recrutement... Comment pourrait-elle savoir quelle entreprise il était allé voir ?

Alors qu'elle réfléchissait, la porte s'ouvrit et une femme en sortit. Elle regarda Poppy avec curiosité et lui ouvrit la porte en souriant. Sans réfléchir, Poppy remercia la femme et entra. Elle monta les escaliers jusqu'au deuxième étage, où se trouvait le cabinet de Golden Lotus MTC, et entra dans une salle de réception fraîche. Une musique chinoise et une fontaine intérieure en bambou conféraient à l'endroit une ambiance apaisante, tandis que les stores aux fenêtres assuraient une lumière douce et tamisée.

La Chinoise à la réception leva les yeux et lui sourit.

— Bonjour. Bienvenue à Golden Lotus... comment puis-je vous aider ?

— Euh...

Poppy hésita. Elle était venue sur un coup de tête et n'avait aucun plan, aucune idée de ce qu'elle devait dire.

— Euh... j'aimerais essayer... euh... la médecine chinoise.

— Vous avez un problème en particulier ? demanda la femme. Ou vous voudriez juste vous tonifier ?

— Euh...

Une idée lui vint alors.

— En fait, un de mes amis a recours à la MTC et m'a parlé d'un excellent centre qu'il a trouvé. J'avais très envie d'essayer moi-même, mais je ne me souvenais plus du nom du cabinet. Je sais qu'il est à Oxford et quand j'ai vu votre enseigne en bas, je me suis dit que j'allais passer, au cas où il voulait parler de vous...

Elle lança un regard qui se voulait persuasif à la femme.

— Je ne pense pas que vous puissiez me dire si mon ami est l'un de vos clients ? Il s'appelle John Smitheringale.

La femme jeta un coup d'œil par-dessus son épaule à l'arrière du cabinet, puis baissa la voix et dit avec un sourire complice :

— Je n'ai pas vraiment le droit de donner des informations sur nos clients… mais je vais vous chercher ça.

Elle se tourna vers son ordinateur et commença à cliquer avec sa souris. Après quelques instants, elle dit :

— Oh oui… Mr Smitheringale est venu ici à plusieurs reprises.

— Oh, formidable, dit Poppy. Merci, alors je suis au bon endroit.

Elle aurait aimé demander ce que John était venu faire là, mais elle savait qu'elle éveillerait trop les soupçons en cherchant à obtenir ce genre d'informations confidentielles.

— Vous souhaitez voir quelqu'un maintenant ? demanda la femme.

Elle regarda attentivement le visage de Poppy.

— Oh ! Oui, votre teint a l'air terreux. Il doit y avoir un blocage au niveau de votre *qi*… Montrez-moi votre langue ?

— M… ma langue ? bredouilla Poppy.

— Oui, montrez-la-moi…

La femme fit un geste impatient vers la bouche de Poppy.

Poppy hésita, puis ouvrit la bouche et tira la langue.

— Hmm…

La femme regarda sa bouche avec une intensité troublante.

— La forme n'est pas bonne… la langue est trop fine…

— C'est grave ? demanda Poppy, inquiète.

— Vous avez une carence en yin… peut-être un problème de chaleur au niveau des poumons…

La femme réfléchit, puis demanda :

— Avez-vous des sécrétions nasales odorantes ?

— Quoi ? Non ! dit Poppy, indignée.

— Ce n'est pas une honte. C'est très courant.

La femme agita la main, puis regarda à nouveau le visage de Poppy.

— Ohh… vous avez un creux profond entre les sourcils… ça signifie que vous avez des problèmes de foie à cause de fréquentes colères…

Elle regarda Poppy d'un œil critique.

— Vous avez mauvais caractère ?

— Moi ? Non ! Je suis… je suis une personne très calme, déclara Poppy.

Entre la langue fine, les sécrétions malodorantes et le mauvais caractère, elle commençait à être vraiment vexée.

— Écoutez… en fait, vous savez quoi ? Je suis un peu pressée ; je pense que je reviendrai un autre jour.

— D'accord, je vous donne un rendez-vous ?

La femme posa ses mains au-dessus du clavier.

— Votre nom, s'il vous plaît ?

— Euh… bien, euh… je pense que je ferais mieux de rentrer chez moi et de vérifier mon agenda d'abord… je n'arrive pas à me souvenir de mon emploi du temps pour la semaine prochaine… mais… euh… je téléphonerai pour prendre un rendez-vous une fois que je serai rentrée… merci beaucoup… Au revoir !

Adressant un signe de la main à la femme, Poppy se précipita hors du cabinet et s'échappa par les escaliers. Elle poussa un soupir de soulagement en retrouvant la rue. Puis elle regarda pensivement la plaque en laiton située à côté de l'interphone, sur laquelle était gravé le nom du cabinet de médecine traditionnelle chinoise. John Smitheringale était un médecin formé en Occident. S'adresserait-il vraiment à un praticien de la MTC, avec ses croyances étranges sur le blocage du *qi*, l'excès de chaleur, le yin et le yang, pour se soigner ? Elle savait cependant pour quelle raison il aurait pu aller consulter un spécialiste en MTC… pour obtenir un mélange de racines d'aconit et empoisonner sa voisine fouineuse.

Chapitre 14

En arrivant chez elle, Poppy fut surprise de voir une étrange voiture garée dans l'impasse devant Hollyhock Cottage. C'était une BMW grise et élégante, et elle se demanda un instant si quelqu'un était venu rendre visite à Nick Forrest. Mais en poussant la porte du jardin, elle découvrit que c'était elle qui avait de la visite. Une femme mince aux cheveux bruns attendait devant la porte d'entrée du cottage, et Poppy comprit qu'il s'agissait de Christine Inglewood.

— Bonjour ! dit-elle, surprise. Je suis désolée, vous attendez depuis longtemps ?

— Pas du tout, répondit Christine avec un sourire glacial. J'admirais votre jardin. Vous disiez qu'il avait été laissé à l'abandon, mais (elle jeta un coup d'œil autour d'elle) il m'a l'air parfaitement bien entretenu. Vous avez fait un excellent travail.

— Merci, dit Poppy en rougissant de plaisir. Je suis sûre qu'il n'a rien à voir avec celui de ma grand-mère, mais j'espère être à sa hauteur, un jour.

— Et avez-vous pensé à rénover la maison ? demanda rapidement Christine.

Elle se retourna vers le cottage, dont elle examina l'extérieur.

— Il y a bien longtemps qu'il aurait dû faire peau neuve. Le potentiel est énorme : les fondations sont solides et on pourrait faire beaucoup pour l'agrandir et le moderniser, tout en conservant son cachet.

Poppy la regarda avec méfiance. Christine était-elle venue faire du démarchage ?

— J'aimerais bien rénover le cottage un jour, mais… je n'ai pas d'argent pour l'instant, dit-elle d'un ton prudent. Je ne sais pas si Amber vous l'a dit, mais j'ai hérité ce cottage de ma grand-mère et j'essaie de relancer sa pépinière. Je n'ai pas de capital du tout, alors ça va être difficile pendant un certain temps.

Christine eut une grimace de compassion.

— Oui, Amber m'a parlé de votre situation. En fait, c'est la raison de ma présence. Elle m'a décrit votre maison et j'ai eu l'impression qu'il s'agissait d'une propriété qui ne demandait qu'à être rénovée ! Il fallait que je vienne jeter un coup d'œil.

Elle marqua une pause, puis dit impulsivement :

— Écoutez, j'ai une idée… comme vous le savez, j'ai une liste de paysagistes avec lesquels je suis en contact et que je recommande à mes clients. Les gens qui rénovent et redécorent leur maison veulent souvent aussi refaire leur jardin. Je sais que vous débutez et que vous avez peut-être besoin d'un peu d'aide en matière de promotion. Je serais ravie de transmettre vos coordonnées aux clients qui voudraient de l'aide pour leur jardin. En particulier pour les petits travaux qui ne nécessitent pas forcément l'intervention d'une grosse entreprise.

— Oh !

Poppy se sentit honteuse d'avoir douté de ses intentions. Son expérience avec Hubert Leach l'avait rendue cynique et elle avait oublié que tout le monde n'était pas aussi égoïste que son cousin.

— Merci ! C'est... c'est vraiment généreux de votre part.

Christine afficha un autre de ses sourires froids caractéristiques.

— Je me souviens de mes débuts et de la gratitude que j'éprouvais à chaque recommandation. C'est agréable de pouvoir rendre la pareille. D'ailleurs...

Elle se retourna vers le cottage et son sourire s'élargit un peu.

— J'espère qu'en retour, vous penserez à moi quand vous voudrez rénover ce cottage. J'adorerais me lancer dans un tel projet. Ce serait un véritable défi créatif.

— C'est d'accord, dit Poppy en lui rendant son sourire. Si je peux – le jour où je pourrai enfin me permettre de rénover le cottage, vous serez la première personne que j'appellerai.

Puis, se sentant mieux disposée à l'égard de sa visiteuse, elle fit un geste vers la porte du cottage et demanda :

— Voudriez-vous entrer prendre une tasse de thé ?

— Avec plaisir.

Lorsque Poppy revint dans le salon avec deux tasses, elle trouva Christine assise dans le fauteuil, observant la pièce avec l'œil d'une architecte d'intérieur.

— Cette maison a un grand potentiel pour devenir merveilleusement confortable. Vous habitez toute seule ? demanda-t-elle.

— Oui... mais en fait, j'ai une amie de Londres qui va bientôt venir vivre avec moi.

Christine haussa les sourcils.

— Oh... et votre famille ? Ils habitent dans le coin ?

Poppy hésita.

— Ma mère est décédée l'année dernière.

— Je suis désolée... et votre père ?

— Euh... je n'ai pas... je ne le connais pas vraiment.

Les yeux de Christine s'illuminèrent d'intérêt.

— Oh ?

Poppy ressentit une irritation familière et elle répondit, plutôt sèchement :

— Non, mes parents n'ont pas divorcé, ils ne se sont pas séparés quand j'étais bébé – c'est juste que je ne le connais pas, d'accord ?

— Je ne voulais pas être indiscrète, dit Christine précipitamment. C'est juste que j'ai aussi grandi sans père.

— Oh.

Poppy rougit, honteuse de sa réponse brusque.

— Oh… Je… Je suis désolée. Je ne voulais pas… c'est juste qu'au village, tout le monde me demande…

— Oui, j'imagine. Les gens sont tellement bavards, pas vrai ? Les citadins sont peut-être plus habitués à ces modes de vie variés, mais dans les petits villages, dès qu'on découvre que votre famille n'est pas « conventionnelle », on veut connaître tous les petits détails sordides.

Christine grimaça.

— Je détestais ça quand j'étais petite. Quand mon père nous a quittés, je redoutais de sortir et qu'on me demande où il était ou ce qui lui était arrivé.

— Exactement ! Je sais ce que c'est ! s'écria Poppy en regardant Christine d'un œil nouveau. C'est exactement ce que je ressentais – et que je ressens encore souvent. Je suis parfois tentée d'inventer une histoire solide, comme dire que ma mère était une femme au foyer heureuse et que mon père était médecin…

Christine émit un rire dépourvu d'humour.

— Ce ne serait pas si solide que ça. Mon père était médecin, mais ça ne l'a pas empêché de nous abandonner, ma mère et moi.

— Oh… hum…

Poppy hésita, puis sourit, essayant de détendre l'atmosphère.

— Je pourrais dire qu'il était dentiste alors ?

Christine rit, plus sincèrement cette fois, et allait répondre quand elle fut interrompue par un miaulement plaintif et familier devant la porte d'entrée.

— *Mais euh ! MAIS EUH !*

— Qu'est-ce que c'est que ça ? demanda Christine, interloquée.

— Oh, c'est Oren. C'est le chat de Nick Forrest, expliqua Poppy en se levant pour laisser entrer le matou.

Une minute plus tard, Oren pénétra dans la pièce et s'arrêta net à la vue de Christine assise dans le fauteuil. *Son* fauteuil.

Il se renfrogna, les moustaches frémissantes.

— *Mais euh ! Mais euhh !* protesta-t-il.

Poppy tapota le canapé à côté d'elle et l'appela, mais il l'ignora. Au lieu de ça, il sauta sur l'accoudoir du fauteuil et lança un regard noir à Christine. Elle se retourna vers lui avec une expression renfrognée.

— *Hum*… est-ce qu'il veut quelque chose ? demanda-t-elle enfin, après plusieurs secondes où ils se jaugèrent l'un l'autre.

Poppy sourit.

— Je pense qu'il n'aime pas que vous vous asseyiez sur son fauteuil. Il veut probablement que vous descendiez.

— *Mais euh !* confirma Oren en regardant Christine avec insistance.

L'architecte d'intérieur eut l'air perplexe.

— Je ne vais pas me lever pour un chat ! Il peut aller s'asseoir ailleurs.

Oren agita la queue avec colère, puis grimpa délibérément sur les genoux de Christine, se tournant vers elle et lui mettant son derrière poilu dans le visage. Sa queue passa sur son front, ébouriffant la frange lisse de sa coiffure impeccable. Christine recula et bafouilla d'indignation.

— Oren ! s'écria Poppy, embarrassée et horrifiée. Oren, descends !

— *Mais euh !* fit Oren en agitant la queue.

Poppy se leva pour l'attraper et le matou bondit, faisant tomber le sac à main Louis Vuitton de Christine de l'autre accoudoir. Le sac se renversa, répandant son contenu partout. Christine poussa une exclamation de contrariété et se leva pour récupérer le sac. Dès qu'elle se leva, Oren plongea dans le fauteuil et s'y installa confortablement avec une expression de contentement.

— Je suis désolée, gémit Poppy en se penchant pour aider Christine à ramasser la pagaille. Il peut être assez grincheux s'il n'obtient pas ce qu'il veut

— C'est pour ça que je déteste les chats, murmura Christine en jetant un regard mauvais au matou. Ce sont des créatures sournoises et malveillantes !

— Oh, il n'est pas si vilain que ça, dit Poppy, se sentant obligée de défendre Oren. Il est juste un peu espiègle parfois. Mais il est aussi très amusant à d'autres moments et très affectueux.

— Hmm…

Christine n'avait pas l'air convaincue. Elle remit tout dans son sac à main et se redressa à nouveau. Poppy se demandait si elle allait insister pour retourner dans le fauteuil, mais, à son grand soulagement, l'architecte d'intérieur hésita, puis s'assit sur le canapé.

— C'est seulement parce que je ne veux pas avoir de poils sur mes vêtements, s'empressa-t-elle de dire en frottant le tissu de sa jupe.

Poppy rit sous cape. C'était peut-être vrai, mais elle avait le sentiment qu'Oren avait remporté une victoire. Le matou se lavait tranquillement, son ronronnement bruyant emplissant la pièce. Christine lui jeta un nouveau regard amer, puis lui tourna délibérément le dos et s'adressa à Poppy :

— Je ne vous ai pas revue depuis ce matin où nous avons pris le thé, juste avant la mort de Valerie.

Christine frémit.

— Ça a dû être un choc terrible pour vous, de la voir ainsi empoisonnée.

— Ce n'était pas très agréable, en effet. Mais j'ai cessé de faire des cauchemars à ce sujet, déclara Poppy.

— Et j'ai entendu dire que vous vous entendiez bien avec l'inspectrice qui enquête sur le meurtre… ? demanda Christine en regardant Poppy avec curiosité. Elle vous a dit quelque chose ? La police sait comment Valerie a été empoisonnée ?

Poppy cacha un sourire. Ainsi, malgré sa réserve froide et ses manières élégantes, Christine Inglewood était aussi commère que Mrs Peabody !

— Ils pensent que c'est quelque chose qu'elle a mangé ou bu, peut-être quand elle est rentrée.

— Je vois… La police soupçonne-t-elle quelqu'un en particulier ?

Poppy voulut répondre, puis posa impulsivement sa propre question.

— Christine, que pensez-vous de John ?

— John ?

— Oui. John Smitheringale.

L'expression de Christine se referma.

— Eh bien... ce n'est qu'un client. Je ne le connais pas très bien. Je crois savoir que c'est un bon médecin, qui a un cabinet privé très prospère à Londres, déclara-t-elle avec raideur.

— J'ai entendu dire que vous ne vous entendiez pas ?

Christine parut surprise.

— Où avez-vous entendu ça ?

— C'est Amber qui me l'a dit. Elle a dit que John et vous aviez eu de nombreux désaccords pendant la rénovation... et que maintenant, il trouve souvent des excuses et s'en va quand vous allez leur rendre visite.

L'expression de Christine s'assombrit.

— Les hommes comme John veulent avoir le beurre et l'argent du beurre, déclara-t-elle avec amertume. Il n'aime pas que des femmes fortes et prospères leur tiennent tête.

— Vous vous êtes donc déjà disputés ?

Christine fit un petit signe de tête.

— Et quand vous vous disputiez...

Poppy hésita, puis continua :

— Y a-t-il eu un moment où vous vous êtes sentie... menacée ? John a-t-il déjà été physiquement violent ?

Christine rejeta la tête en arrière et rit.

— Avec *moi* ? Je ne suis pas Amber, dit-elle avec mépris.

Puis elle ajouta :

— Vous pensez qu'il pourrait être suspect dans le meurtre de Valerie, n'est-ce pas ?

— Oui, admit Poppy. Il semblait ne pas l'aimer.

— C'est peut-être vrai, mais je pense que vous vous trompez de cible. Quoi que je pense de lui, je sais que John n'est pas un meurtrier. C'est un médecin et il prend son serment très au sérieux.

Nick avait dit la même chose, et Poppy se sentait agacée à l'idée que l'auteur de romans policiers ait raison, au final.

— La police considère-t-elle John comme suspect ? demanda Christine. Je pensais qu'une certaine Prunella Shaw était la principale suspecte. Les dames du comité paroissial en parlaient toutes quand je suis passée au bureau de poste du village. Quelque chose à propos d'une vengeance pour avoir ruiné des delphiniums ?

Christine avait l'air perplexe.

— Oui, Prunella Shaw vit au village. Elle cultive des delphiniums de grande qualité et Valerie a saboté ses plantes et ruiné ses chances de gagner le concours de cette année.

Poppy fronça les sourcils.

— Ça semble quand même être un mobile un peu faible pour commettre un meurtre.

Christine haussa les épaules.

— Les gens peuvent faire toutes sortes de choses impulsives quand ils sont en colère.

Elle se leva du canapé.

— Bien, je ferais mieux d'y aller. J'ai une réunion à Oxford après le déjeuner.

Poppy jeta un coup d'œil à sa montre et constata avec effroi qu'il était midi passé.

— Oh mon Dieu, oui, moi aussi ! Enfin, je n'ai pas de réunion, mais je dois y aller. Je suis attendue chez les Smitheringale après le déjeuner. Merci encore d'être venue, ajouta-t-elle chaleureusement en se levant pour raccompagner Christine.

Lorsqu'elle retourna au salon, elle constata qu'Oren avait quitté le fauteuil et qu'il essayait de se glisser en dessous.

— Oren ? Qu'est-ce que tu fais ?

Poppy s'agenouilla à côté de lui.

Il cherchait quelque chose à tâtons avec sa patte et, lorsqu'elle se pencha pour regarder, elle vit quelque chose briller. Elle plissa les yeux. On aurait dit un tube de rouge à lèvres. Oui, elle distinguait « Estée Lauder » gravé sur le dessus. Il avait dû tomber du sac à main de Christine et rouler sous le fauteuil. Elle s'empressa de tendre la main et d'attraper le tube avant qu'Oren ne puisse mettre ses griffes dessus. Après avoir perdu la bataille du fauteuil, elle craignait que Christine ne soit guère indulgente si Oren massacrait aussi son rouge à lèvres.

Lorsqu'elle récupéra le tube, le ruban qui l'entourait vint avec. Il était attaché à une petite étiquette carrée – du genre étiquette cadeau – avec les mots « *Pour Christine* » et un court message griffonné au dos.

— *Mais euh !* fit Oren, tendant la patte et essayant d'attraper le ruban avec ses griffes.

— Oren… arrête ! rit Poppy en mettant le rouge à lèvres hors de portée.

Elle le posa sur le plan de travail de la cuisine. Elle l'apporterait chez les Smitheringale et demanderait à Amber de le rendre à Christine. Elle se prépara ensuite un sandwich qu'elle engloutit avant de prendre ses affaires et de sortir.

Chapitre 15

La maison des Smitheringale semblait vide lorsque Poppy arriva et elle supposa qu'Amber avait dû sortir. Cela n'avait pas d'importance puisqu'elle pouvait accéder au jardin sans passer par la maison, et elle s'engagea joyeusement sur le sentier menant à l'arrière de la propriété. Mais lorsqu'elle arriva devant le parterre de fleurs où elle avait travaillé la veille, son cœur manqua un battement.

Les plantes avaient une mine affreuse. Elles étaient toutes mal en point, leurs tiges molles et flétries. Les feuilles, qui auraient dû être d'un vert vif, étaient ternes et ratatinées, plusieurs d'entre elles devenaient même jaunes ou marron. Toutes les roses étaient fanées, leurs pétales rabougris et comme brûlés sur les bords.

— Oh mon Dieu… qu'est-ce qui s'est passé ? s'étrangla Poppy dans un murmure horrifié en faisant le tour du parterre et en regardant les plantes.

Elles allaient très bien la veille ! Comment avaient-elles pu se détériorer aussi rapidement ? Elle remarqua que ses plantations du premier jour avaient l'air particulièrement mal en point et elle se rappela avec culpabilité qu'elle avait vu ces mêmes plantes faire grise mine la veille. Elle avait balayé ce constat d'un revers de la main, se disant que tout irait bien une fois qu'elles se seraient faites à leur nouvel environnement, mais à présent, elle s'en voulait de n'y avoir pas prêté davantage attention.

Que faire ? Elle regarda autour d'elle et avisa le tuyau d'arrosage. Elle s'empressa de l'attraper, ouvrit le robinet et retourna à la plate-bande où elle arrosa les plantes, inondant la terre.

Après plusieurs minutes, Poppy coupa l'eau et recula. Le tuyau qui gouttait à la main, elle regarda avec horreur le carnage sous ses yeux. La belle plate-bande dont elle était si fière la veille n'était plus qu'un bourbier boueux, avec des flaques d'eau et des mottes de terre humide un peu partout. Les plantes pendaient, détrempées et dégoulinantes, l'air encore plus mal en point, et plusieurs s'étaient affaissées sous la force du jet.

Oh non... non, non... non, non... ! Ce refrain paniqué tournait en boucle dans sa tête. *Qu'est-ce que je vais faire ?*

Un bruit provenant de la maison lui fit tourner la tête et son cœur manqua un battement. Amber était-elle rentrée ? Que dirait sa cliente si elle sortait et voyait ce désastre ? Toutes les belles roses et plantes qu'elle avait achetées et confiées à Poppy étaient flétries et mourantes. Les Smitheringale la licencieraient sur-le-champ – et c'était son seul contrat !

Poppy regarda autour d'elle et ses yeux s'arrêtèrent sur le petit abri de jardin sur le côté de la maison. Elle se précipita vers lui et ouvrit la porte d'un coup sec. À l'inverse de la remise pleine de toiles d'araignée et infestée de rats à l'arrière de Hollyhock Cottage, cet abri-là avait l'air d'être un modèle d'exposition. Tout était soigneusement empilé et rangé sur des étagères, ou suspendu à des crochets stratégiquement placés au mur. Poppy n'aurait pas été surprise que les objets portent de petites étiquettes indiquant leur marque et leur prix ! En fait, les divers équipements, fournitures et outils de jardinage étaient si bien assortis qu'elle se demandait si Christine Inglewood n'avait pas participé à leur choix.

Cela eut au moins le mérite de lui faciliter la tâche, et Poppy aperçut immédiatement la collection de tuteurs en bois rangés contre le mur. Elle en prit plusieurs, puis se retourna et inspecta le reste de l'abri... *Ah ah !* L'une des étagères contenait plusieurs grands sacs à déchets de jardin en toile verte. Elle en prit quelques-uns et se précipita dans le jardin. Elle se mit alors au travail, déchirant les coutures des sacs et les étalant de manière à ce que chacun se déplie en un long panneau rectangulaire de toile. Elle les attacha ensuite aux tuteurs disposés le long de la plate-bande. Ainsi, ils formaient une sorte de brise-vue autour des plantes.

Enfin, Poppy recula, essoufflée, et observa son œuvre. C'était étrange et inesthétique, mais la toile avait le mérite de cacher les plantes et lui permettait de gagner un peu de temps jusqu'à ce qu'elle trouve quoi faire. Il ne lui restait plus qu'à inventer une excuse à donner à Amber.

Un nouveau bruit provenant de la maison la fit se retourner et, à travers les portes-fenêtres, elle aperçut quelqu'un qui se déplaçait dans le salon. Prenant une profonde inspiration, Poppy s'approcha de la maison et fut surprise de trouver John à la porte, au lieu d'Amber.

— Oui ? Oh bonjour, Poppy.

John la regarda sans grand enthousiasme.

— Bonjour... Amber est dans le coin ?

— Elle est allée au village. Puis-je vous aider ?

— Oh... euh... hum... hésita Poppy.

Elle avait toujours eu du mal avec les manières hautaines de John, et devant son air agacé, cela semblait encore plus gênant de lancer : « NE REGARDEZ PAS DERRIÈRE LA TOILE » ! Au lieu de ça, elle chercha un sujet de conversation et fut soulagée lorsqu'elle se souvint qu'elle avait l'excuse parfaite.

— En fait, je voulais donner ça à Amber, dit-elle en sortant de sa poche le rouge à lèvres, l'enchevêtrement de rubans et l'étiquette cadeau. C'est à Christine. Il est tombé de son sac à main quand elle m'a rendu visite.

Il prit les objets, les regardant avec curiosité, et Poppy en profita pour ajouter avec désinvolture :

— Oh, au fait, pourrez-vous dire à Amber que j'ai installé un brise-vue autour du nouveau parterre de fleurs ? C'est… hum… pour protéger les plantes. Dites-lui qu'elle ne doit pas toucher le paravent ni… euh… regarder derrière. Juste pour quelques jours…

Poppy hésita, voyant qu'il ne répondait pas.

— C'est d'accord ?

Il leva les yeux des objets, comme s'il ne l'avait pas écoutée.

— Hmm… quoi ? Oh, désolé. Oui, bien sûr… Je le dirai à Amber à son retour.

— Merci.

Poppy se demanda si elle ne devrait pas faire un effort pour se montrer sociable. Après tout, John était aussi son employeur. Mais le malaise qu'elle ressentait à son égard l'empêchait de trouver un sujet de conversation plaisant et, après un nouveau silence gênant, elle lui dit au revoir et sortit.

De retour près de la plate-bande, elle regarda avec désespoir les plantes mourantes, se demandant quoi faire. Elle ne pouvait pas les cacher éternellement à Amber – elle *devait* dire la vérité à sa cliente –, mais elle ne pouvait supporter d'admettre son échec et de voir le visage d'Amber.

Peut-être que si les plantes meurent, je pourrais en acheter d'autres et les replanter, sans le lui dire ? pensa-t-elle. Mais que se passerait-il si elle ne trouvait pas exactement les mêmes plantes ? De plus, remplacer tous ces rosiers et autres plantes coûterait probablement une fortune. Il s'agissait de spécimens matures et Poppy avait fréquenté suffisamment de jardineries pour savoir que ces plantes déjà adultes coûtaient cher. Remplacer toutes ces plantes amputerait une bonne partie de ses revenus.

En plus… une autre pensée terrible la frappa : et si elle dépensait tout cet argent pour les remplacer et qu'elles mouraient à nouveau ? Après tout, elle n'avait aucune idée de la raison pour laquelle les plantes avaient dépéri et aucune idée de la manière d'empêcher que ça ne se reproduise. Elle réalisa soudain l'incroyable naïveté dont elle avait fait preuve en pensant pouvoir accepter un tel contrat, alors qu'elle avait si peu d'expérience en matière de plantes et de jardinage. Elle grimaça en pensant à la suffisance dont elle avait fait preuve la veille, se gargarisant de son « succès ».

Enfin, Poppy décida que rester là à s'angoisser ne lui apporterait rien de bon. Elle ne pouvait plus rien faire au jardin, alors autant finir plus tôt et rentrer chez elle. Peut-être qu'en se posant et en prenant une bonne tasse de thé, elle parviendrait à réfléchir clairement et à élaborer un plan.

Elle récupéra ses affaires et s'en alla, soulagée qu'Amber ne soit pas revenue pour pouvoir s'éclipser sans être vue. De retour à Hollyhock Cottage, Poppy se plongea dans les livres de sa grand-mère et parcourut frénétiquement les pages, cherchant désespérément une solution ou même simplement une explication à l'état des plantes. Mais si les livres reliés, avec leurs belles photographies sur papier glacé, étaient parfaits pour admirer les différentes variétés de plantes, ils n'offraient pas beaucoup de conseils en matière de jardinage.

En désespoir de cause, Poppy alluma son vieil ordinateur et chercha des réponses sur Internet. Mais ses recherches furent loin d'être fructueuses. Il semblait qu'il y avait une multitude de raisons différentes pour les mêmes symptômes ! Le jaunissement des feuilles pouvait être dû à un manque d'eau… ou à un *excès* d'eau… ou à un sol compacté… ou à des champignons dans le sol… ou à des nématodes à galles… ou à un manque de lumière… ou à des carences en éléments nutritifs… ou tout simplement au vieillissement normal !

Aaarrrgghhh !

Après plusieurs heures de lecture, Poppy mit ses coudes sur la table et se prit la tête entre les mains. Elle avait l'impression que son cerveau allait exploser et elle ne savait toujours pas pourquoi les plantes des Smitheringale s'étaient soudain dégradées. Sans cause précise, elle n'avait aucune idée de la façon de résoudre le problème.

J'ai besoin de prendre un peu l'air, pensa-t-elle en se levant péniblement.

Une fois dans le jardin, Poppy respira profondément et se sentit un peu mieux. Elle aperçut la binette qu'elle avait utilisée quelques jours plus tôt, abandonnée au bord du chemin, et décida de retourner désherber un peu. Au moins, elle aurait l'impression d'avoir fait quelque chose.

Mais après avoir arraché sans enthousiasme quelques mauvaises herbes pendant une heure environ, Poppy décida de rentrer. Elle passa alors d'une pièce à l'autre, morose, à la recherche d'une distraction. Elle fut soulagée lorsque le crépuscule arriva enfin et elle essaya de trouver du réconfort dans la routine désormais familière qui consistait à faire entrer Oren, à le nourrir, à préparer son propre dîner, puis à s'installer dans le salon avec une tasse de thé, tandis que le matou se prélassait dans le fauteuil et se lavait avec nonchalance.

Elle aurait voulu appeler Nell et confier à nouveau ses problèmes à son amie, mais quelque chose l'empêchait de décrocher le téléphone. Peut-être était-ce une forme de fierté mal placée, mais si elle parlait à Nell, Poppy savait qu'elle devrait tout lui avouer, y compris sa propre incompétence. Elle voulait que Nell soit fière d'elle, elle voulait étonner tout le monde, montrer aux villageois qu'elle était digne du nom des Lancaster et avait hérité du talent légendaire de sa grand-mère pour le jardinage… Au lieu de ça, elle allait devoir révéler qu'elle avait échoué, et cette idée lui était insupportable.

Poppy décida de se coucher tôt. Ne disait-on pas que les choses paraissaient toujours plus roses, le matin ? Peut-être qu'après une bonne nuit de sommeil, elle se réveillerait fraîche et dispose, prête à résoudre tous ses problèmes. Elle souleva du fauteuil un Oren qui protesta et le mit doucement dehors, puis éteignit toutes les lumières et se coucha. Mais elle s'aperçut que son oreiller ne lui offrait pas un grand réconfort non plus. En fait, après s'être retournée pendant une demi-heure, elle se redressa en soupirant.

La fenêtre de sa chambre était ouverte et les rideaux se soulevaient sous l'effet de la brise, portant le parfum des roses et de la verveine. Elle inspira profondément, puis, sur un coup de tête, s'extirpa de son lit, s'habilla rapidement et sortit. Peut-être qu'une promenade parmi les herbes et les fleurs parfumées l'apaiserait suffisamment pour qu'elle puisse s'endormir.

Poppy se rendit dans le jardin et resta un moment à apprécier l'ambiance. La journée avait été d'une chaleur oppressante, mais l'air était à présent doux et bienfaisant. Les feuilles bruissaient et murmuraient dans la brise. Le jardin n'était rien d'autre qu'un amas de formes sombres, et pourtant Poppy avait l'impression qu'il était vivant, qu'il respirait presque et évoluait autour d'elle.

Elle quitta le chemin principal et prit le petit sentier qui menait au mur de pierre qui jouxtait la propriété de Nick. Elle se souvenait qu'il y avait un vieux banc en marbre à cet endroit, sous le pommier sauvage. Ce serait l'endroit idéal pour s'asseoir un moment et profiter de l'atmosphère nocturne du jardin.

Alors qu'elle avançait dans l'allée, enjambant avec précaution les buissons envahissants et les plantes grimpantes qu'elle n'avait pas encore eu le temps de tailler, elle pensa une fois de plus aux plantes mourantes chez les Smitheringale. *Non, arrête. Arrête de broyer du noir. Ça ne sert à rien.* Elle chassa ces pensées, cherchant à tâtons quelque chose à quoi se raccrocher, et pour une raison ou une autre, le rouge à lèvres de Christine Inglewood lui revint à l'esprit – ou plutôt le ruban et l'étiquette cadeau qu'elle avait trouvés avec. Quelque chose la tourmentait…

Poppy fronça les sourcils en fixant l'obscurité, essayant de se souvenir du message griffonné sur l'étiquette. « Pour Christine » disait-il… et puis quelque chose comme : « Tu es la portion de mon addition »…

Ça n'avait aucun sens ! Mais les notes personnelles contenaient souvent des phrases qui semblaient être du charabia pour une personne extérieure, mais qui avaient une signification particulière pour leur destinataire. De plus, l'écriture étant épouvantable, elle avait pu se tromper en lisant…

Poppy s'arrêta brusquement au beau milieu du chemin.

Oui, elle *avait* mal lu ! Il ne s'agissait pas d'une *addition*, mais d'une *addiction* !

Elle fronça à nouveau les sourcils. Le message n'avait toujours aucun sens. « Tu es la portion de mon addiction »… qu'est-ce que ça voulait dire ? Elle était pourtant *certaine* que les deux premiers mots du message étaient « Tu es »…

Ce fut alors qu'elle comprit. Bien sûr ! Elle avait également mal lu ce mot... Ce n'était pas « portion », c'était « potion ». Le message était donc : « Pour Christine – Tu es la potion de mon addiction »

C'était un peu plus logique, mais le message demeurait étrange. Pourquoi dire à une femme qu'elle était la potion de votre addiction ? On aurait dit les paroles mièvres d'un amant...

Ce fut alors que Poppy pensa à quelque chose : quand elle était arrivée chez les Smitheringale, elle avait surpris John et Valerie en train de se disputer violemment de l'autre côté de la haie. Elle avait entendu John dire à Valerie de ne pas le pousser, sinon elle le regretterait, et la victime lui avait répondu : *« Oh, je ne crois pas. Je pense que c'est vous qui risquez de le regretter, Dr Smitheringale. Après tout, pensez à votre addiction, hmm ? »*

Poppy ressentit un frisson d'excitation. Ça ne pouvait pas être une coïncidence ? Ces mots signifiaient quelque chose pour John – et Valerie le savait. Elle les avait prononcés avec la confiance suprême d'une personne qui a de l'emprise sur l'autre. Et John – bien que manifestement furieux – s'était interrompu et avait fait machine arrière. En fait, il avait presque eu l'air... effrayé.

Du chantage. Le mot surgit soudain dans l'esprit de Poppy.

Valerie avait une certaine emprise sur John, et Poppy était certaine que ça avait un lien avec Christine, puisque l'étiquette faisait également référence à une « addiction ». John avait-il offert un cadeau à Christine, avec cette étiquette ? Mais ça n'avait pas de sens… John *détestait* Christine. Non ?

Poppy avait presque atteint le banc sous le pommier, mais elle s'arrêta lorsque la vérité la frappa enfin. Elle n'en revenait pas d'avoir été aussi stupide. Elle aurait dû le voir plus tôt.

Elle s'exclama à haute voix :

— Oh mon Dieu ! Ils ont une liaison !

Chapitre 16

— Je vous demande pardon ?

Poppy sursauta et réalisa que quelqu'un était déjà assis sur le banc de marbre sous l'arbre. La silhouette se leva et sortit de l'ombre. Il s'agissait de Nick Forrest.

— Qu'est-ce que vous faites là ? demanda-t-elle. Vous m'espionnez ?

Nick se renfrogna.

— Quoi ? Pourquoi diable voudrais-je vous espionner ?

— Alors qu'est-ce que vous faites là à rôder ?

— Je n'étais pas en train de rôder ! Je réfléchissais.

— Vous *réfléchissiez* ?

— Oui, j'essayais de résoudre un problème dans ma fichue intrigue.

— Oh... votre livre.

Poppy se souvint tardivement que Nick lui avait dit, lorsqu'elle était arrivée, qu'il venait souvent se promener dans le jardin du cottage lorsqu'il était coincé dans son roman. Le côté sauvage de l'endroit semblait favoriser la créativité, et sa grand-mère l'avait invité à s'y rendre quand il le souhaitait.

— Vous m'avez dit que je pouvais continuer à venir de temps en temps, lui rappela Nick. Vous avez changé d'avis ?

— Non… non. J'avais oublié. Désolée.

Nick la regarda avec curiosité.

— Que *faites-vous* ici à cette heure de la nuit ?

— Je n'arrivais pas à dormir, alors j'ai pensé qu'une promenade pourrait m'aider, et puis j'ai pensé au meurtre de Valerie et… oh, Nick !

Elle s'agrippa impulsivement à son bras.

— J'ai la preuve que John est le meurtrier !

Il fronça les sourcils.

— Quoi ?

— Je vous assure. Je viens de comprendre. Son mobile, je veux dire. Je me disais bien que c'était exagéré qu'il assassine Valerie juste parce qu'elle était une voisine agaçante… mais il a pu l'assassiner pour qu'elle cesse de le faire chanter !

— Une histoire de chantage ?

Au lieu d'être impressionné, Nick avait l'air sceptique.

— À quel sujet Valerie l'aurait-elle fait chanter ?

— À propos de sa liaison avec Christine Inglewood.

Nick éclata de rire.

— John n'apprécie même pas Christine.

— C'est ce qu'il veut que tout le monde pense, dit Poppy. Et il a réussi jusqu'à présent. Mais ce n'est qu'une façade, une couverture, pour que personne ne soupçonne qu'ils ont une liaison.

— Comment savez-vous qu'ils *en ont une* ?

Poppy lui raconta la dispute qu'elle avait entendue et la remarque énigmatique que Valerie avait faite, qui correspondait au message griffonné sur l'étiquette cadeau.

— Ce n'est pas une preuve qu'ils ont une liaison, affirma Nick.

— Oh, *allez* ! souffla Poppy avec impatience. Qu'est-ce qu'il vous faut de plus ? Ce serait quand même une sacrée coïncidence. En fait, maintenant que j'ai compris, je vois des tas de petits indices partout, comme Amber qui m'a dit que John venait de Londres chaque semaine pour vérifier l'avancée de la rénovation, et Christine qui vient à la maison presque tous les jours… L'excuse parfaite pour s'adonner régulièrement à une liaison secrète !

Elle marqua une pause et ajouta :

— Christine a aussi fait un drôle de commentaire ce matin quand elle est venue me voir. Elle a dit que « les hommes comme John veulent avoir le beurre et l'argent du beurre » – ce qui était un peu étrange au milieu de notre conversation. On parlait de John comme d'un homme machiste qui se sentait menacé par les femmes fortes. Ça prend tout son sens si Christine savait que John jouait au mari parfait et qu'il avait une maîtresse à côté. Elle a dû bien rire de moi !

— Il se peut que tout ça ne soit qu'une coïncidence… dit Nick, bien qu'il ait l'air moins sûr de lui à présent.

Poppy l'ignora et poursuivit :

— Vous auriez dû voir la tête de John aujourd'hui quand je lui ai tendu le rouge à lèvres avec le ruban et l'étiquette cadeau. Amber n'était pas là, et je lui ai demandé de les lui donner, pour qu'elle les rende à Christine. Il a paru horrifié quand il a vu l'étiquette – qu'il avait dû remplir pour Christine –, mais aussi soulagé de l'avoir interceptée avant qu'Amber ne la voie. Il a dû avoir l'impression de l'avoir échappé belle. C'est pour ça qu'il avait l'air si étrange.

Elle secoua la tête avec une admiration réticente.

— Il nous a vraiment bien eus.

Nick demeura silencieux pendant un moment, puis dit :

— Très bien… même si ce que vous dites est vrai – si John a une liaison avec Christine –, de là à assassiner Valerie Winkle…

— Il n'y avait qu'un pas ! Valerie a découvert leur liaison et a commencé à faire chanter John. Prunella Shaw m'a dit que Valerie était toujours en train d'espionner les gens du village et…

Poppy eut un hoquet de stupeur.

— Je viens de me rappeler ! Quand j'ai parlé à Prunella, elle m'a dit qu'il y avait des gens dans ce village qui seraient prêts à tuer pour empêcher les autres de découvrir leurs secrets. Ce sont presque ses mots exacts.

— C'est peut-être vrai, mais ça ne veut pas dire que John en fait partie, fit remarquer Nick.

— Tout concorde ! insista Poppy. J'ai même vu John à Oxford, alors qu'il se rendait dans un cabinet de médecine traditionnelle chinoise.

— Et ?

— Suzanne m'a dit que le poison qui a tué Valerie est un alcaloïde végétal appelé aconitine qu'on trouve dans les remèdes à base de plantes de la médecine traditionnelle chinoise. Je vous le dis, tout concorde ! Il était aussi très furtif quand je l'ai vu. C'était l'après-midi où j'ai rencontré les Smitheringale… la veille de la mort de Valerie. C'est trop gros pour être une simple coïncidence ! Sinon, pourquoi John se serait-il rendu dans un cabinet de MTC ?

— Je ne sais pas – pour une séance d'acupuncture ? rétorqua Nick avec un haussement d'épaules impatient. Vous ne pouvez pas faire de telles suppositions simplement parce que vous avez vu un homme entrer dans un cabinet. Il a pu s'y rendre pour toutes sortes de raisons.

— C'est un médecin formé à l'occidentale ! Pourquoi avoir recours à la médecine chinoise ?

— De nombreux médecins occidentaux croient encore aux thérapies alternatives.

— D'accord, alors pourquoi était-il si furtif ?

— Peut-être qu'il ne l'était pas et que *vous* l'avez imaginé.

— Je *ne l'ai pas* imaginé, répliqua Poppy avec fougue. Je suis sûre qu'il…

— Je vais vous dire quelque chose : je *connais* John et il ne pourrait jamais commettre un meurtre ! Ce n'est pas dans sa nature.

— Vous pensiez que c'était dans sa nature d'avoir une liaison ? rétorqua Poppy.

— Pour ça… je ne suis pas surpris, admit Nick, l'air légèrement mal à l'aise. John est un peu un coureur de jupons. Déjà à l'université… Je me souviens d'une fois où il fréquentait deux filles en même temps et où aucune ne l'a jamais su. Je ne dis pas que j'approuve son comportement, ajouta-t-il en voyant l'expression dégoûtée de Poppy. Mais tromper sa femme est très différent de commettre un meurtre.

— Vous n'êtes pas objectif parce que c'est votre ami et que vous ne voulez pas croire qu'il ait pu faire quelque chose de mal ! cracha Poppy.

— Et *vous* ne l'êtes pas non plus, parce que vous avez quelque chose contre lui pour une raison quelconque et que vous êtes déterminée à penser le pire de lui ! répliqua Nick.

Ils se dévisagèrent tous les deux, la respiration lourde. Finalement, après un moment, Nick dit d'une voix un peu plus calme :

— Écoutez, je pense que vous êtes sur la bonne voie en pensant que Valerie faisait chanter quelqu'un. C'est l'un des mobiles les plus courants pour commettre un meurtre. La peur pousse les gens à faire des choses radicales, et il n'y a rien de tel que la peur de voir un secret révélé. Mais (il éleva la voix lorsque Poppy voulut intervenir) je ne crois vraiment pas que John soit l'une de ces personnes. Vous ne le connaissez pas comme moi. Il accorde une importance capitale à sa réputation professionnelle. Elle est liée à son ego et à son estime de soi. S'il était arrêté pour meurtre, ce serait la fin de sa carrière médicale. Même s'il parvenait à engager les meilleurs avocats et à être déclaré non coupable, ou s'il ne purgeait qu'une courte peine et était libéré prématurément pour une raison quelconque, cet épisode ternirait à jamais sa réputation. Il serait probablement radié de l'ordre des médecins et perdrait sa licence – et même dans le cas contraire, je doute que les patients veuillent consulter un médecin qui aurait été suspecté de meurtre.

Nick secoua la tête.

— Ça n'en vaudrait pas la peine. Surtout pour quelque chose d'aussi insignifiant – que sa femme découvre qu'il a une liaison !

— C'est loin d'être insignifiant, protesta Poppy. Beaucoup d'hommes feraient n'importe quoi pour éviter que leur femme ne l'apprenne et ne ruine leur mariage.

— Oui, eh bien… John n'est pas un homme comme les autres, dit Nick avec un sourire gêné. Je ne suis pas sûr qu'il pense qu'une liaison pourrait « ruiner son mariage ». Il pense probablement que l'homme peut batifoler et que son épouse doit l'accepter, tant qu'il lui offre un foyer confortable, qu'il lui donne son nom et lui passe la bague au doigt.

— Quoi ? C'est ridicule ! On n'est plus dans les années 1950 !

— Non, mais certains hommes ont encore des conceptions assez vieux jeu des femmes et du mariage. Vous avez dit vous-même que John était un machiste. Je suis d'accord avec vous sur ce point.

— Dans ce cas, s'il est si arrogant et sûr de lui, il est probablement certain de ne pas se faire prendre, insista Poppy, toujours pas prête à abandonner sa théorie. Il n'aurait pas considéré le meurtre comme une prise de risque, puisqu'il était certain de s'en sortir.

Nick émit un bruit irrité.

— Pourquoi ne pouvez-vous pas accepter que Valerie ait pu faire chanter *quelqu'un d'autre* ? Pourquoi faut-il que ce soit John ?

— D'accord, alors qui ?

Nick leva les bras au ciel.

— Je ne sais pas ! Il y a des tas d'habitants qui peuvent avoir des secrets à protéger. Si Valerie a fourré son nez là où il ne fallait pas, elle a pu tomber sur quelque chose et être assassinée pour ça…

— Dans *ce* village ? fit Poppy, dubitative. Ce petit endroit paisible avec son église saxonne, son joli parc et ses habitants bienveillants comme Mrs Peabody ?

— Ne vous fiez pas aux apparences, déclara Nick. Même dans les endroits les plus agréables, des courants sombres se cachent sous la surface. En fait, je dirais que plus une personne est respectable, plus elle est susceptible d'avoir un secret sordide.

— Mais… ce serait comme chercher une aiguille dans une botte de foin, dit Poppy en secouant la tête. Comment pourrions-nous savoir qui Valerie aurait pu faire chanter ?

— Je parie qu'elle est du genre à garder une trace quelque part, peut-être des copies de ses lettres ou même des détails sur ses victimes. Il doit y avoir des preuves quelque part dans son cottage.

Nick claqua des doigts.

— Et si on allait y jeter un coup d'œil maintenant ?

Poppy le regarda fixement, persuadée d'avoir mal entendu.

— Qu… quoi ?

— Il fait nuit, il n'y aura personne, c'est l'occasion de fouiller sa maison.

— Mais… mais la police a déjà fouillé et n'a rien trouvé.

Nick agita la main d'un geste dédaigneux.

— Ça ne veut rien dire. Je sais d'expérience que ces recherches peuvent parfois être très superficielles, en particulier quand les effectifs sont réduits et qu'on ne sait pas exactement ce qu'on cherche. En plus, certains agents peuvent être un peu… eh bien, terre à terre en matière de travail d'investigation. Ils ont tendance à ne regarder qu'aux endroits évidents.

— Et vous pensez pouvoir faire mieux ?

Nick lui adressa un sourire puéril.

— Et vous ?

— Moi ? Attendez, vous comptez que je vienne aussi ?

— Eh bien quoi ? Vous avez peur ?

Il avait l'air amusé.

— Non, bien sûr que non ! dit rapidement Poppy. C'est juste que… je ne crois pas que…

— Venez !

Chapitre 17

Nick descendit l'allée menant au portail et sortit du jardin. Poppy devait courir pour suivre ses longues enjambées.

— Attendez ! Nick, on ne peut pas... Et si on se fait prendre ?

— On fera en sorte que ce ne soit pas le cas.

— Ce n'est pas une réponse ! Je ne suis pas... Attendez... !

Poppy lui courut après alors qu'il traversait le village d'un bon pas, et le rattrapa juste au moment où il ralentissait pour s'arrêter dans la ruelle menant aux maisons de Valerie et des Smitheringale. Elle fut légèrement contrariée de voir que, tandis qu'elle haletait et avait un point de côté, Nick semblait à peine essoufflé. Pour un homme censé passer ses journées à taper à un bureau, il était remarquablement en forme !

Il s'arrêta près d'un arbre dans l'allée et balaya les environs du regard. La maison des Smitheringale apparut en premier, suivie du petit cottage de Valerie. Dans la première, les lumières étaient allumées et

Poppy entendait de la musique et des voix provenant d'un téléviseur, tandis que dans la seconde, tout était sombre.

Nick passa rapidement devant la maison des Smitheringale et s'approcha prudemment de la propriété de Valerie, restant dans l'ombre et se déplaçant furtivement, tel un gros chat. Poppy essaya de l'imiter, mais elle avait l'impression d'être plus proche du bovin que du félin. Elle le rejoignit dans les buissons à côté de la porte d'entrée et regarda le ruban bleu et blanc de la police tendu devant la porte. Elle l'avait oublié.

— Nick… on ne peut pas… Regardez !

Elle montra le ruban.

— On ne peut pas entrer ! Non seulement c'est une résidence privée, mais c'est aussi une scène de crime. C'est contraire à la loi.

Il haussa un sourcil.

— Et vous n'enfreignez jamais les règles ?

Sans attendre qu'elle réponde, il sortit de l'ombre, monta les marches en courant et se pencha devant la porte d'entrée. Poppy s'empressa de le suivre.

— Qu'est-ce que vous faites ? chuchota-t-elle avec horreur.

— À votre avis ? Je crochète la serrure, répondit Nick. Écoutez, si vous comptez rester, pouvez-vous arrêter de vous offusquer et faire quelque chose d'utile, comme surveiller les environs ?

Poppy bafouilla de colère, mais Nick s'était déjà penché sur la serrure. Lui jetant un regard mauvais, elle se retourna et surveilla les parages. Derrière elle, elle entendait Nick marmonner et jurer, puis il émit un petit cri de triomphe et la porte s'ouvrit. Il lui sourit, ses yeux sombres brillant d'excitation, puis se glissa sous le ruban de la scène de crime et disparut dans la maison. Après un moment d'hésitation et un autre coup d'œil hâtif par-dessus son épaule, Poppy fit de même.

Il lui fallut quelques instants pour s'habituer à la pénombre de la maison. Ils n'osèrent pas allumer, mais la lueur du clair de lune pénétrait par les fenêtres et éclairait les pièces juste assez pour qu'ils puissent y voir. Poppy suivit Nick d'une pièce à l'autre, émerveillée de voir à quel point la maison était impeccable. Les livres étaient soigneusement rangés par taille, les journaux et les magazines pliés dans un porte-revues, les chapeaux, les parapluies, les sacs fourre-tout et les clés accrochés à des rangées de crochets près de la porte d'entrée, les coussins rembourrés étaient placés à angle droit sur le canapé, les chaises étaient rangées sous la table de salle à manger dans un alignement parfait. Ici et là, on apercevait des traces du passage de la police – des papiers étalés, quelques livres retirés, des meubles qui avaient manifestement été déplacés –, mais dans l'ensemble, le cottage avait été laissé dans son état d'origine.

— Waouh... dit Poppy en regardant autour d'elle. S'il y a quelque chose ici, Valerie l'a probablement rangé dans un classeur avec la mention « Informations sur le chantage », dit-elle en riant.

— Ce n'est pas une mauvaise idée, dit Nick d'un ton pensif.

— Je plaisantais, dit Poppy en roulant des yeux. Vous ne pensez pas sérieusement que…

— Le dossier étiqueté ? Non, mais je parlais plutôt de l'idée de cacher quelque chose à la vue de tous. Vous connaissez *La Lettre volée* ?

Poppy fronça les sourcils.

— C'est une nouvelle d'Edgar Allan Poe, non ?

— Oui, c'est un classique qu'on considère comme l'une des premières histoires policières. Il est question d'une lettre volée que la police ne parvient pas à retrouver, malgré la fouille complète d'une chambre d'hôtel. Mais un détective amateur résout l'affaire, car il se rend compte que la lettre est rangée avec d'autres objets de la vie courante, dans un porte-cartes à la vue de tous. La police n'a jamais pensé à chercher là, supposant que le maître chanteur aurait choisi une cachette plus élaborée.

— Vous pensez que Valerie a fait la même chose ? demanda Poppy en regardant à nouveau la pièce obsessionnellement bien rangée.

Nick acquiesça.

— Je pense qu'il est possible qu'elle l'ait caché à la vue de tous, plutôt que dans un tiroir secret ou sous une lame de plancher.

— Mais pour faire ça, il faudrait sûrement un minimum de « désordre » pour cacher les objets, non ?

Poppy désigna la pièce.

— Cet endroit est si bien rangé qu'on ne peut rien dissimuler.

— Pas totalement rangé, fit remarquer Nick en désignant d'un signe de tête un grand panier dans un coin.

C'était un panier à tricot, rempli de pelotes de laine et d'aiguilles à tricoter, ainsi que de quelques paires de chaussettes, d'une écharpe à moitié terminée et de divers fils emmêlés. Poppy sentit son pouls s'accélérer. Nick avait raison. Le panier était le seul « désordre » de la pièce. Elle s'empressa de s'en approcher, s'agenouilla à côté, puis fouilla dedans avec ardeur.

Nick se pencha vers elle.

— Alors ?

Poppy soupira et secoua la tête en se relevant.

— Rien.

Elle s'apprêtait à se détourner lorsqu'elle aperçut quelque chose dans la bibliothèque voisine. Sur l'une des étagères se trouvait une grande boîte à chaussures, remplie de plusieurs enveloppes en papier kraft. Elle s'approcha pour regarder de plus près, sortit la boîte à chaussures et pencha la tête pour lire ce qui était écrit sur les enveloppes.

— Qu'est-ce que c'est ? demanda Nick en arrivant à sa hauteur.

Poppy plissa les yeux pour déchiffrer l'écriture en pattes de mouche de la première enveloppe. Elle indiquait *Antirrhinum majus*. Elle passa à l'enveloppe suivante, qui portait la mention *Aquilegia vulgaris*. La suivante était *Calendula officinalis* et celle d'après *Dianthus barbatus*.

— Oh… ce sont des sachets de graines, dit-elle. Ils sont classés par ordre alphabétique.

Elle prit l'une des enveloppes et l'agita. Ils entendirent le léger bruit de graines qui s'entrechoquaient. Elle la rangea et passa la main sur la rangée d'enveloppes, les faisant basculer comme des dominos.

— Il n'y a rien ici… dit-elle, déçue, s'apprêtant à remettre la boîte à chaussures sur l'étagère.

— Attendez…

Nick tendit la main par-dessus son épaule pour récupérer l'une des enveloppes. Il lut à haute voix le nom inscrit sur l'enveloppe.

— *Harpocrates semperflorens*… est-ce un nom de plante inhabituel ?

— Hmm… *semperflorens* est un nom d'espèce assez courant, il me semble. Vous savez que les noms latins des plantes fonctionnent en binômes, n'est-ce pas ? dit Poppy, impatiente de démontrer ses nouvelles connaissances. Il y a toujours deux mots dans leur nom. Le premier est le nom du genre, c'est-à-dire la famille à laquelle appartient la plante, et le second est le nom de l'espèce, qui décrit généralement cette plante particulière d'une manière ou d'une autre. Le terme *semperflorens* signifie « à fleurs persistantes » et est donc utilisé pour de nombreuses plantes de différentes familles, qui fleurissent beaucoup. Celles dont j'ai entendu parler sont *Begonia semperflorens, Iberis semperflorens, Rosa semperflorens...*

— D'accord, mais qu'en est-il de la partie *Harpocrates* ? demanda Nick avec impatience.

Poppy fronça les sourcils.

— *Harpocrates...* Je n'ai jamais entendu parler de ce genre. Mais ça ne veut pas forcément dire grand-chose. Il peut s'agir d'une obscure famille de plantes. Je n'ai pas encore appris par cœur toute l'encyclopédie de ma grand-mère...

— Mais toutes ces autres graines sont celles de plantes communes, n'est-ce pas ? demanda Nick.

— Oui. L'*Antirrhinum* est le muflier et l'*Aquilegia* est l'ancolie... oui, ce sont toutes des fleurs communes de jardin. C'est pour ça je les ai reconnues. Pourquoi ?

— Alors, pourquoi Valerie aurait-elle une enveloppe avec un genre de plante obscure dessus ?

Poppy haussa les épaules.

— Je ne sais pas. C'est important ? Pourquoi ça vous intéresse autant ?

— Ça m'intéresse parce qu'Harpocrate est le dieu grec du silence et des secrets.

Poppy le regarda fixement. Puis elle prit l'enveloppe et la secoua doucement. Le bruit familier des graines se fit entendre, mais il était légèrement étouffé. Rapidement, elle retourna l'enveloppe et ouvrit le rabat. À l'intérieur, à côté de plusieurs graines brun foncé, se trouvaient différents morceaux de papier plié

– le type de papier fin et translucide traditionnellement utilisé pour les lettres. Elle les sortit et les déplia, les brandissant devant la lumière des fenêtres.

— Bingo... dit doucement Nick.

L'écriture en pattes de mouche qui se trouvait sur les enveloppes – celle de Valerie – recouvrait également les feuilles de papier. Plusieurs sections avaient été biffées et réécrites, et il était évident qu'il s'agissait de brouillons de lettres qu'elle avait envoyées. Poppy parcourut les phrases : « ...Je suis au courant pour votre petit secret, je vous ai vu par la fenêtre... Je connais les dessous de l'affaire... vous ne voudriez sûrement pas que tout le village le sache... ne vous en faites pas, votre secret est en sécurité avec moi – si vous y mettez le prix... »

Nick émit un petit sifflement.

— Elle faisait bien chanter quelqu'un.

Il parcourut les pages.

— Et on dirait que ça durait depuis un certain temps.

— C'est peut-être John... ? dit Poppy. Il serait assez riche pour céder à ces demandes de chantage.

Mais elle sentait le doute s'insinuer dans sa voix. Elle se demanda si Nick n'avait pas raison au final et si elle ne faisait pas une fixation sur John Smitheringale sans le moindre fondement. Après tout, ces lettres auraient pu être adressées à n'importe qui. Rien n'indiquait que Valerie menaçait de révéler une liaison extra-conjugale.

Elle se racla la gorge.

— Peut-être que vous…

— Chut !

Nick lui saisit brusquement le poignet.

— Écoutez ! Qu'est-ce que… ?

Une lumière vive jaillit soudain à l'extérieur. Poppy sursauta et se serait figée sur place comme un lapin effrayé, en plein devant les fenêtres, si Nick n'avait pas plongé sur le côté et ne l'avait pas entraînée avec lui. Il se glissa le long du mur, restant dans l'ombre et se dirigeant vers la porte d'entrée. Ils atteignirent le hall au moment où quelqu'un cherchait à ouvrir la porte.

— Vite ! Par ici !

Nick ouvrit le placard à manteaux, la poussa à l'intérieur, puis la rejoignit et referma la porte derrière lui d'un coup sec, une seconde avant que la porte d'entrée ne s'ouvre.

Poppy retint son souffle, son cœur battant la chamade. Le placard était exigu et sombre, à l'exception d'un filet de lumière provenant de la fente sur le côté de la porte. Elle était calée contre la poitrine de Nick, son bras l'entourant fortement, les plis des vestes en laine et des imperméables de Valerie autour de la tête. Le tissu du T-shirt en coton de Nick était frais contre sa joue, et le léger parfum d'une eau de Cologne masculine épicée parvint à ses narines, mêlé à une odeur de savon. Un homme l'avait déjà prise dans ses bras, bien sûr, mais pas comme ça…

Elle voulut se détacher de lui, mais les bras de Nick se resserrèrent et il lui chuchota à l'oreille :

— Chut… ne bougez pas.

Dehors, des bruits de pas retentirent dans le hall d'entrée. Le faisceau d'une lampe torche se promena sur les murs, puis se dirigea vers le couloir. Il y eut un juron marmonné, puis l'intrus traversa le couloir et entra dans le salon. Le bras de Nick se détendit suffisamment pour permettre à Poppy de se rapprocher de la porte et de coller son œil à la fente. Ils entendaient qu'on fouillait, ouvrait des placards, déplaçait des meubles et des papiers. Enfin, elle vit la silhouette sombre sortir du salon et marquer une pause incertaine dans le couloir. Le faisceau de la lampe éclaira brièvement le visage de l'intrus. C'était un homme. Poppy entrevit une peau bronzée et tannée, des cheveux gris tirés vers l'arrière et des yeux sombres plissés aux coins.

Un autre bruit se fit entendre à l'extérieur de la maison et, alors qu'elle se raidissait, elle vit la silhouette sombre se figer à son tour. Sa lampe torche s'éteignit et l'homme resta immobile, comme s'il écoutait, dans l'obscurité. Poppy osait à peine respirer et elle sentait les muscles du corps de Nick se contracter à côté du sien. Soudain, la silhouette sombre s'élança vers la porte. L'homme l'entrouvrit, comme pour vérifier que la voie était libre, puis, au bout d'un moment, se glissa à l'extérieur et referma la porte derrière lui.

Poppy poussa un soupir de soulagement et se détendit. Elle réalisa alors avec horreur qu'elle s'était affaissée contre le torse de Nick. Elle recula précipitamment, mettant autant de distance que possible entre eux dans cet espace exigu.

— Hum… Je pense qu'il est parti… Il *pourrait* revenir, mais je ne pense pas… et on ferait mieux de partir tant qu'on peut… balbutia-t-elle.

Il ne dit rien, mais elle perçut une lueur d'amusement dans ses yeux lorsqu'il la laissa partir et se retourna pour ouvrir la porte du placard. Ils sortirent en trombe de leur cachette et, quelques minutes plus tard, se glissèrent discrètement hors de la maison.

— Vous avez vu qui c'était ? demanda Nick, toujours à voix basse, alors qu'ils s'éloignaient lentement de la porte d'entrée.

— C'était un homme, mais je ne l'ai pas reconnu. Il était âgé, je pense. Des cheveux gris. La peau bronzée.

— Hmm.

Nick fronça les sourcils.

— Il était manifestement à la recherche de quelque chose, mais je ne pense pas qu'il ait trouvé ce qu'il cherchait

— C'était forcément louche, sinon pourquoi ne serait-il pas venu dans la journée ? Vous pensez qu'il cherchait ces lettres ?

Poppy sursauta alors.

— Nick ! Les lettres ! On les a laissées visibles près de la boîte à chaussures…

— Détendez-vous. Je les ai remises dans l'enveloppe avant de quitter le salon. Elles doivent toujours être dans la boîte à chaussures avec les autres paquets de graines.

Poppy lui lança un regard d'admiration réticent.

— Vous gérez plutôt bien la pression. C'est quelque chose que vous avez appris quand vous travailliez au CID ?

Nick rit sous cape.

— Je ne sais pas si Suzanne dirait ça. Elle trouve toujours que je m'implique trop émotionnellement.

Il jeta un coup d'œil à la maison sombre.

— Quoi qu'il en soit, nous avons obtenu ce que nous étions venus chercher et je pense qu'il est grand temps que je vous raccompagne chez vous, Miss Lancaster. Je ne voudrais pas qu'on m'accuse de vous avoir fait rentrer trop tard.

Poppy fut surprise de ressentir un pincement au cœur. Elle ne voulait pas l'admettre, mais elle avait pris plus de plaisir à leur petite escapade qu'elle ne l'aurait cru. Elle n'avait jamais rien fait de tel auparavant et il y avait quelque chose d'exaltant à prendre des risques et à enfreindre les règles. Elle ne l'admettrait jamais devant Nick, bien sûr.

Pourtant, alors qu'ils retraversaient le village, elle eut l'étrange impression que l'auteur de romans policiers avait lu dans ses pensées. Et bizarrement, pour une fois, ça ne semblait pas la déranger.

Chapitre 18

— Dites donc, Poppy, vous êtes bien matinale, aujourd'hui, dit Amber Smitheringale en se penchant par la porte-fenêtre pour regarder dans le jardin.

Elle portait une jolie robe de chambre à fleurs, avait les cheveux ébouriffés et les joues légèrement rougies, et venait manifestement de sortir du lit.

Poppy se retourna d'un bond, se sentant coupable. Elle était venue aussi tôt qu'elle l'avait osé, espérant voir une amélioration des plantes, mais elles avaient l'air en aussi piteux état que la veille. Elle lança d'un ton aussi nonchalant que possible :

— Euh… Bonjour, Amber. Je suis désolée, est-ce que je vous ai réveillée ?

— Non, non… J'étais réveillée. Je me prélassais simplement au lit.

Amber sourit. Son regard se porta sur le brise-vue autour des plantes et elle demanda d'un air curieux :

— John m'a dit que vous aviez mis quelque chose autour des plantes… pour les protéger, c'est ça ?

Poppy prit une grande inspiration. Il était temps de dire la vérité à Amber. Tout le monde faisait des erreurs et elle était sûre que son employeuse serait compréhensive, surtout si elle proposait de remplacer les plantes à ses frais.

— Hum…

Poppy hésita. Mais ce fut plus fort qu'elle. Elle bafouilla :

— Exactement. Vous savez, un peu comme… euh, un brise-vent. Quand les plantes sont mises en terre pour la première fois, elles sont très sensibles au vent et… euh… elles risqueraient de s'affaisser. C'est donc préférable d'ériger un brise-vent tout autour. C'est… c'est une astuce de la profession.

Amber la regardait avec respect.

— Oh, je l'ignorais. Je suis si heureuse que vous m'aidiez, Poppy. C'est formidable d'avoir quelqu'un qui sait ce qu'il fait.

— Euh… euh… merci, marmonna Poppy en se tortillant.

Elle ne s'était jamais sentie aussi mal de toute sa vie. *Oh, mon Dieu, pourquoi ai-je menti ? Pourquoi n'ai-je pas dit la vérité à Amber ?*

Amber lui adressa un sourire chaleureux.

— Je vais me préparer une tasse de café. Vous vous joignez à moi ?

Poppy jeta un coup d'œil à la maison.

— John est debout ?

— Oh, il s'est levé il y a plusieurs heures. Il n'arrivait pas à dormir, alors il a décidé de descendre à Londres de bonne heure.

— À Londres ?

— Oui, il travaille au cabinet demain et il s'assure toujours d'être à Londres la veille au soir, pour pouvoir examiner les notes des patients. Il ne sera pas de retour avant le week-end, alors on est entre filles…

Amber s'esclaffa.

— Allez, Poppy. Vous êtes en avance de toute façon. Vous avez le temps.

Poppy se sentait déjà mal d'avoir menti à Amber, et profiter de l'hospitalité de la jeune femme ne faisait qu'empirer les choses. D'un autre côté, elle était un peu bloquée sur le plan du travail – elle ne savait pas quoi faire avec les plantes « malades » et elle avait perdu confiance en elle pour planter d'autres choses. Si elle prenait un café avec Amber, il serait moins flagrant qu'elle ne faisait strictement rien au jardin.

— C'est d'accord, dit-elle, et elle suivit son employeuse dans la maison.

À l'intérieur de l'immense cuisine design, Poppy observa son hôtesse commencer à actionner les interrupteurs de la rutilante machine à expresso qui dominait un coin du plan de travail. Cela lui rappela l'époque où elle était coincée dans son ancien travail à Londres, à aller chercher le café tous les matins pour son horrible patronne, et malgré ses problèmes, elle ressentit une vague de soulagement et d'allégresse.

— Qu'est-ce qu'il y a ? Vous avez un drôle de sourire, dit Amber en lui jetant un regard interrogateur.

Poppy rit, légèrement gênée.

— Oh… J'étais en train de me dire que j'étais vraiment heureuse de commencer une nouvelle vie ici, à Hollyhock Cottage. Évidemment, il y a encore des problèmes et du stress… mais dans l'ensemble, c'est merveilleux comparé à ce que j'ai laissé derrière moi.

Amber lui tendit une tasse de café fumant et s'assit en face de Poppy avec la sienne

— Je vois ce que vous voulez dire. Mes parents étaient très pauvres, vous savez, et quand j'étais petite, je me demandais constamment comment ils allaient pouvoir mettre de la nourriture sur la table. Je n'ai jamais eu de vêtements neufs – j'ai toujours porté des vêtements de seconde main – et les chaussures que j'avais étaient toujours trop petites et me faisaient mal aux pieds, mais nous ne pouvions pas nous permettre d'en acheter de nouvelles chaque année…

Elle sourit devant le regard incrédule de Poppy.

— Eh oui. Et je me suis toujours juré que quand je serais grande, je serais riche et que je vivrais dans une grande maison chic, entourée de belles choses et avec des armoires remplies de vêtements de marque !

Elle fit un geste vers le luxueux intérieur et laissa échapper un petit rire.

— Comme vous le dites, c'est merveilleux comparé à ce que j'ai laissé derrière moi.

Elle posa une main protectrice sur son ventre.

— Et je vais faire en sorte que mon enfant ait tout ce que je n'ai jamais eu. Il ou elle ne se couchera jamais le ventre vide, ne sera jamais gêné(e) d'aller à l'école parce que ses vêtements ont l'air d'avoir rétréci au lavage et ne se demandera jamais pourquoi le père Noël n'a jamais pu lui apporter ce qu'il ou elle voulait…

Elle se pencha en arrière, poussa un soupir et sourit.

— C'est l'une des raisons pour lesquelles j'ai dit « oui » quand John m'a demandée en mariage. Je savais qu'il venait d'une famille très aisée et qu'en tant que médecin, il allait devenir riche. Je savais qu'en l'épousant, je ne manquerais de rien. Oh, ne vous méprenez pas, j'aime John… mais je ne sais pas si je l'aimerais autant s'il n'était pas aussi riche, ajouta-t-elle dans un nouvel éclat de rire.

Poppy fit mine de boire son café tout en essayant de trouver quoi dire. Elle était légèrement choquée par cet aveu aussi brutal. Elle savait, bien sûr, qu'il y avait des femmes qui se mariaient pour l'argent, mais elle n'avait jamais rencontré quelqu'un qui affichait aussi ouvertement ses motivations vénales. Amber dut lire dans ses pensées, car elle jeta à Poppy un coup d'œil sagace et lui dit :

— Je vous ai choquée ?

— Oh… non ! dit Poppy, essayant de prendre un air sophistiqué. C'était ce que faisaient les femmes avant, après tout. À l'époque de Jane Austen, la plupart des femmes ne se mariaient pas par amour. Elles se mariaient pour « s'assurer un foyer confortable ». Et il semble que vous ayez réussi à le faire… alors tant mieux pour vous !

Amber esquissa un sourire sec.

— N'allez pas croire que tout est toujours rose. J'ai peut-être l'air d'avoir une vie parfaite, mais j'en paie le prix d'une autre manière. Je dois supporter les liaisons de John, par exemple.

Poppy s'étouffa avec son café.

— S… ses liaisons ?

Amber agita la main d'un geste dédaigneux.

— Oh, John ne sait pas que je suis au courant, mais bien sûr que si. Il n'arrive pas à se tenir, cet imbécile. Il avait même une liaison avec Christine Inglewood, vous le saviez ?

— Euh… n… non, balbutia Poppy, fixant la femme alors que sa théorie soigneusement élaborée sur le mobile de John s'effondrait.

— Oui, pendant toute la durée de rénovation de la maison. Il venait ici pour la retrouver. Il n'avait aucun intérêt pour les stores ni les accessoires de salle de bains !

Amber émit un rire cynique.

— Plusieurs fois, j'ai pu sentir son parfum sur lui lorsqu'il rentrait à la maison, et une fois, je l'ai même entendu lui passer un coup de fil. Il s'était éclipsé lors d'une de nos fêtes à Londres et j'étais montée à l'étage pour chercher une épingle à nourrice parce qu'une des invitées avait fendu sa robe. Quoi qu'il en soit, j'ai regardé par la fenêtre de notre chambre et je l'ai vu se cacher dans les buissons en contrebas. La fenêtre était ouverte et sa voix portait clairement. Il parlait à Christine, et lui disait quelque chose de mièvre... du genre qu'elle était la potion de son addiction.

Poppy cligna des yeux.

— Et ça ne vous a pas dérangée ? demanda-t-elle impulsivement.

Puis elle rougit et dit rapidement :

— Désolée. Ce ne sont pas mes affaires...

— Je suppose que ça m'a un peu contrariée, dit Amber en penchant la tête, comme quelqu'un qui réfléchirait à une question philosophique. Mais en fin de compte, John revient toujours vers moi. C'est moi qui porte son nom et c'est moi qui ai sa bague au doigt.

Elle tendit la main gauche et agita les doigts, faisant briller l'énorme diamant solitaire sur son annulaire.

C'était un écho de ce que Nick avait dit la veille au soir et Poppy fut surprise d'entendre Amber témoigner des mêmes sentiments. Elle se sentit soudain très naïve. Elle avait tout jugé en fonction de ses propres idéaux et valeurs, sans jamais envisager qu'il pouvait y avoir d'autres femmes qui pensaient différemment.

— Vous arrive-t-il de confronter John à propos des autres femmes ? demanda-t-elle.

Amber rit.

— Non, pour quoi faire ? C'est amusant de le voir essayer de se cacher avec ses mensonges pathétiques. Et il se sent toujours tellement coupable qu'il dit oui à tout ce que je lui demande. C'est comme ça que je l'ai convaincu de me laisser refaire le jardin, vous savez, ajouta-t-elle avec un sourire malicieux. C'était aux alentours de Pâques et il venait de rompre avec Christine...

— Ils ont rompu ? Comment le savez-vous ?

Elle haussa les épaules.

— On apprend à reconnaître les signes. John se lasse toujours au bout d'un moment et revient vers moi en rampant. La liaison avec Christine durait depuis environ six mois. Il était temps... Et ils ont commencé à agir de manière très étrange. Ils avaient toujours été un peu hostiles l'un envers l'autre – je pense que c'était pour me duper –, mais ils ont commencé à être *vraiment* bizarres. Ils étaient tendus en présence de l'autre. Et John a commencé à trouver des excuses pour quitter la pièce chaque fois que Christine était là. Je l'ai remarqué.

Elle esquissa un petit sourire complaisant.

— J'ai donc saisi ma chance. John peut être un peu autoritaire – il veut toujours décider de tout – vous savez, où nous partons en vacances, combien d'enfants nous allons avoir, ce que je dois porter au lit... et il avait d'abord insisté sur un aménagement paysager formel pour l'ensemble de la propriété – toutes les haies taillées et les pelouses parfaitement manucurées – avec des employés pour tout. Je lui ai dit que je voulais un jardin à l'anglaise et que je voulais tout faire refaire.

Elle gloussa.

— Il n'a pas fait d'histoires.

Poppy regarda la jeune femme en face d'elle, abasourdie. Elle s'était sentie désolée pour Amber, qui se faisait dicter sa conduite par un mari machiste et ne prenait aucune décision en tant qu'épouse… mais elle commençait à se rendre compte qu'Amber Smitheringale n'était la dupe de personne. Ni la victime de qui que ce soit. En fait, loin d'être une bimbo blonde et insipide, Amber semblait tirer les ficelles.

Elle se racla la gorge.

— Alors… euh… John ne voit plus Christine ?

— Je ne lui ai pas demandé directement, dit Amber avec un petit rire. Mais j'en suis presque sûre. J'ai même un peu de peine pour Christine, vous savez. Elle me dit toujours que je devrais travailler, et elle est si intelligente et si prospère qu'elle doit penser qu'elle peut toujours obtenir de n'importe quel homme qu'il fasse ce qu'elle veut. De toute façon, la dernière fois qu'elle est venue, elle a dit qu'elle cherchait à faire des rencontres en ligne, alors je suis sûre qu'elle trouvera quelqu'un rapidement.

Elle pencha la tête et regarda Poppy avec un intérêt soudain.

— Et vous ? Vous avez quelqu'un ?

— Oh… euh… non, dit Poppy, alarmée de voir la conversation se tourner vers elle. J'ai eu quelques petits amis dans le passé, mais rien de sérieux.

— Alors… toujours libre comme l'air ?

Poppy eut un petit rire.

— C'est une expression tellement démodée. Mais oui, mon cœur m'appartient toujours. En fait, je ne pense pas avoir jamais été amoureuse. *Vraiment* amoureuse.

— Ah… ça signifie simplement que vous n'avez pas encore rencontré l'homme qu'il vous faut, dit Amber avec un sourire complice.

Puis une lueur apparut dans ses yeux.

— Que pensez-vous de Nick ?

— N… Nick ?

— Oui, vous savez… l'ami de John, Nick Forrest, l'auteur de romans policiers… grand, sombre et ténébreux… on dirait qu'il sort tout droit d'un roman d'amour gothique ! gloussa Amber.

— Euh… eh bien, c'est juste mon voisin. Je ne pense pas beaucoup à lui. Je ne le connais pas très bien et je n'ai pas vraiment envie de le connaître, ajouta Poppy à la hâte.

Amber haussa les sourcils.

— Vous ne l'appréciez pas ?

— Euh… nous… nous n'avons pas l'air de nous entendre.

— Eh bien… vous savez ce qu'on dit à propos de la frontière ténue entre l'amour et la haine…

— C'est un cliché, dit Poppy en roulant des yeux. De toute façon, je ne le *déteste* pas. C'est juste que… Nick a toujours cette façon de dire des choses qui m'agacent et me font perdre mon sang-froid… en plus il veut toujours avoir raison sur tout et… et… j'ai toujours ce sentiment qu'il se moque secrètement de moi…

— Pour quelqu'un qui ne pense jamais à Nick, vous semblez avoir beaucoup réfléchi au sujet, dit Amber avec un sourire suggestif.

Poppy rougit.

— Non, vous vous faites des idées… C'est seulement que nous avons été poussés à nous voir plusieurs fois récemment…

Elle entendit ce qu'elle avait dit, et un souvenir de la nuit précédente, lorsqu'elle et Nick avaient été *poussés l'un contre l'autre – littéralement*, dans le placard exigu – surgit dans son esprit. Elle sentit ses joues s'embraser encore plus. Voyant qu'Amber la regardait avec amusement, elle s'empressa d'ajouter :

— En plus, on ne sait jamais comment Nick va réagir. C'est vraiment déconcertant.

— Oui, j'ai remarqué qu'il était un peu lunatique, confirma Amber. Mais c'est le tempérament artistique, pas vrai ? Ça va de pair. Tous les écrivains sont probablement comme ça.

— Je n'ai pas besoin de ça dans ma vie, dit Poppy avec fermeté. Quoi qu'il en soit, je suis trop occupée pour envisager d'avoir une relation. Je dois me concentrer sur le jardin du cottage et sur le lancement de ma nouvelle entreprise.

— Vous savez ce que l'on dit sur le fait de travailler sans jamais s'amuser… dit Amber avec un nouveau sourire suggestif.

— En parlant de travail, je… hum… je suppose que je ferais mieux de retourner au jardin, dit Poppy, désireuse de mettre fin à cette conversation sur sa vie personnelle.

Elle sourit et se leva.

— Merci beaucoup pour le café.

— J'ai passé un très bon moment ! Nous devrions faire ça plus souvent, déclara Amber avec enthousiasme en raccompagnant Poppy jusqu'aux portes-fenêtres. Toutes les autres femmes du village semblent être de vieilles dames curieuses – il n'y a personne d'autre de mon âge avec qui discuter. Et la seule chose dont les gens semblent vouloir parler ces derniers temps est le meurtre de Valerie.

Elle leva les yeux au ciel.

— On croirait que personne n'a jamais été assassiné avant !

— Eh bien, c'*est* différent quand ça arrive sur le pas de votre porte – littéralement, dans votre cas, déclara Poppy.

— Oh, je sais ! Et croyez-moi, je me suis creusé la tête pour essayer de me souvenir si quelqu'un d'étrange s'était approché de la maison de Valerie ce matin-là, comme le sergent me l'a demandé, mais je ne vois pas…

— Et la veille au soir ? demanda soudain Poppy, s'arrêtant au moment où elle s'apprêtait à sortir.

Amber fronça les sourcils.

— La veille au soir ? Non, rien d'étrange…

— Même si ce n'était pas vraiment « étrange » en soi, vous auriez pu remarquer quelque chose. Comme une voiture garée dans l'allée ou quelqu'un qui serait venu voir Valerie…

Elle claqua des doigts.

— Attendez une minute… vous savez quoi ? Je viens de me rappeler que j'*ai* vu quelqu'un à la porte de Valerie la nuit précédant son assassinat. Il était assez tard – près de 23 heures, je crois. En fait, je ne l'ai vu que parce que je suis allée chercher mes lunettes de soleil, que j'avais laissées dans la voiture. J'ai entendu des voix et j'ai regardé de l'autre côté, et j'ai vu Valerie à sa porte, parlant à un homme.

— À quoi ressemblait-il ? demanda vivement Poppy, pensant soudain à l'intrus qui s'était introduit chez Valerie la nuit précédente. Avait-il la peau tannée et bronzée ? Et des cheveux gris ?

— Hmm… il avait les cheveux gris – il avait l'air d'avoir la soixantaine, peut-être, mais je ne sais pas s'il avait la peau tannée. Il n'avait pas l'air de quelqu'un qui travaille à l'extérieur. Il était très bien habillé. Un chino beige et un blazer bleu marine à l'ancienne… vous voyez le style ? Du genre à double boutonnage, avec des boutons en laiton.

— Est-ce qu'il est entré chez Valerie ? demanda Poppy.

Amber secoua la tête.

— Non, ils ont juste parlé sur le pas de la porte. Mais il lui a donné quelque chose : une bouteille.

— Une bouteille ? De vin ?

— Ça ressemblait plus à ces bouteilles pour les limonades et autres. Vous savez, avec un de ces bouchons mécaniques.

Amber fit un geste avec ses mains.

— Du fait maison ?

— Oui, je suppose…

— Vous pensez que c'était quelqu'un du village ? demanda Poppy.

Amber secoua la tête à regret.

— Je ne l'ai pas reconnu… mais je ne connais pas encore très bien les locaux, alors…

— Y avait-il une voiture dans la rue ?

Amber secoua la tête.

— Il était trop tard pour que les bus circulent, il a donc dû marcher, ce qui signifie qu'il habite probablement dans le coin, réfléchit Poppy à haute voix. En avez-vous parlé à la police ?

— Il avait l'air très respectable, pas du style motard tatoué ou clochard, alors je n'ai pas pensé à lui quand le sergent m'a demandé si j'avais remarqué quelque chose d'étrange.

— Vous devriez en parler à Suza – je veux dire, à l'inspectrice Whittaker – dès que possible. C'est peut-être important, insista Poppy.

— D'accord, je l'appellerai après avoir pris ma douche et m'être habillée.

Amber poussa un petit cri surexcité.

— Vous pensez qu'il pourrait être le meurtrier ?

Il y a vingt minutes, j'étais convaincue que votre mari *était l'assassin*, pensa Poppy. À haute voix, elle répondit :

— Oui, je pense qu'il pourrait bien avoir empoisonné Valerie Winkle.

Chapitre 19

Lorsque Poppy sortit enfin, elle fut surprise de voir un homme dans le jardin. Il poussait une tondeuse à gazon sur la bande d'herbe qui longeait la propriété des Smitheringale. Il lui tournait le dos et tout ce qu'elle pouvait voir, c'était des cheveux gris tirés en arrière en une queue de cheval basse et une carcasse trapue vêtue d'une salopette verte démodée. Elle devina qu'il s'agissait de l'homme à tout faire dont John et Amber – ainsi que Suzanne – avaient parlé, qui effectuait de petits travaux pour les Smitheringale. *Quel était son nom, déjà ? Joe quelque chose... Joe Fabbri. Oui, c'était bien ça.*

Elle s'apprêtait à l'ignorer et à continuer vers le parterre de fleurs quand il se retourna avec la tondeuse et que son visage apparut. Poppy sentit son cœur faire un bond. C'était le même visage bronzé et tanné qu'elle avait aperçu à travers la fente du placard chez Valerie la nuit précédente !

Il remarqua qu'elle le regardait fixement et coupa le moteur. Poppy s'attendait à ce qu'il dise quelque chose, mais il se contenta de la regarder en silence. Le blanc s'étira jusqu'à ce qu'elle ne puisse plus le supporter. Elle s'approcha de lui avec un sourire hésitant :

— Bonjour… Je suis Poppy. J'ai été engagée pour aider Amber à planter les parterres de fleurs. Et vous devez être Joe ?

Son visage était celui d'un homme âgé – il devait être dans la fin de la soixantaine –, mais les muscles de ses mains et de ses avant-bras semblaient appartenir à un homme plus jeune. Et lorsqu'il saisit la main tendue de Poppy, il la serra si fort qu'elle faillit crier.

— Ouaip.

Le silence s'étira à nouveau. Poppy se racla la gorge.

— J'ai entendu dire que vous aidiez les Smitheringale ?

— Ouaip.

— Alors… hum… vous vivez au village ?

— Ouaip.

— Oh… parce que… je me disais que si j'avais besoin d'aide pour réparer des choses – je vis à Hollyhock Cottage – je pourrais peut-être vous appeler aussi ?

— Ouaip.

Poppy décida de ne pas insister. Les pots de fleurs étaient plus bavards que cet homme ! Elle avait espéré mentionner la maison de Valerie et guetter sa réaction, mais ses réponses laconiques ne lui permettaient pas d'orienter la conversation. Avec un soupir, elle lui adressa un signe de tête poli et s'apprêtait à se détourner lorsqu'il prit la parole :

— Vous cachez quelque chose ?

Poppy recula d'un bond, son cœur battant la chamade. Il fit un signe de tête vers le brise-vue qui entourait les plantes mourantes.

— Oh… euh… hum… c'est juste… temporaire… balbutia-t-elle. Rien à craindre… c'est juste une toile protectrice autour des plantes et… euh…

Sa voix devint un glapissement paniqué lorsqu'il délaissa sa tondeuse et commença à se diriger vers le parterre de fleurs.

— NON ! ATTENDEZ ! IL N'Y A RIEN À VOIR !

Elle se précipita derrière lui, essayant de l'empêcher de s'approcher, mais à moins de lui attraper le bras pour le retenir, elle ne pouvait pas vraiment l'arrêter. Elle regarda avec inquiétude l'homme s'arrêter près du brise-vue et jeter un coup d'œil par-dessus la toile.

— C'est… je… euh… hum…

Poppy se creusa la tête pour trouver quelque chose à dire pour justifier la scène de dévastation devant eux.

— Choc de la transplantation.

Poppy s'arrêta et le regarda fixement.

— Je… Je vous demande pardon ?

Elle suivit son regard jusqu'aux plantes, puis se rendit compte qu'il lui offrait une réponse.

— Oh… vous voulez dire que c'est ce qui ne va pas ?

— Hum hum.

Poppy prit ça pour un « oui ». Elle vit qu'il la regardait et, pendant un instant, elle fut tentée de le repousser, d'essayer de sauver sa fierté et d'oublier tout ça en disant : « Oh, ne vous inquiétez pas, je contrôle *la situation.* »

Mais c'était sa stupide fierté qui l'avait mise dans cette situation impossible. Elle déglutit, puis dit d'une petite voix :

— Je ne suis qu'une débutante et je pense que j'ai fait une grosse bêtise. Y a-t-il un moyen de les sauver ?

— Peut-être.

Elle commençait à se rendre compte que Joe était un homme peu loquace. Néanmoins, son intérêt semblait sincère et elle avait bien besoin d'aide, d'où qu'elle vienne.

— Pouvez-vous me dire ce que je dois faire ? demanda-t-elle humblement.

Il inspecta les plantes d'un œil exercé, puis leva les yeux vers le ciel, dans lequel brillait un soleil de plomb.

— Il fait chaud. Il leur faut de l'ombre. Elles repartiront peut-être. Vous les avez arrosées ?

Poppy hocha vigoureusement la tête.

— Oh oui, je les ai inondées la nuit dernière et je les ai encore arrosées ce matin.

Elle regarda d'un air dubitatif les feuilles brunes et flétries des roses.

— Les feuilles redeviendront vertes ?

— Nan.

— Alors... elles vont rester comme ça ? demanda Poppy, consternée.

Il jeta un coup d'œil aux roses.

— Taillez-les. D'autres feuilles vont pousser.

Poppy ressentit une lueur d'espoir.

— Et je dois leur donner autre chose ? De l'engrais, par exemple ?

— Nan !

Sa voix était tranchante.

— Pas d'engrais jusqu'à ce qu'elles reprennent. Sinon, ça brûle. Faut de nouvelles racines qui s'enfoncent dans le sol. Pour aspirer l'eau.

— Oh… et quand je les ai plantées, j'ai endommagé les racines. C'est pour ça qu'elles souffrent, surtout par cette chaleur, dit Poppy, qui commençait à comprendre.

Elle lui adressa un regard reconnaissant.

— Merci… merci beaucoup. Je vais faire tout ce que vous avez dit et croiser les doigts !

Joe plissa les yeux et ses lèvres se retroussèrent légèrement. Puis il la regarda d'un air pensif, s'attardant sur son visage, et dit :

— On dirait Mary.

— Mary… ? Oh, vous voulez dire ma grand-mère, Mary Lancaster.

Il inclina la tête.

— Ouaip. Je l'ai connue petite.

Il balaya à nouveau son visage.

— Les mêmes yeux.

— Vous avez connu ma mère ? demanda vivement Poppy. Holly Lancaster ?

— Seulement petiote.

— Seulement… ? Oh, vous voulez dire seulement quand elle était enfant ?

Il inclina à nouveau la tête.

— Elle s'est enfuie.

— Oui, à l'âge de 16 ans. Je… je crois qu'elle a essayé de reprendre contact quand elle est tombée enceinte de moi, mais… je ne crois pas que ça ait été très bien accueilli.

Poppy essaya de ne pas laisser transparaître l'amertume dans sa voix, mais elle n'y parvint pas tout à fait. Elle vit Joe la dévisager à nouveau et eut le sentiment désagréable que ces vieux yeux en voyaient plus qu'elle ne voulait en montrer.

— Une femme fière, Mary, dit-il enfin. Elle n'avait jamais tort.

Quelque chose dans la façon dont il dit ça poussa Poppy à se demander s'il y avait une anecdote personnelle derrière ce commentaire. Elle réalisa soudain qu'elle ressemblait peut-être plus à sa grand-mère qu'elle ne le pensait, non seulement physiquement, mais aussi par sa fierté et ses difficultés à reconnaître quand elle avait tort.

— Plus de père ? demanda soudain Joe.

Pendant un instant, Poppy fut déconcertée. Jusqu'à présent, la plupart des gens du village s'étaient montrés plutôt sournois lorsqu'ils avaient essayé de lui soutirer des informations. Oh, il était évident qu'ils étaient impatients d'en savoir plus sur son père, mais cela se faisait généralement par des questions insidieuses et des regards suggestifs. Mais à sa grande surprise, elle constata qu'elle préférait l'approche directe de Joe et répondit plus volontiers que d'habitude :

— Non, je ne l'ai jamais connu. Ma... ma mère était une groupie. Elle suivait des groupes de rock dans leurs tournées aux États-Unis, expliqua-t-elle alors qu'il la regardait d'un air absent. Mais elle a arrêté et est revenue en Angleterre quand elle est tombée enceinte de moi.

— Votre père est un 'Ricain ?

Poppy haussa les épaules.

— Probablement. Je ne sais pas. Ma mère m'a seulement dit que c'était le musicien d'un groupe de rock, mais je ne sais rien de plus.

— Vous avez essayé de le retrouver ?

— Je... oui... je veux dire, non... je croyais qu'il viendrait *me* retrouver...

Poppy secoua la tête et esquissa un sourire nostalgique.

— Je pensais... Je pensais qu'il apparaîtrait un jour sur le pas de ma porte et qu'il m'emmènerait vivre cette nouvelle vie incroyable à Hollywood...

Elle soupira.

— Mais ce n'était qu'un rêve stupide.

— C'est bien de rêver parfois.

Poppy leva les yeux, surprise, puis sourit avec reconnaissance.

— Oui, mais j'ai un nouveau rêve maintenant. Un meilleur rêve. J'ai décidé de me créer moi-même cette nouvelle vie extraordinaire ! Je ne vais pas rester là à attendre que mon père vienne me sauver.

Il la regarda en silence pendant un moment, puis hocha lentement la tête en signe d'approbation. Poppy rougit, sentant soudain qu'elle en avait trop dit, trop révélé d'elle-même. Elle s'empressa de changer de sujet.

— Hum… C'est terrible ce qui est arrivé à Valerie, pas vrai ? Est-ce que vous travailliez pour elle ?

— Ouaip.

— Oh oui, c'est vrai… Je me souviens que Suzanne – je veux dire, l'inspectrice Whittaker – m'a dit que vous aviez déposé des outils chez elle le matin de sa mort ?

Son regard se fit méfiant.

— Elle allait bien.

— Et, euh… vous êtes retourné chez elle depuis le meurtre ? demanda Poppy avec désinvolture.

Les yeux de Joe devinrent froids et son expression se figea.

— Nan.

En se détournant, il marmonna :

— Je dois y aller. J'ai du travail.

Il redémarra la tondeuse et s'éloigna dans un rugissement de moteur sans plus la regarder.

Chapitre 20

Poppy passa le reste de la matinée à suivre les conseils de Joe. À l'aide d'autres piquets et de sacs de jardin en toile, elle créa un abri temporaire au-dessus des plantes flétries afin de les protéger du soleil brûlant. Puis elle les arrosa de nouveau avec soin et ajouta un peu de paillis à leur pied, afin de maintenir les racines aussi fraîches que possible. Elle fit le tour du parterre avec un sécateur et enleva les feuilles les plus sèches et les tiges ratatinées. Enfin, elle recula pour examiner le parterre de fleurs. Poppy soupira. Elle avait fait tout son possible. Il n'y avait plus qu'à attendre. Elle ne pouvait que croiser les doigts et espérer…

Elle récupéra ses affaires et quitta la maison des Smitheringale en se disant qu'elle avait de la chance qu'Amber semble être sortie pour la journée. Au moins, elle n'avait pas à expliquer l'arrangement de plus en plus étrange avec les piquets de bois et la toile drapée autour du parterre de fleurs. Mais son employeuse le verrait forcément en rentrant et se demanderait ce qui se passait.

Je vais devoir lui dire la vérité demain, pensa Poppy, grimaçant à cette idée. Mais elle ne pouvait pas continuer à lui mentir, elle devrait reconnaître ses erreurs et lui avouer la vérité. Peut-être qu'Amber l'inviterait à nouveau à prendre un café le lendemain matin et qu'elle pourrait lui annoncer la nouvelle à ce moment-là. Ce moment de convivialité faciliterait la confidence, comme deux amies qui partageraient des secrets...

En parlant de secrets... L'esprit de Poppy revint sur la discussion qu'elle avait eue avec Amber ce matin-là. Elle avait été surprise de voir à quel point elle s'était ouverte, tout ce qu'Amber lui avait révélé de sa vie personnelle... En fait, Poppy avait été tellement préoccupée par les plantes mourantes qu'elle n'avait pas vraiment réfléchi à leur conversation... jusqu'à présent.

Elle repensa aux révélations d'Amber et se demanda ce que ça pourrait signifier quant au meurtre. Aurait-elle pu se tromper en soupçonnant John ? S'il n'y avait pas de risque qu'Amber découvre sa liaison, alors il n'y avait pas vraiment de mobile pour tuer Valerie. Bien sûr, *John* ne savait pas qu'Amber était au courant, il aurait donc pu être inquiet et vouloir faire taire sa voisine indiscrète. Mais d'une certaine manière, après avoir vu la réaction d'Amber face à l'infidélité de son mari, Poppy commençait à penser que Nick avait raison et que John ne considérerait pas une liaison comme une grande menace pour son mariage – certainement pas au point de risquer de commettre un meurtre.

Mais si ce n'était pas John, alors qui ? Prunella Shaw ? La police ne l'excluait pas de la liste des suspects. La colère et la vengeance étaient de puissants mobiles. Et à en croire l'histoire racontée par Mrs Peabody sur l'agression par Prunella d'une autre cultivatrice de delphiniums, cette femme *avait* des antécédents de violence lorsqu'elle perdait son sang-froid.

Sauf qu'il ne s'agit pas d'un crime violent et impulsif, se rappela Poppy. Le recours au poison était prémédité. Quelqu'un s'était donné la peine de se procurer de l'aconitine… et avait ensuite trouvé un moyen de le faire manger ou boire à Valerie…

De qui pouvait-il s'agir ? L'homme qu'Amber avait vu la nuit précédant le meurtre ? Avait-il apporté quelque chose à Valerie – un vin fait maison, peut-être – dans lequel il aurait ajouté de l'aconitine ? Était-il possible que Valerie ait été empoisonnée la veille au soir et non le matin de sa mort, en définitive ? Mais Suzanne avait insisté sur le fait que Valerie n'avait pas pu avoir une telle quantité de poison mortel dans son organisme pendant longtemps sans présenter de symptômes.

Et puis il y avait Joe, l'homme à tout faire… Quel était son rôle dans tout ça ? Il avait admis être allé chez Valerie ce matin-là pour lui apporter des outils, mais était-ce tout ? Bien qu'elle n'ait pu l'apercevoir que rapidement, Poppy était certaine que Joe était l'homme qui s'était introduit dans la maison de la victime, la nuit précédente. Qu'y cherchait-il ?

Et qu'en était-il des lettres que Nick et elle avaient trouvées ? Valerie faisait *bien* chanter quelqu'un. Ce n'était peut-être pas John, mais ça aurait pu être un autre habitant du village, surtout à en croire ce que Prunella avait dit à propos des gens qui avaient des secrets dans ce village… des secrets pour lesquels ils seraient prêts à tuer…

Poppy était tellement plongée dans ses pensées qu'elle faillit percuter une personne qui descendait l'étroite ruelle du village dans la direction opposée. Une personne qui marmonnait distraitement et qui ne regardait pas non plus où elle allait.

— Bertie ! s'exclama Poppy.

Elle était surprise de le trouver de ce côté du village. Pour autant qu'elle le sache, l'inventeur excentrique quittait rarement sa propriété.

Il chancela un instant, luttant pour équilibrer la pile d'objets qu'il avait dans les bras. Einstein aboya joyeusement en voyant Poppy et s'élança vers elle pour lui dire bonjour, tirant sur le bout de la laisse qui était enroulée autour d'un des poignets de Bertie.

— Oups ! s'écria Poppy lorsque le vieil homme manqua de tomber à la renverse. Attendez ! Laissez-moi vous aider…

Elle tendit la main et débarrassa Bertie de la moitié de sa charge.

— Ah… merci, très chère.

Il lui sourit avec reconnaissance.

— Je me suis demandé si ça n'allait pas être un peu trop lourd à porter, mais ça semblait raisonnable quand je suis parti.

— Où allez-vous avec tout ça ? demanda Poppy en regardant l'étrange assortiment d'objets, des manuels scolaires aux beignets en passant par les fils électriques ou la cage contenant un rat de laboratoire blanc aux yeux rouges.

— Je vais chez Desmond Fothergill, dit Bertie. L'association des entrepreneurs de l'Oxfordshire y organise une nouvelle réunion et je voudrais leur montrer mon nouveau répulsif à rats à ultrasons, maintenant que j'ai affiné le prototype.

Il sourit et indiqua les beignets.

— Et j'ai aussi préparé des beignets à la confiture. C'est ma recette spéciale, avec une hormone folliculaire régénératrice pour stimuler la croissance des cheveux. J'ai pensé que les membres de l'Association apprécieraient, car j'ai remarqué que plusieurs d'entre eux devenaient chauves.

— Euh… à votre place, je ne le soulignerais pas, Bertie, dit Poppy en pensant aux tentatives élaborées pour masquer les calvities qu'elle avait vues parmi les membres ce soir-là.

Il eut l'air surpris.

— Pourquoi pas ? C'est vrai.

— Oui, mais ils n'aiment probablement pas qu'on le leur fasse remarquer. En plus, on ne peut pas glisser des hormones dans les beignets des gens sans le leur dire, répliqua-t-elle.

— Mais ça marche tellement bien, dit-il en se tapotant la tête. Mes cheveux n'arrêtent pas de pousser maintenant !

Poppy regarda la tignasse grise sur sa tête, qui donnait l'impression que plusieurs oiseaux y nichaient, et pensa que devenir chauve était peut-être le moindre des deux maux.

— Je pense que vous devriez au moins leur dire ce qu'il y a dans les beignets, pour qu'ils puissent décider par eux-mêmes, dit-elle gentiment. Ce n'est pas correct, autrement.

— Humph. Je suppose que vous avez raison, dit-il avec l'air d'un petit garçon à qui l'on aurait confisqué son jouet préféré.

Il émit ensuite un bruit agacé et se tourna vers le terrier, qui gémissait avec excitation et sautait pour essayer d'atteindre le rat dans la cage.

— Arrête ça, Einstein ! Je te l'ai dit : tu ne peux pas chasser Fahrenheit.

Poppy hésita, puis proposa :

— Bertie, et si je vous accompagnais pour porter vos affaires ?

L'offre n'était pas tout à fait innocente. Elle s'était souvenue de la description faite par Amber de l'homme qu'elle avait vu rendre visite à Valerie tard dans la nuit – « *Il était très bien habillé. Un chino beige et un blazer bleu marine à l'ancienne... vous voyez le style ?*

Du genre à double boutonnage, avec des boutons en laiton. » et avait trouvé que cette description pourrait facilement correspondre à n'importe quel membre de l'association des entrepreneurs de l'Oxfordshire. Y aller avec Bertie serait une bonne excuse pour voir si l'un d'entre eux connaissait la victime.

— Oh, merci, très chère… C'est juste au coin de la rue.

Ils arrivèrent quelques minutes plus tard et Bertie sonna à la porte. Ils attendirent. Mais personne ne vint leur ouvrir. Bertie appuya à nouveau sur la sonnette.

— Hum… vous êtes sûr qu'ils vous attendent ? demanda Poppy.

— Certainement. Desmond Fothergill, le président de l'association, m'a dit qu'il serait heureux de revoir mon invention lors de la prochaine réunion.

Poppy jeta un coup d'œil à la rue vide autour d'eux et dit :

— C'est étrange… il devrait y avoir plus de voitures garées dans le coin, avec tous les membres assistant à la réunion…

Bertie appuya de nouveau sur la sonnette, gardant son pouce enfoncé sur le bouton pendant plusieurs secondes, et au bout d'un moment, ils entendirent de faibles bruits de pas quelque part dans la maison. Ils semblaient venir d'en haut, accompagnés de coups sourds sur du bois, et Poppy réalisa que quelqu'un descendait probablement les escaliers de l'étage.

La porte s'ouvrit alors et Desmond Fothergill apparut dans l'embrasure. Il avait l'air très différent de la dernière fois que Poppy l'avait vu. Il était vêtu d'une robe de chambre en soie pour homme, à l'ancienne, avec un motif cachemire, de larges revers et un passepoil de soie digne de Noël Coward. Il l'avait hâtivement ceinturée autour de la taille et elle était si longue qu'elle touchait presque le sol. Poppy se demanda pourquoi il portait une robe de chambre à 15 heures. Peut-être était-il malade et avaient-ils fait sortir le pauvre homme de son lit ? Ses joues semblaient rouges et ses lèvres aussi, et elle se demanda s'il n'était pas un peu fiévreux.

— Dr Noble, dit-il, l'air interloqué.

— Bonjour, Mr Fothergill ! Je suis ici pour la réunion, dit Bertie en lui souriant.

Il les regarda fixement.

— La… la réunion ?

— Oui, la réunion de l'association des entrepreneurs de l'Oxfordshire ? Vous m'avez dit que je pourrais présenter à nouveau mon répulsif à rats à ultrasons, lui rappela Bertie.

— Mais la réunion n'a lieu que la semaine prochaine, déclara Mr Fothergill.

— Oh non… je me suis trompé de date ? dit Bertie en se grattant la tête. J'étais persuadé que c'était aujourd'hui.

Il jeta un coup d'œil dans la maison.

— Les autres membres ne sont donc pas là ?

— Non. Je suis seul.

Fothergill se déplaça légèrement et le bas de sa robe de chambre s'entrouvrit, révélant ses jambes nues, enfoncées, de manière incongrue, dans des chaussures noires en cuir verni. Poppy cligna des yeux. Était-ce son imagination ou ses jambes avaient-elles une brillance étrange ? Cela rappelait le satiné de bas de soie…

Il la surprit en train de regarder ses jambes et referma d'un coup sec sa robe de chambre.

— Je… euh… je faisais une sieste, dit-il d'un air digne. J'ai… euh… mal au crâne.

— Oh ! J'ai ce qu'il vous faut, dans ce cas, s'écria Bertie en fouillant dans la poche intérieure de sa veste et en sortant un enchevêtrement circulaire de pointes et de fils métalliques ressemblant à un croisement entre une couronne d'épines et une antenne de télévision.

Poppy gémit. Elle avait déjà vu cet engin créé par Bertie. En fait, elle avait même eu le malheur de le porter sur sa tête une fois, et elle grimaçait encore en se souvenant de la pagaille qu'il avait causée.

— Qu'est-ce que c'est que ça ? demanda Fothergill en regardant fixement l'engin.

— C'est mon égaliseur cranio-analeptique neural, dit fièrement Bertie. Je l'ai créé pour aider à guérir le cerveau après un traumatisme crânien, mais il fonctionne aussi pour les maux de tête. Sur un réglage plus bas, bien sûr, sinon les impulsions électromagnétiques risquent de griller les cheveux. Ça a failli m'arriver la dernière fois, mais ne vous inquiétez pas, j'ai ajusté la conductivité… Tenez-moi ça un moment.

Bertie fourra la cage à rats entre les bras d'un Fothergill estomaqué, puis déploya rapidement l'engin et le plaça sur la tête de l'homme.

— Il ne nous reste plus qu'à trouver une prise...

Il entra dans la maison, Einstein sur les talons.

— Attendez – Dr Noble !

Fothergill se précipita derrière lui, portant toujours le rat, et Poppy le suivit. Ils trouvèrent le vieil inventeur dans le salon, à la recherche d'une prise de courant libre.

— Euh... Dr Noble... merci pour votre offre... c'est très aimable à vous... mais je vais mieux maintenant. Je n'ai plus mal à la tête, dit Fothergill en s'empressant de retirer de sa tête l'enchevêtrement de pointes et de fils.

Bertie avait l'air dépité de ne pas pouvoir utiliser son invention.

— Vous êtes sûr ? Ce serait forcément bénéfique même si vous ne ressentez plus de douleur. Ça aiderait à synchroniser vos voies neuronales...

— Non, non, je vais bien, je vous assure, dit Fothergill, l'air nerveux, tandis qu'Einstein commençait à trotter autour de lui, regardant avec intérêt la cage à rats qu'il tenait.

Soudain, le terrier se leva d'un bond et s'élança vers la cage. Le rat couina et s'agita, pris de panique. Fothergill poussa un cri de surprise et le fit tomber. La porte de la cage s'ouvrit, le rat sortit et disparut derrière le canapé. Einstein se jeta sur lui, mais le manqua, attrapant à la place l'extrémité de la ceinture de la robe de chambre de Fothergill.

— Hé ! Lâche-moi ! s'exclama Fothergill en essayant de retirer la ceinture de la gueule du chien.

Einstein remuait la queue avec délice, pensant manifestement qu'il s'agissait d'un nouveau jeu. Il serra les dents encore plus fort et commença à tirer sur la ceinture, tout en grognant d'excitation.

— Vilain chien ! Lâche la ceinture du monsieur, le réprimanda Bertie.

— Arrête, Einstein ! ordonna Poppy.

— Lâche-moi ! *Lâche-moi !* s'écria Fothergill.

Plus tout le monde criait, plus le terrier tirait fort sur la ceinture, tordant sa tête d'un côté à l'autre et projetant son petit corps en arrière de toutes ses forces.

— *Non... NON... Lâche ça !* s'écria Fothergill presque hystériquement, une main serrée autour de la taille, l'autre essayant d'arracher la ceinture au chien.

Il tira d'un coup sec qui extirpa finalement la ceinture de la gueule d'Einstein, mais l'envoya valser en arrière. Il s'écrasa contre le canapé et dégringola par terre.

— Oh ! Mr Fothergill, est-ce que vous...

Poppy s'interrompit, bouche bée.

Desmond Fothergill se leva en titubant. Sa robe de chambre s'était complètement défaite et le devant s'était écarté pour révéler sa poitrine poilue et son ventre à bière... revêtus d'une nuisette en dentelle de soie noire. En dessous, il avait un porte-jarretelles attaché à des bas en dentelle qui couvraient ses jambes poilues d'un chatoiement de nylon.

Il y eut un long et horrible silence.

Puis Bertie dit avec éclat :

— Ma femme avait une nuisette en dentelle noire comme celle-là. Elle disait que c'était merveilleusement confortable pour dormir. Vous dormez aussi dans la vôtre ?

Oh mon Dieu... gémit Poppy intérieurement.

— Euh... je... euh... *ahem*... mmm... euh... euh...

Desmond Fothergill peinait à trouver ses mots.

Poppy évita soigneusement de le regarder. Elle ne savait pas qui était le plus embarrassé, d'elle ou de l'homme au visage rouge brique qui se tenait en face d'elle. Fothergill s'empressa de resserrer la robe de chambre et de la ceinturer fermement une fois de plus. Puis il s'éclaircit la gorge et dit d'une voix grave et virile :

— *Hum hum...* voilà qui est malheureux. J'espère que vous avez un autre rat pour votre démonstration, Dr Noble, car je doute que nous retrouvions celui-là... Peut-être serait-il bon de garder votre chien à la maison à l'avenir...

Poppy le regarda, incrédule. S'attendait-il vraiment à ce qu'ils fassent comme s'ils n'avaient rien vu et qu'ils continuent comme si de rien n'était ?

— Hum... bien... maintenant, je vais vous souhaiter une bonne journée... je suis très occupé... si vous voulez bien m'excuser... bafouilla Fothergill en les poussant sans ménagement vers la porte d'entrée.

Poppy aperçut alors quelque chose dans le hall d'entrée et s'arrêta net.

— Mr Fothergill, est-ce que c'est fait maison ?

Elle désigna la collection de bouteilles en verre dans une caisse à côté de la porte. Chacune était munie d'un bouchon mécanique et était remplie d'un liquide légèrement trouble, de couleur vert pâle.

— Oui, c'est de la limonade au sureau... J'en fais chaque année et j'en distribue dans le village, marmonna-t-il. Vous en voulez ?

Il lui tendit une bouteille puis, avant qu'elle ne puisse dire un mot de plus, il les poussa, Bertie et elle, par la porte d'entrée et la leur ferma au nez.

Chapitre 21

Poppy marchait lentement à côté de Bertie tandis qu'ils traversaient le village. Il semblait perdu dans son propre monde, marmonnant des équations pour lui-même, et elle était heureuse de ne pas avoir à faire la conversation. Si ses pensées étaient déjà embrouillées plus tôt, à présent sa tête la lançait vraiment.

Ainsi, Desmond Fothergill aime s'habiller en femme... Il devait être en train de s'adonner à son hobby privé à l'étage lorsqu'ils étaient arrivés et leur sonnerie insistante à la porte l'avait forcé à redescendre avec sa seule robe de chambre. Le rouge sur ses joues et ses lèvres, qu'elle avait pris pour des signes de fièvre, était probablement les restes de maquillage qu'il s'était empressé d'enlever.

Pas étonnant qu'il ait été si susceptible quelques nuits plus tôt lorsque Bertie avait mentionné qu'il était en contact avec son « côté féminin ». Et à en croire sa réaction, Fothergill serait mortifié si quelqu'un découvrait son petit secret. Sa position dans la communauté, sa réputation d'homme d'affaires respecté, de président de l'association des entrepreneurs de l'Oxfordshire, de modèle de virilité britannique conventionnelle... tout serait détruit si les autres habitants découvraient son fétichisme.

La question était de savoir jusqu'où il était prêt à aller pour garder le secret. Serait-il prêt à commettre un *meurtre* ?

À défaut d'autre chose, il était certainement un candidat de choix pour l'extorsion. Poppy repensa aux « dessous » mentionnés dans les lettres de chantage écrites par Valerie. Elle avait supposé qu'il s'agissait d'un terme faisant référence à des secrets, mais elle réalisait à présent qu'il pourrait tout aussi bien s'agir de lingerie.

Elle regarda la bouteille de limonade au sureau qu'elle avait entre les mains. Était-ce une coïncidence que Desmond Fothergill fabrique lui-même cette boisson et qu'Amber ait vu un homme d'âge moyen à l'allure respectable offrir une bouteille de limonade à Valerie la nuit précédant son assassinat ?

— Voudriez-vous entrer boire une tasse de thé, très chère ?

Poppy leva les yeux et réalisa avec surprise qu'ils se trouvaient à mi-chemin entre Hollyhock Cottage et la maison de Bertie. Elle était tellement plongée dans ses pensées qu'elle n'avait même pas réalisé qu'ils étaient arrivés.

— Pourquoi ne pas prendre le thé chez moi, Bertie ? proposa-t-elle, pensant que ce serait plus confortable que sa cuisine délabrée avec du matériel de laboratoire un peu partout.

En outre, elle n'était pas prête à prendre le risque de manger ou de boire quoi que ce soit chez le vieil inventeur (de peur que ce soit explosif).

— Oh, avec plaisir !

Le vieil homme la suivit avec enthousiasme dans le jardin, tandis qu'Einstein gambadait joyeusement.

— Je dois dire que vous avez fait un travail admirable au jardin, ajouta-t-il en regardant autour de lui avec admiration.

— Oh ! Je vous remercie.

Poppy rougit de plaisir.

Elle s'arrêta au milieu de l'allée et regarda autour d'elle. Tout semblait doré, la douce lumière de l'après-midi nimbant les plantes et les fleurs d'ambre liquide, éclairant à contre-jour les feuilles et les pétales. Une abeille passa en bourdonnant paresseusement, les pattes lourdes de pollen, et quelque part près du mur, à l'ombre des arbres, un pouillot véloce se fit entendre. Ces derniers jours, Poppy avait été tellement occupée par les travaux d'aménagement paysager chez les Smitheringale qu'elle n'avait pas passé beaucoup de temps à Hollyhock Cottage, et elle était surprise de réaliser à quel point cela lui avait manqué.

Elle était également étonnée de constater à quel point le jardin avait changé. Elle pensait qu'il suffisait de planter des fleurs selon le plan voulu, de les tuteurer, de les arroser et que c'était suffisant. Mais elle commençait à réaliser à quel point elle s'était trompée. Un jardin n'était pas comme un meuble ou un décor placé dans une pièce, rigide et immobile. Un jardin était *vivant* : il poussait, respirait, s'étirait, se fanait, fleurissait, mourait, dormait, se régénérait... constamment... tout le temps...

Oui, pendant les quelques jours où elle avait été absente, le jardin avait changé et il y avait tant de nouvelles choses à voir : ce romarin là-bas – il avait plusieurs nouvelles pousses... et les digitales et les delphiniums étaient si hauts à présent qu'ils étaient tous penchés de façon précaire... et le chèvrefeuille – il ne grimpait sûrement pas aussi haut sur le mur la dernière fois ? Et puis il y avait les roses : certaines, très fleuries jusqu'alors, étaient à présent dépourvues de fleurs, avec seulement quelques pétales encore accrochés par endroits, et d'autres, qui n'avaient présenté que quelques bourgeons jusque-là, étaient en train d'éclore.

Poppy avait l'impression de redécouvrir le jardin et c'était un sentiment enivrant. Le fait de voir toutes ces plantes si vertes et en bonne santé lui mettait du baume au cœur. L'expérience désastreuse qu'elle avait vécue chez les Smitheringale avait vraiment ébranlé sa confiance en elle et l'avait amenée à se demander si elle n'était pas folle d'imaginer pouvoir relancer la pépinière de sa grand-mère. Mais devant ce jardin magnifique, elle se sentait revivre.

Une fois à l'intérieur, elle installa Bertie à la table en bois de la cuisine, puis alla chercher dans le cellier des biscuits pour accompagner le thé. Mais en entrant, elle fut consternée par le désordre qui l'attendait. On aurait dit que plusieurs boîtes s'étaient soudain ouvertes et que leur contenu s'était répandu partout. Des miettes de biscuits, des céréales et des pâtes jonchaient les étagères et le sol du cellier.

Que s'est-il passé ? En se penchant pour regarder de plus près, Poppy vit qu'il y avait un petit trou à la base de la boîte de céréales et les mêmes marques de dents sur plusieurs pâtes par terre. Elle remarqua également de petites crottes noires sur les étagères.

— *Argggh !* s'écria-t-elle en reculant de dégoût.

— Qu'y a-t-il, très chère ? demanda Bertie en venant la rejoindre dans le cellier.

— L'autre jour, j'ai trouvé un nid de rats dans l'abri de jardin… et on dirait bien qu'ils sont aussi dans la maison !

Poppy fit un geste vers l'étagère avec les pâtes renversées.

— Ils se sont servis dans le cellier. Beurk !

Bertie ajusta ses lunettes et jeta un coup d'œil au désordre.

— Hmm… oui… *Rattus norvegicus* – le rat brun commun –, très intelligent, très habile à tirer le meilleur parti de toute source de nourriture disponible, parfaitement adapté à la vie aux côtés de l'homme…

— Qu'est-ce que je vais faire ? demanda Poppy. Je ne peux pas avoir de rats ici. Ils pourraient être porteurs de maladies et ce n'est vraiment pas hygiénique. Mais je ne peux pas supporter l'idée de la mort aux rats. Ça provoque une mort horrible. En plus… – elle regarda le terrier à ses pieds –, j'aurais peur qu'Einstein ou Oren n'avalent un peu de l'appât par erreur.

— Oh, il vous suffit d'utiliser mon répulsif à ultrasons !

Poppy lui jeta un regard de travers.

— Euh… pas cette chose que vous avez présentée à l'Association des entrepreneurs d'Oxford et qui a explosé l'autre soir ?

Bertie fit un geste dédaigneux de la main.

— C'était un prototype. Comme j'allais le dire aux membres de l'Association lors de la réunion d'aujourd'hui – enfin, si elle avait eu lieu –, je l'ai grandement amélioré. J'ai enlevé l'élément explosif et il fonctionne simplement par ultrasons, améliorés par des ondes radio.

— Hum… merci, Bertie, mais je ne pense pas que…

— C'est extrêmement efficace, insista Bertie. Je l'ai testé avec succès chez moi. Je n'ai pas vu un seul rat depuis.

Il posa une main sur la tête du terrier pour le caresser.

— Le pauvre Einstein est un peu fâché, en fait. C'est un formidable chasseur, voyez-vous, et quand nous avons emménagé, il passait des heures chaque jour à chasser les rats. Il me les ramenait tous. Je dois dire qu'il est très déconcertant de se réveiller le matin et de trouver un tas de rats morts près du lit. Mais depuis que j'ai activé le répulsif, je crains que le pauvre Einstein ne soit privé de son petit plaisir.

Poppy pensa à l'étourderie de Bertie et à sa tendance à laisser partout des tasses de thé à moitié pleines et des assiettes de nourriture à moitié dévorées, et fut impressionnée que sa maison puisse être exempte de rongeurs. Son invention valait peut-être la peine d'être testée, après tout…

— Et vous avez de la chance ! ajouta Bertie avec enthousiasme. J'ai réalisé une deuxième version, plus petite, du prototype initial. En fait, j'avais prévu de le présenter à l'association aujourd'hui. Si vous avez une seconde, je l'ai ici quelque part… il faut juste que…

Il fouilla dans la vieille mallette en cuir qu'il portait toujours sur lui.

— Ah ! Le voilà !

Il sortit quelque chose de la mallette et le tendit à Poppy. Elle baissa les yeux.

— C'est ça ? demanda-t-elle, ne pouvant masquer sa déception.

Elle ne savait pas à quoi elle s'attendait, mais certainement pas à ce petit gadget noir, à peine plus grand qu'une boîte d'allumettes.

— Ça n'a l'air de rien, mais vous seriez surpris par ce qu'il fait ! déclara Bertie. La plupart des répulsifs à ultrasons ne sont pas très efficaces : les rongeurs, en particulier, se désensibilisent rapidement aux sons, et les ondes sonores sont de courte portée et très faibles. Mais *ma* version résout tous ces problèmes ! Elle émet selon un schéma imprévisible et utilise également un transformateur pour convertir certains des ultrasons en ondes radio, qui se déplacent mieux à travers les obstacles. Alors… on l'allume ici, vous voyez ?

Bertie retourna le gadget pour lui montrer un interrupteur à côté d'une petite molette sous le boîtier.

— L'interrupteur permet de l'allumer et de l'éteindre, et la molette détermine la direction. Veillez à la tourner dans le sens des aiguilles d'une montre. Dans l'autre sens, les ondes sonores seraient inversées et l'appareil attirerait les rats.

Poppy lui jeta un regard dubitatif, mais glissa l'appareil dans sa poche.

— D'accord. Merci, Bertie. J'essaierai et je vous tiendrai au courant.

Elle se retourna vers le cellier en soupirant.

— Je nettoierai cette pagaille plus tard et je trouverai un bon endroit pour placer le répulsif. En attendant, ça ne vous dérange pas de prendre votre thé sans biscuits ?

— Nous pourrions manger quelques-uns de mes beignets à la confiture, suggéra Bertie.

— Non, dit Poppy fermement. Je n'ai pas besoin que d'autres poils poussent sur mon corps, merci bien.

Elle le raccompagna à table et remplit la bouilloire, puis mit l'eau à bouillir. Puis elle s'appuya contre le plan de travail de la cuisine et dit :

— Au fait, Bertie, quand nous étions chez Desmond Fothergill tout à l'heure et que nous avons vu sa… euh… nuisette noire, vous avez dit que votre femme…

Son visage s'adoucit.

— Oh, oui… Audrey en avait une exactement comme ça.

Poppy le regarda avec curiosité.

— Hum… Je n'avais jamais réalisé que vous aviez été marié.

Ses épaules s'affaissèrent et il parut soudain beaucoup plus âgé.

— Si, il y a de nombreuses années.

— Est-ce qu'elle est… ?

— Elle est morte.

Son visage se décomposa.

— Et tout est ma faute.

Poppy resta le regarder fixement, ne sachant que dire. Einstein gémit doucement et caressa la main de son maître, et Bertie poussa un petit soupir en regardant au loin. Il y eut un long silence.

Enfin, Poppy s'éclaircit la gorge et dit :

— Je… Je suis désolée, Bertie.

Elle brûlait d'envie de lui demander ce qu'il avait voulu dire – pourquoi la mort de sa femme serait-elle sa faute ? Était-elle liée d'une manière ou d'une autre à la mort mystérieuse de l'étudiant chercheur et à la perte de son poste de professeur à l'université ? Il y avait tant de mystères qui entouraient le Dr Bertram Noble, et elle aurait aimé avoir des réponses. Mais en regardant à nouveau le visage de Bertie, elle ne put se résoudre à lui en demander davantage. En fait, elle commençait à se sentir mal d'avoir abordé le sujet. Bertie était toujours si joyeux, si enthousiaste et débordant d'une excitation presque enfantine, qu'il était troublant de le voir si abattu et si triste.

La bouilloire rompit le silence et Poppy se leva d'un bond pour servir le thé, heureuse d'avoir de quoi s'occuper. En posant les deux tasses sur la table, elle dit pour tenter de distraire Bertie :

— Au fait, vous aviez raison pour le poison utilisé pour tuer Valerie Winkle. Il s'agissait bien d'un alcaloïde végétal, appelé aconitine.

— Ah, l'aconitine ! dit Bertie en s'illuminant. Obtenue à partir d'*Aconitum napellus,* également connu sous le nom de casque de Minerve ou tue-loup, car il était autrefois utilisé pour tuer les loups. En fait, dans le folklore, on lui prête même le pouvoir de repousser les loups-garous.

— Et on en trouve apparemment dans de nombreux jardins ? demanda Poppy, se souvenant de ce qu'avait dit Suzanne.

Bertie acquiesça.

— Et l'aconit pousse aussi à l'état sauvage dans les îles britanniques. Il appartient à la famille des renonculacées, qui comprend également des plantes comme les renoncules, les clématites et les delphiniums.

Les oreilles de Poppy se dressèrent. *Encore les delphiniums.*

— L'aconit est apparenté au delphinium ?

— Oui, on peut dire qu'ils sont en quelque sorte cousins.

— Donc… quelqu'un qui en sait beaucoup sur les delphiniums en sait aussi beaucoup sur l'aconit ?

— Certainement. Leurs fleurs se ressemblent même beaucoup. Les delphiniums sont également toxiques, bien sûr, mais pas aussi mortels que l'aconit qui est connu comme le « roi des poisons ». Et pour cause ! Des jardiniers qui ont ne serait-ce que touché des bourgeons d'aconit à mains nues ont senti leurs doigts s'engourdir. Le poison peut traverser la barrière cutanée, c'est une molécule lipophile. La nicotine est un autre alcaloïde végétal qui peut être absorbé par contact.

— Oh, c'est pour ça que les fumeurs ont des taches jaunes sur les doigts ?

— Oh, eh bien, le goudron des cigarettes y contribue également. Bien entendu, la tache s'estompe avec le temps lorsque vous arrêtez de fumer, car la couche morte de l'épiderme se détache et une nouvelle peau la remplace.

Poppy repensa à la bouteille de limonade que Desmond Fothergill lui avait offerte.

— Bertie, vous avez dit que les alcaloïdes étaient vraiment amers. Pourrait-on dissimuler leur goût, par exemple dans une boisson ?

— Oui, je suppose. En ajoutant suffisamment de sucre, vous pouvez généralement masquer la plupart des saveurs désagréables.

— Et combien de temps faut-il pour que le poison commence à produire des symptômes ? Si vous avez été empoisonné tard dans la nuit, est-ce possible que les symptômes ne commencent à se manifester que le lendemain matin ?

Bertie fronça les sourcils.

— L'aconitine agit normalement très rapidement, mais tout dépend du contenu de l'estomac… et bien sûr, si vous dormez, tout ralentit – tous les processus métaboliques et les fonctions corporelles… Mais ce serait quand même inhabituel. Il est beaucoup plus probable que les symptômes apparaissent dans les minutes ou les heures qui suivent.

— Alors peut-être qu'elle n'a pas bu de limonade avant le lendemain matin… se dit Poppy.

Bertie la regarda d'un air perplexe.

— Je vous demande pardon ?

Poppy eut un petit rire. Elle devenait aussi terrible que le vieil inventeur !

— Rien, Bertie, je pensais juste à voix haute.

— Ah ! C'est une pratique très bénéfique, très chère ! dit Bertie avec enthousiasme. Des études ont montré que le fait de se parler à soi-même à voix haute peut avoir des effets positifs sur le plan cognitif et améliorer les performances lors de la réalisation de tâches difficiles. Cela peut même améliorer la mémoire et l'apprentissage. Je me parle à moi-même tout le temps, déclara-t-il avec fierté.

Poppy regarda Bertie avec affection et sourit. Après tout, il y avait peut-être un côté rationnel à sa folie !

Chapitre 22

Après le départ de Bertie et d'Einstein, Poppy s'attela à la tâche désagréable de nettoyer le désordre dans le cellier. Elle avait à peine commencé que la sonnette de la porte d'entrée retentit. Jetant un coup d'œil à l'horloge, qui indiquait qu'il était presque 20 heures, elle se demanda qui pouvait bien sonner à cette heure-là, et fut surprise de trouver une femme brune élégante sur le seuil. C'était l'inspectrice Suzanne Whittaker.

— Bonsoir ! dit Poppy en souriant. C'est une bonne surprise.

— Je sais qu'il est un peu tard, j'espère que je ne vous dérange pas ?

— Non, pas du tout. Entrez ! Voudriez-vous une tasse de thé ?

Quelques minutes plus tard, Poppy se retrouva à nouveau à la table de la cuisine, devant une tasse de thé, à parler du meurtre de Valerie Winkle. Ou plutôt, à écouter Suzanne en parler. Il semblait que l'enquête de la police ne progressait pas beaucoup, et Suzanne semblait frustrée alors qu'elle passait en revue l'affaire. Poppy écouta, compatit et offrit des suggestions lorsqu'elle le pouvait. Elle était flattée, mais aussi légèrement surprise et perplexe que l'inspectrice se confie autant à elle. Quelque chose dut transparaître dans son expression, car, finalement, Suzanne s'interrompit et dit avec un rire honteux :

— Vous devez vous demander pourquoi je suis là, à vous raconter tout ça.

— Non, non, je suis honorée que vous sentiez que vous pouvez me faire confiance…

— Curieusement, c'est le cas, dit Suzanne en regardant Poppy d'un air pensif. Cela va à l'encontre de toute raison – et des règles officielles de la police, d'ailleurs – de partager des informations avec une civile, mais… je ne sais pas… appelez cela de l'instinct ou de l'intuition féminine, si vous voulez…

Elle s'interrompit et eut un rire cynique.

— Si je parlais de quelque chose comme « l'intuition féminine » au poste, je serais probablement lynchée !

Poppy haussa les sourcils.

— Vraiment ?

Suzanne soupira.

— Rejoindre la police a été plus difficile que je ne l'imaginais. J'ai l'impression que je fais toujours des heures supplémentaires pour prouver que je suis « aussi douée que les gars » et je ne dois pas montrer d'incertitude ou de faiblesse. Pour faire comme les hommes.

En fait, j'ai parfois l'impression que certains d'entre eux m'observent, espérant me voir me planter…

— Oh, je suis sûre que ce n'est pas vrai, protesta Poppy.

— Vous pourriez être surprise, dit sèchement Suzanne. Le fait que j'aie gravi les échelons jusqu'à un poste de direction assez rapidement n'a pas aidé. Je pense que certains de mes collègues n'aiment pas qu'une femme se démarque, dans une profession qui a toujours été dominée par les hommes. Et comme il n'y a pas d'autres femmes officiers supérieurs dans la région, je me sens parfois un peu seule.

Elle adressa à Poppy un sourire gêné.

— Vous êtes très douée pour écouter… Je suppose que je cherchais une amie sans même m'en rendre compte.

Poppy était incroyablement touchée. Suzanne avait toujours semblé si compétente et confiante, si sûre de ce qu'elle attendait de la vie et de la manière de l'obtenir. Poppy avait toujours envié son élégance et son assurance. C'était une agréable surprise de découvrir que l'inspectrice l'admirait également.

— Oh… Je… J'aimerais beaucoup être votre amie, balbutia-t-elle.

Puis elle réalisa ce qu'elle venait de dire et gloussa.

— On dirait deux écolières dans la cour de récréation.

Suzanne éclata de rire et le sérieux de l'instant disparut. Lorsqu'elles se reprirent, elle sourit à Poppy et lui dit :

— J'ai également un motif égoïste de discuter de l'affaire avec vous. J'aime la façon dont votre esprit fonctionne. Vous êtes très perspicace et vous voyez les choses sous un autre angle. Ça me rappelle Nick, en fait.

— Nick ? répéta Poppy, surprise.

Suzanne acquiesça.

— Je venais souvent voir Nick pour discuter des affaires sur lesquelles je travaillais… juste pour avoir son point de vue. C'était quelqu'un – en dehors du poste – en qui je pouvais avoir confiance et avec qui je pouvais faire tomber le masque.

Elle grimaça.

— Sauf qu'invariablement, nous finissions par être en désaccord sur quelque chose. Il faisait des suggestions ridicules, comme s'introduire chez un suspect pour fouiller sa maison sans mandat, et je me sentais obligée de le réprimander… puis il m'accusait de ne pas avoir d'imagination et je l'accusais de ne pas avoir de morale… et nous finissions toujours par nous disputer.

— Hum… je vois, dit Poppy, mal à l'aise, en pensant à la nuit précédente où Nick et elle avaient fait exactement la même chose : pénétrer dans la maison d'un suspect pour la fouiller sans mandat !

Suzanne soupira.

— C'est l'une des raisons pour lesquelles nous avons rompu. Nick est très impétueux et incroyablement impatient, et il croit vraiment que la fin justifie les moyens. En tant que policière en exercice, j'ai toujours pensé qu'il était de mon devoir de le détromper. Je ris toujours, vous savez, quand je vois ces fantasmes sur des policières sexy... Croyez-moi, le fait de devoir être la voix de la loi tout le temps met un frein à toute relation romantique.

Elle s'enfonça contre le dossier et jeta à Poppy un regard contrit.

— Désolée. Je vous noie sous un flot de paroles. Je ne sais pas pourquoi j'ai commencé à parler de Nick...

— Non, non, aucun problème... J'imagine que ça a dû être très frustrant.

— Surtout quand il a raison ! dit Suzanne en levant les yeux au ciel.

Elle soupira à nouveau.

— Ça m'amène à douter de moi et à me demander si je ne devrais pas accepter d'être un peu moins orthodoxe dans mes méthodes, de temps en temps. Serais-je une meilleure inspectrice si j'ignorais parfois la loi ? Comme dans cette affaire : Nick m'a appelée ce matin et m'a dit que je devrais envisager de fouiller à nouveau le cottage de Valerie. Ce n'était pas une idée en l'air, c'était une suggestion très précise, me demandant d'y aller moi-même « au cas où les petits jeunes auraient raté quelque chose ». Ce sont ses mots.

Elle fronça les sourcils.

— Pourquoi Nick dirait-il ça ?

Parce qu'il sait que vos jeunes agents ont *manqué quelque chose*, pensa Poppy. Elle se lécha les lèvres et dit avec un rire forcé :

— Peut-être qu'il s'agit d'une « intuition masculine » ou quelque chose comme ça. C'est un auteur de romans policiers, pas vrai ? Il passe beaucoup de temps à imaginer des mobiles de meurtre… vous savez, comme… euh… le chantage ! C'est une raison très répandue, n'est-ce pas ? Les gens commettent souvent des meurtres lorsqu'on les fait chanter et qu'ils se sentent acculés…

Suzanne haussa les sourcils.

— Suggérez-vous que Valerie faisait chanter quelqu'un ?

Elle plissa les yeux.

— Nick et vous savez quelque chose que j'ignore ?

Poppy déglutit.

— Non ! Enfin… j'ignore ce que sait Nick, mais j'ai juste…

Elle chercha une explication plausible.

— Hum… c'est quelque chose que Prunella a dit, en fait, dit-elle enfin. Elle m'a dit qu'il y avait des gens dans le village qui avaient des secrets qu'ils feraient n'importe quoi pour cacher, quitte à commettre un meurtre.

Elle hésita, puis prit une profonde inspiration et ajouta :

— Et… et je pense que Desmond Fothergill pourrait bien être concerné.

— Desmond Fothergill ? demanda Suzanne, surprise.

Poppy se sentait mal à l'aise d'exposer le passe-temps secret de l'homme, mais ça pourrait être utile à l'enquête. De plus, elle avait été touchée par la confiance que Suzanne lui accordait et elle pensait qu'elle devait lui rendre cette confiance d'une manière ou d'une autre.

— Je lui ai rendu visite à l'improviste plus tôt dans la journée et je l'ai pris au dépourvu. Il… hum… portait de la lingerie féminine.

Suzanne émit un sifflement, ressemblant plus qu'elle ne le pensait à ses collègues « machos ».

— Alors Fothergill se travestit ?

— Oui… mais je ne pense pas que ce soit important en soi.

Poppy haussa les épaules.

— Ce qu'un homme choisit de faire dans l'intimité de sa propre maison ne regarde que lui, tant qu'il ne fait de mal à personne. Mais je doute que Fothergill soit aussi philosophe à ce sujet, et je ne pense pas que les habitants les plus conservateurs le soient non plus. En fait, d'après sa réaction, je pense qu'il ferait n'importe quoi pour cacher son secret.

— C'est peut-être vrai, mais cela ne veut pas dire que Valerie le faisait chanter, souligna Suzanne.

— Non, mais ses dessous étaient mentionnés dans la…

Poppy s'interrompit, réalisant soudain qu'elle ne pouvait pas parler à Suzanne de la référence aux « dessous » dans les lettres de chantage sans révéler qu'elle s'était introduite dans la maison de Valerie la nuit précédente.

Elle se racla la gorge et modifia précipitamment ses propos :

— J'ai aussi remarqué que Fothergill avait une caisse de limonade au sureau près de sa porte d'entrée. Il a dit qu'il en préparait chaque année pour en offrir dans le village. Et Amber Smitheringale m'a dit qu'elle avait vu un homme rendre visite à Valerie la nuit précédant sa mort. Il n'est pas entré, mais il a offert à Valerie quelque chose – une bouteille avec un bouchon mécanique, comme souvent avec les bouteilles de limonade.

— Quoi ? Amber ne l'a pas mentionné dans sa déposition, s'exclama Suzanne.

— Elle n'y a pas pensé à ce moment-là, expliqua Poppy. Elle a dit que votre sergent lui avait demandé si elle avait remarqué « quelque chose de bizarre » et qu'elle ne trouvait pas que c'était vraiment « bizarre ». L'homme avait l'air très respectable. Il était très bien habillé, avec un blazer et un chino, et pour elle, « bizarre » voulait dire quelque chose comme un clochard ou un gangster tatoué ou quelque chose comme ça…

— Et pourtant… *vous* avez réussi à lui faire se souvenir de cette piste potentiellement importante.

— Oh. Eh bien… Nous étions en train de bavarder et je suppose que je lui ai rafraîchi la mémoire. Je lui ai demandé si elle se souvenait de quelque chose, même si ça ne lui avait pas semblé particulièrement « bizarre ».

Suzanne lui lança un regard évaluateur.

— Hmm… Je commence à penser que nos jeunes agents devraient venir prendre des leçons avec vous sur la façon d'interroger les témoins.

Poppy rougit.

— Je n'ai rien fait de spécial. Vraiment. Et la description faite par Amber de l'homme qu'elle a vu *pourrait* correspondre à Desmond Fothergill. Et si *c'était* lui et qu'il était allé voir Valerie pour lui offrir une bouteille de sa limonade au sureau… droguée à l'aconitine ?

Suzanne secoua la tête.

— C'est un point sur lequel j'ai eu des éclaircissements, en fait. J'attends toujours le rapport complet de l'autopsie – tous les dossiers ont pris du retard –, mais les résultats préliminaires montrent que Valerie n'avait pas de poison dans l'estomac.

Poppy fixa l'inspectrice, perplexe.

— Pas de poison dans l'estomac ? Mais alors comment… ? Je croyais que vous aviez dit qu'ils avaient trouvé de l'aconitine dans son organisme ?

— Dans son système, oui, mais pas dans son estomac. Ce qui signifie qu'elle n'a ni mangé ni bu le poison.

— Alors comment a-t-elle… ?

Suzanne haussa les épaules.

— C'est l'un des mystères que nous n'avons pas encore résolus. Je suppose que quelqu'un a pu lui injecter le produit à l'aide d'une aiguille hypodermique et d'une seringue… Jusqu'à présent, le médecin légiste n'a trouvé aucune trace de piqûre, mais ça n'écarte pas forcément cette piste. Il existe des points d'injection difficilement détectables. Tous les toxicomanes le savent.

Les mots « aiguille hypodermique » et « seringue » firent penser à Poppy à un médecin et ses pensées se tournèrent à nouveau vers John Smitheringale. Aurait-elle eu raison à son sujet, après tout ?

Suzanne poursuivit :

— ...il est dommage que Valerie n'ait pas fumé. Les fumeurs marquent plus facilement et mettent plus de temps à cicatriser. Une trace d'aiguille aurait été plus visible...

— Oh ! s'écria Poppy en se redressant. Les fumeurs ! La nicotine !

Suzanne la regarda avec perplexité.

— Je vous demande pardon ?

— Je crois que je sais comment Valerie a été empoisonnée, s'exclama Poppy.

Chapitre 23

— Quand vous avez parlé de fumer – ça m'a fait penser à quelque chose que Bertie a dit ! expliqua Poppy. Je veux parler de mon voisin, le Dr Bertram Noble.

— Oui, je connais le Dr Noble…

— Il a supposé que le poison était un alcaloïde végétal, avant même que vos rapports toxicologiques ne le confirment, et plus tôt dans la soirée, quand on a parlé du meurtre, il a dit que l'aconitine – comme la nicotine – pouvait être absorbée par la peau. Apparemment, le simple fait de toucher les boutons de fleurs à mains nues peut provoquer une sensation d'engourdissement des doigts. Je viens juste d'y penser…

Suzanne fronça les sourcils.

— Vous pensez que Valerie aurait touché le poison avec ses mains ?

Poppy hocha la tête avec enthousiasme.

— Exactement ! Il aurait pu agir encore plus rapidement en étant absorbé par sa peau, puisqu'il aurait pénétré directement dans son sang, sans passer par l'estomac.

Elle se pencha avec impatience.

— Le légiste a parlé des mains de Valerie ? Est-ce qu'il a cherché si elles présentaient des traces de poison ?

— Je ne sais pas. J'imagine qu'il le fera dans le cadre de l'autopsie complète, mais… Attendez une seconde, laissez-moi l'appeler.

Poppy jeta un coup d'œil à l'horloge murale et haussa les sourcils.

— Il travaille encore à cette heure-ci ?

Suzanne eut un petit rire en composant un numéro.

— *Je* travaillerais encore au poste si je n'avais pas décidé de venir vous parler. Nous faisons tous des heures folles en ce moment, pour essayer de faire face à la charge de travail. Dommage qu'on ne nous paie pas les heures supplémentaires au CID…

Elle s'interrompit lorsqu'on lui répondit au téléphone et se détourna pour parler.

Poppy se leva de table pour laisser à Suzanne un peu d'intimité. Elle alla préparer le thé et, lorsqu'elle revint, l'inspectrice regardait quelque chose sur l'écran de son téléphone.

— Vous aviez raison, dit Suzanne, la voix vibrante d'excitation. Les paumes de Valerie présentaient des cloques et on a trouvé des traces d'aconitine sur sa peau. Tout comme sur le manche de la fourche à main qu'elle utilisait lorsqu'elle s'est effondrée.

Elle retourna son téléphone et lui montra la photo à l'écran. Elle présentait plusieurs objets dans un sac à scellé en plastique transparent, dont une petite fourche à main avec un manche en bois.

— Ce sont les objets trouvés à côté du corps de Valerie – ils ont dû tomber de son tablier de jardinage : une bobine de ficelle de jardin, des étiquettes de plantes, une serpette, la fourche à main et une paire de gants. Elle avait manifestement enlevé les gants pour une raison ou une autre.

Suzanne secoua la tête.

— Pas de chance. Si elle les avait portés, elle serait peut-être encore en vie.

Poppy jeta un coup d'œil à la photo, écoutant à peine. Elle avait l'esprit ailleurs : Joe, l'homme à tout faire, avait apporté des outils de jardinage à Valerie le matin de sa mort. *Des outils de jardinage*. Comme il lui aurait été facile d'enduire l'un des manches de poison avant de les donner à Valerie… Puis elle repensa à la nuit précédente et à l'étrange visite nocturne de l'homme à tout faire chez Valerie. Cherchait-il la fourche à main qui avait été empoisonnée pour que personne ne trouve de traces de poison dessus ?

— Poppy ?

Elle sursauta et revint à elle. Suzanne lui jetait un regard interrogateur.

— Désolée… j'étais juste… hum… mon esprit s'est un peu égaré.

Elle voulait faire part à Suzanne de ses soupçons concernant Joe, mais deux choses l'en empêchaient. D'une part, elle ne pouvait pas, une fois de plus, signaler la présence de l'homme dans la maison de Valerie sans avouer à Suzanne qu'elle y avait elle-même pénétré, et qu'elle avait mis les pieds sur une scène de crime sans autorisation. Certes, c'était l'idée de Nick, mais elle l'avait suivi. Elle ne pensait pas que Suzanne se montrerait compréhensive et elle détestait l'idée de détruire la confiance et le respect que l'inspectrice lui témoignait.

La deuxième raison était tout simplement qu'elle aimait bien Joe Fabbri. Ce n'était pas une vraie raison, elle le savait, mais elle ne pouvait pas croire que le vieil homme à tout faire ait pu tuer quelqu'un. Malgré ses manières abruptes, il y avait quelque chose de sage et de bon en lui. Mais… était-elle bien disposée à son égard parce qu'il avait été gentil et l'avait aidée à s'occuper des plantes mourantes chez les Smitheringale ?

La voix de Suzanne la tira de ses pensées :

— …Quoi qu'il en soit, c'est une avancée majeure, s'enthousiasma l'inspectrice. Nous devons simplement nous demander qui aurait pu avoir accès aux outils de jardinage de Valerie, tout en ayant eu les connaissances et l'opportunité de les enduire d'aconitine. Le tueur a dû utiliser une pâte composée de racines, et peut-être aussi d'une sorte d'abrasif – comme du sable fin – pour érafler la peau et faciliter la pénétration du poison.

Poppy hésita, sachant qu'il lui restait une chance de parler de Joe Fabbri. Puis elle repoussa cette idée et dit à la place :

— Vous avez déjà dîné ? Je peux vous proposer de rester manger un bout avec moi ? Ce sera quelque chose de simple, mais…

— Ça aurait été avec plaisir, mais j'ai déjà mangé un sandwich, dit Suzanne avec un sourire de regret. En plus, je dois être au poste de bonne heure demain matin, alors je ferais mieux d'aller me coucher. Peut-être une autre fois ?

— Avec plaisir. Vous pouvez passer quand vous voulez.

Poppy regarda Suzanne timidement.

— J'ai vraiment apprécié notre discussion.

— Moi aussi. Et merci ! Vous avez contribué à mettre au jour une piste solide.

Elle rit.

— Je savais que c'était une bonne idée de venir vous parler.

Quelques minutes plus tard, dans l'embrasure de la porte d'entrée, Poppy regarda Suzanne descendre lentement l'allée et disparaître par le portail. Elle ne ferma pas tout de suite la porte, regardant à nouveau le jardin et appréciant l'ambiance paisible qui y régnait. Il était presque 21 heures et le crépuscule tombait, mettant fin à une longue journée d'été.

À travers les arbres sur sa gauche, elle aperçut les lumières de la propriété de Nick. C'étaient les lumières du jardin – la maison elle-même était plongée dans la pénombre – et elle se demanda si Nick était sorti pour la soirée. Elle se demanda également où se trouvait un certain matou roux. Elle avait été surprise, en rentrant, de ne pas trouver Oren qui l'attendait (bien qu'avec le recul, puisqu'elle avait été accompagnée par Bertie et l'ennemi juré d'Oren, Einstein, c'était probablement préférable), et elle se demandait à présent si le gros chat allait bien.

Est-ce qu'il a mangé ? Aussi bien, Nick ne l'a pas nourri avant de sortir ? Puis elle rit de ses inquiétudes et se rappela qu'Oren n'était pas son chat. Il s'était débrouillé sans elle avant qu'elle ne vienne vivre à Hollyhock Cottage et il ne faisait aucun doute qu'il savait prendre soin de lui. Et Nick – malgré toutes ses récriminations à l'égard du chat – aimait manifestement son compagnon à quatre pattes et s'en occupait bien. La belle fourrure rousse d'Oren et son corps élancé en étaient la preuve.

Elle retourna à l'intérieur et s'apprêtait à fermer la porte lorsque son cœur fit un petit bond au son d'un miaulement familier et exigeant :

— *Mais euh... Mais euh... ?*

Elle se retourna et vit Oren s'avancer sur l'allée. Elle n'avait aucune idée de l'endroit d'où il venait. Elle avait regardé dans cette direction à peine une minute plus tôt et n'avait vu aucun signe de lui. C'est comme s'il était sorti tout droit dc la végétation.

— Bonjour, toi...

Elle sourit en s'accroupissant et en tendant la main pour le caresser.

Il s'approcha d'elle et s'étira en ronronnant, les yeux fermés de plaisir, tandis qu'elle lui grattait le menton. Il la suivit ensuite à l'intérieur et se dirigea vers son habituel bol de nourriture, comme si c'était son dû. Lorsqu'il eut terminé, elle s'attendait à ce qu'il se dirige vers son fauteuil préféré et commence sa toilette du soir, mais à sa grande surprise, Oren semblait avoir un soudain besoin de se dépenser. Il se mit à courir dans la pièce, à poursuivre et à bondir sur des proies invisibles, à sauter sur des objets et à s'introduire partout où il n'aurait pas dû.

— Hé, Oren… non, descends du plan de travail ! Non, non… n'escalade pas non plus la poubelle – oh, *Oren* ! Vilain chat, tu as renversé les poubelles par terre… Arrête ça… *Arrête ça !* Grrr… si tu continues comme ça, je vais te mettre dehors !

— *Mais euh !* fit Oren avec insolence, l'observant depuis l'une des chaises de la table.

— Je ne plaisante pas !

Poppy lui lança un regard moqueur.

— Tu es un petit monstre ! Va dormir dans ton fauteuil et laisse-moi préparer mon dîner.

— *Mais euh !* rétorqua Oren.

Il sauta de la chaise et trotta jusqu'à l'énorme sac de toile que Poppy utilisait pour apporter ses affaires chez les Smitheringale et les rapporter chaque jour. Elle avait jeté le sac dans un coin de la cuisine, comme toujours lorsqu'elle rentrait, et le matou le reniflait curieusement. Il lui donna un coup de patte, le faisant basculer sur le côté. Il répandit une partie de son contenu sur le sol.

— Oren… ! gémit Poppy.

Elle avait été paresseuse ce jour-là et n'avait pas rincé ses outils avant de les remettre dans le sac. Une truelle, une griffe et une fourche à main encore couvertes de terre se trouvaient désormais sur le sol de la cuisine. Poppy poussa un soupir agacé et s'agenouilla à côté du sac pour nettoyer le désordre. Mais Oren n'avait pas fini. Il essayait à présent de grimper dans le sac, s'enfonçant dans ses profondeurs et poussant d'autres objets avec ses pattes arrière, étalant encore plus de terre.

— Oren ! Arrête ! s'écria Poppy, exaspérée.

Elle attrapa le chat et le tira hors du sac, ce qui lui valut un *Mais euh !* pétulant et un regard boudeur d'Oren qui se débattait pour se libérer. Elle le reposa par terre et il s'éloigna en agitant la queue d'un air énervé. Poppy reporta son attention sur le sac et soupira en regardant tous les objets éparpillés autour d'elle. Comment s'était-elle retrouvée avec un tel bazar ? Elle avait dû y glisser des choses sans y prêter attention, lorsqu'elle rangeait ses affaires chez les Smitheringale.

Poppy se mit à faire du tri, se disant que c'était peut-être l'occasion de se débarrasser de certains objets, ou au moins de les ranger. Ce pot d'engrais à libération lente, par exemple, pourrait rester chez les Smitheringale jusqu'à la fin du chantier. Elle n'avait pas besoin de le trimballer tous les jours… Et elle pouvait jeter ces récipients en plastique vides – elle n'allait plus les utiliser… Et pourquoi diable avait-elle autant de paires de gants ? Elle n'en avait besoin que d'une seule. Même chose pour les transplantoirs. Elle en avait deux. Elle avait dû les prendre dans la serre de sa grand-mère pour voir lequel était le plus confortable, et elle avait oublié de reposer l'autre… Et qu'est-ce que c'était que ça ?

Poppy fronça les sourcils en sortant un sachet en coton de la pile. Il était recouvert d'un joli motif floral et, en tirant le rabat, elle vit qu'il contenait un nouvel ensemble d'outils à main. *Oh, pour l'amour du ciel !* pensa-t-elle, agacée contre elle-même. Combien de doublons transportait-elle ? Il n'était pas étonnant que son sac soit de plus en plus lourd ! D'ailleurs, ces outils-là n'étaient même pas à elle. C'étaient ceux qu'Amber lui avait montrés le premier jour. Un cadeau de Christine Inglewood.

Poppy se figea, fixant le set d'outils dans la pochette. Ils possédaient de beaux manches en bois, parfaitement polis, avec un motif gravé dessus.

Un motif qui lui semblait familier.

Ce fut alors qu'elle comprit. La prise de conscience lui fit d'effet d'une gifle en pleine figure. C'était le même motif que celui qu'elle avait vu récemment sur une photo, sur le manche de la fourche retrouvé près du corps de Valerie Winkle.

Chapitre 24

Poppy sentait son cœur battre par saccades douloureuses alors que la vérité s'imposait à elle. Elle revit ce jour fatidique : Valerie se tenait de l'autre côté de la haie, lui faisant la leçon sur la façon de planter les roses… puis elle était passée par la brèche et venue lui montrer autoritairement comment faire. La victime s'était agenouillée près du trou et avait vigoureusement ameubli la terre à l'aide d'une fourche à main munie d'un manche en bois…

Poppy avait supposé qu'il s'agissait de l'outil de Valerie, qu'elle avait apporté lorsqu'elle avait franchi la haie. Cependant, elle se rappelait avoir vu du coin de l'œil la voisine se pencher et ramasser quelque chose dans la pile d'outils à côté du parterre de fleurs. Poppy n'y avait pas prêté attention sur le moment. Elle avait fait profil bas, espérant simplement que cette femme agaçante s'en irait. Mais elle réalisait à présent que Valerie avait dû récupérer une fourche à main dans le tas en passant devant elle.

Suzanne Whittaker avait fait remarquer que, malheureusement, Valerie ne portait pas de gants lorsqu'elle avait décidé de venir fouiner ce jour-là. La malchance avait été encore plus grande lorsque Valerie avait pris par inadvertance *cette* fourche à main, celle qui se trouvait dans la pochette. Elle devait être en haut de la pile, avec le rabat ouvert et les outils à moitié sortis lorsque Valerie était passée.

Donc… si l'outil qu'avait utilisé Valerie était enduit de poison… et que c'était un cadeau de Christine… alors il n'y avait qu'une seule conclusion possible : Christine Inglewood était la meurtrière.

Poppy oscilla sur ses talons. Elle n'en revenait pas. *Christine ?* Et ça signifiait aussi que Valerie Winkle n'était pas visée, à l'origine ! Il était évident à présent que le poison était destiné à *Amber*. C'était à *elle* que Christine avait offert les outils. La maîtresse de John Smitheringale avait voulu tuer son épouse… et avait fini par éliminer sa voisine.

Cela expliquait aussi autre chose… Poppy se souvint du matin où elles avaient pris le thé ensemble. Christine avait été bouleversée quand Amber lui avait appris qu'elle n'avait plus le droit de jardiner jusqu'à la fin de sa grossesse. Poppy avait pensé que la décoratrice manifestait simplement son indignation féministe en voyant qu'Amber se faisait dicter sa conduite par son mari, mais en fait, elle était consternée à l'idée que l'arme du crime qu'elle avait soigneusement préparée puisse manquer sa cible.

Cela expliquait aussi l'expression de pitié qui était passée sur le visage de Christine lorsqu'Amber les avait présentées et avait annoncé que Poppy allait l'aider au jardin. Christine avait manifestement compris que *Poppy* risquait de manipuler l'outil empoisonné à la place d'Amber.

Poppy secoua la tête. Elle n'arrivait pas à croire qu'elle avait *apprécié* cette femme et qu'elle l'avait trouvée gentille. Lorsque Christine était venue à Hollyhock Cottage la veille, ce n'était pas par envie de rénover le cottage. Non. C'était parce qu'elle voulait lui soutirer des informations sur l'enquête, pour voir si la police avait des suspects solides.

Eh bien, la police va avoir une nouvelle suspecte maintenant, pensa Poppy d'un air sombre en se levant et en allant chercher son téléphone. Elle composa le numéro de Suzanne et attendit impatiemment. Encore et encore…

Pourquoi Suzanne ne répondait-elle pas ? Poppy fronça les sourcils. Elle jeta un nouveau coup d'œil à l'horloge, puis se souvint que l'inspectrice lui avait dit qu'elle allait directement se coucher. Cela ne faisait qu'une demi-heure que Suzanne était partie. Était-elle déjà endormie ? Ou peut-être prenait-elle un bain, quelque chose qui l'aiderait à se détendre et à se relaxer après sa longue journée…

Poppy pensa soudain à Amber. Elle avait un mauvais pressentiment. Décidant de réessayer d'appeler Suzanne un peu plus tard, elle composa le numéro d'Amber en attendant. Rien. Elle tenta d'appeler sur le fixe des Smitheringale, mais, là encore, personne ne répondit. Le sentiment de malaise grandit et, sans réfléchir, elle composa le numéro de John Smitheringale.

Il parut surpris en décrochant.

— Poppy ! Comment allez-vous ?

— Bien, merci. J'essayais de joindre Amber, en fait. Elle ne répond pas sur son portable. Je me demandais si vous saviez où elle se trouve.

John parut perplexe.

— Elle devrait être à la maison de Bunnington. Je suis descendu à Londres ce matin – j'ai des consultations toute la journée de demain –, mais elle n'est pas venue avec moi. Avez-vous essayé le fixe ?

— Oui. Personne ne répond non plus.

— C'est curieux. Elle n'avait rien de particulier prévu aujourd'hui. Elle m'a dit qu'elle irait peut-être faire des courses, puis Christine devait venir pour qu'elles passent en revue les plans pour la décoration de la chambre d'enfant…

— *Quoi ?* Quand ça ? Quand Christine devait-elle venir ? demanda Poppy avec insistance.

— Je ne sais pas… Ce soir, je crois… Allô ? Allô ?

Poppy fit volte-face et courut vers la porte. Elle dévala l'allée du jardin, franchit le portail et remonta le chemin, puis courut dans les rues sinueuses de Bunnington aussi vite que possible. Il faisait sombre et les rues étroites n'étaient pas très bien éclairées, mais elle connaissait bien l'itinéraire, pour l'avoir parcouru quotidiennement au cours de la semaine écoulée, et elle ne ralentit pas le pas.

Elle arriva enfin dans l'allée où se trouvaient la maison de Valerie et la propriété des Smitheringale. Comme la plupart des chemins de campagne, il n'y avait pas d'éclairage public et seules les lumières des maisons permettaient d'éclairer la zone. Le cottage de Valerie était plongé dans l'obscurité, mais la maison des Smitheringale, plus grande, était assez bien éclairée : des lampes solaires de jardin bordaient l'allée, le long des haies taillées, et une grande lampe se trouvait au-dessus de la porte d'entrée. Tout semblait calme et normal.

Poppy remarqua alors la voiture garée dans l'allée, devant la maison. Son cœur manqua un battement : c'était la BMW grise et élégante de Christine.

Le siège conducteur était vide, mais il y avait quelqu'un côté passager. Les lumières de la maison illuminaient faiblement la silhouette. Poppy aperçut le reflet d'une chevelure blonde.

Amber.

Elle se précipita vers la voiture.

— Amber ? Amber ? appela-t-elle en frappant frénétiquement contre la vitre côté passager.

La silhouette ne bougea pas. Amber tournait le dos à la fenêtre, de sorte que Poppy ne pouvait voir que l'arrière de sa tête blonde. La jeune femme avait l'air d'être affaissée contre le siège. Poppy sentit son cœur se serrer.

Elle essaya la portière côté passager. Elle était fermée à clé. Elle fit le tour de la voiture en courant jusqu'au côté conducteur et tira sur la poignée. À son grand soulagement, la portière s'ouvrit et elle plongea à l'intérieur, rampant à moitié sur le siège pour atteindre Amber. La blonde avait les yeux fermés. Pendant un instant, Poppy pensa qu'elle était simplement endormie, mais lorsqu'elle tendit la main et secoua doucement l'épaule d'Amber, la jeune femme ne réagit pas.

— Amber ? Amber ?

Elle la secoua plus fort. Rien. Sa tête se renversa contre l'appui-tête. Le sang de Poppy ne fit qu'un tour. Ce n'était pas un sommeil naturel. Elle se rapprocha, tendant l'oreille pour chercher à percevoir le bruit de sa respiration, et fut soulagée lorsqu'elle vit la poitrine d'Amber se soulever et s'abaisser faiblement. La jeune femme respirait, mais très superficiellement.

Que lui est-il arrivé ? se demanda Poppy. Elle devait l'emmener immédiatement à l'hôpital. Elle se penchait davantage, essayant de trouver comment la faire sortir de la voiture, quand elle entendit un bruit derrière elle.

Poppy se retourna, mais pas assez vite.

Il y eut du mouvement et un faisceau de lumière l'aveugla. Puis quelqu'un l'attrapa par-derrière. Elle sursauta lorsqu'on tira sa tête en arrière et qu'on enfonça quelque chose entre ses lèvres entrouvertes. Du liquide gicla dans sa bouche. Elle eut un nouveau hoquet, toussa et s'étouffa, mais la poigne cruelle sur son cou ne se relâcha pas, et ce même liquide au goût amer fut à nouveau pulvérisé.

— N… non ! cria Poppy, essayant de libérer ses bras.

Mais ses membres étaient étrangement engourdis. Elle essaya de mobiliser ses forces pour les déplacer, mais… elle n'était plus sûre de vouloir le faire. C'était presque comme si elle flottait…

Elle sentit vaguement son corps s'affaisser contre le siège de la voiture. Une petite partie de son cerveau protestait, luttait, se débattait… mais c'était comme une voix très lointaine au fond d'un puits très profond qui s'affaiblissait à chaque instant.

Ses yeux se fermèrent… et son monde vira au noir…

Chapitre 25

Poppy reprit lentement connaissance, comme quelqu'un qui émergerait des profondeurs – sauf qu'il y avait quelque chose au fond qui ne voulait pas la laisser partir. Comme un monstre marin qui aurait enroulé ses tentacules autour de ses jambes et la tirait en arrière à chaque fois qu'elle remontait à la surface, l'entraînant à nouveau sous l'eau, de sorte qu'elle sombrait une fois de plus dans cet état crépusculaire entre le rêve et l'éveil…

Elle parvint à nouveau à s'extraire à ces profondeurs, et cette fois, ses doigts rencontrèrent de la roche… Elle se fraya un chemin hors des ténèbres à coups de griffes et s'accrocha tandis que les vagues déferlaient, puis s'éloignaient…

Poppy cligna des yeux et regarda autour d'elle en grognant. Elle se sentait comateuse, et chaque respiration lui demandait un effort considérable. Ses doigts touchèrent une surface froide et dure, mais c'était du ciment, pas de la roche. Elle n'était pas échouée sur un rocher émergeant de la mer, mais plutôt affalée contre un mur de briques. Au début, elle ne voyait pas très bien, mais elle sentait qu'elle était dans un vaste espace. À l'intérieur, pas à l'extérieur, avec un toit très haut au-dessus de la tête.

Elle remua et tenta de se redresser, mais son corps était comme déconnecté de sa tête. Ses bras pendaient mollement à ses côtés, ses jambes étaient étalées, et tout ce qu'elle sentait, c'était un étrange picotement, comme des fourmis, qui parcourait désagréablement sa peau.

Elle tourna la tête au prix d'un effort considérable et regarda autour d'elle. Il faisait sombre. Seule une faible lumière vacillante provenait du néon qui ronronnait bruyamment dans la pénombre au-dessus de sa tête. Une lumière pâle filtrait également par de petites fenêtres placées haut dans les murs – suffisamment pour qu'elle puisse y voir.

Elle se trouvait dans un immense espace caverneux, froid et humide, avec une odeur de poussière qui imprégnait l'air vicié. Le sol était jonché de plâtre effrité et de morceaux de ciment, au milieu de petits tas de verre brisé et de feuilles mortes. Une pile de palettes en bois se trouvait dans un coin, et des tuyaux rouillés couraient au plafond de la pièce.

Un vieil entrepôt… ou une usine ? Quoi qu'il en soit, l'endroit était manifestement fermé et abandonné, du moins par les humains. Ses oreilles perçurent un léger couinement et elle se raidit. Elle connaissait ce bruit. *Des rats.* Elle s'agita et son bras frôla quelque chose –

une peau froide et moite. Elle se retourna si vite qu'elle faillit perdre l'équilibre, puis elle vit qu'il s'agissait d'Amber. La femme était également appuyée contre le mur à côté d'elle.

— Amber ? chuchota Poppy.

Amber ne bougea pas, mais dans la faible lumière, Poppy parvint à distinguer le léger mouvement de sa poitrine. Elle sentit une partie de sa tension se relâcher. Lentement, elle tenta une nouvelle fois de se lever en s'appuyant sur le mur. Elle avait réussi à se mettre à demi accroupie lorsqu'elle entendit des bruits de pas résonner sur le sol en ciment dur, et un instant plus tard, Christine entra à grands pas par une double porte à l'autre bout du bâtiment.

Poppy fut prise d'un élan de panique et se débattit frénétiquement, essayant de se relever, mais ses membres mal coordonnés la trahirent et elle s'effondra au pied du mur.

Christine s'avança lentement pour se placer au-dessus des deux femmes, les regardant avec un sourire méprisant.

— Oh… vous vous êtes réveillée plus tôt que je ne le pensais.

Poppy ravala la nausée qui montait et croassa :

— Qu'est-ce que vous nous avez fait ?

Christine agita la main.

— Oh, ne vous inquiétez pas, rien de grave. Je vous ai juste administré un peu de fentanyl pour que vous fassiez un bon petit somme.

Elle sourit.

— J'ai eu la chance que l'un de mes clients soit récemment atteint d'un cancer ; il n'a fallu qu'un instant pour que son spray de fentanyl se retrouve dans mon sac à main. Je n'étais pas certaine du dosage – apparemment, c'est un produit assez puissant et une surdose peut facilement vous tuer –, mais bon…

Elle haussa les épaules et rit.

— Qui s'en soucie ? Amber et vous allez mourir de toute façon. Ça m'aurait probablement facilité la tâche si vous aviez fait une overdose… et ça aurait été plus agréable pour vous lorsque votre corps passera dans l'incinérateur, ajouta-t-elle.

— Le… l'incinérateur ? s'étrangla Poppy.

Elle suivit le regard de Christine et réalisa qu'il y avait un énorme incinérateur au fond de la pièce, dont la carcasse sombre se dessinait de manière inquiétante dans l'ombre. Elle déglutit et tenta de contrôler les battements affolés de son cœur. Un sentiment d'irréalité l'envahit. *Ça ne peut pas m'arriver…* Être jetée par un meurtrier dans un incinérateur, c'est le genre de chose qui arrive dans les films ou à la télévision, pas dans la vraie vie…

— Vous… vous ne pouvez pas faire ça… dit-elle d'une voix rauque. Les gens vont nous trouver… Les habitants vont remarquer votre voiture… John savait que vous veniez voir Amber ce soir. Il le dira à la police qui comprendra que c'était vous…

Christine rit.

— Oh, je ne crois pas. Je n'ai pas traversé le village. L'usine d'embouteillage se trouve au bout de la route qui dessert les maisons, et je suis simplement allée de la maison des Smitheringale jusqu'au bout. Personne ne vient ici, surtout la nuit. Et j'ai soigné tous les détails avant de quitter la maison. J'ai fait en sorte que tout soit bien rangé, comme si Amber avait prévu de sortir… En fait, vous m'avez rendu service en arrivant comme vous l'avez fait : on se serait posé davantage de questions si j'avais été la dernière personne vue en compagnie d'Amber, mais maintenant je peux dire que je vous ai laissées toutes les deux dans un tête-à-tête confortable…

Elle esquissa un sourire malicieux.

— Je pourrais même ajouter quelques détails juteux, par exemple, l'état de détresse dans lequel vous étiez à votre arrivée et les propos incohérents que vous teniez… Et bien sûr, une fois que l'incinérateur aura terminé son travail, il n'y aura plus aucune trace de vos corps. Vous serez simplement deux femmes qui ont disparu. Une nouvelle affaire tragique non élucidée.

— La police n'est pas stupide ! Les gens ne disparaissent pas sans raison. Ils auront des soupçons, ils fouilleront la zone…

Christine rit à nouveau.

— Ils seront occupés à courir partout. De toute façon, il n'y a que dans les livres et les films que tout est bien ficelé, avec une bonne explication à tout. Ça n'arrive pas dans la vie réelle. Même si la police trouvait des traces de vos corps et se rendait compte qu'il s'agissait d'un acte criminel... et alors ? Dans certaines affaires de meurtre, la police ne parvient jamais à élucider le mystère et ne peut qu'émettre des hypothèses sur ce qui s'est réellement passé.

— Je connais Suzanne – l'inspectrice Whittaker. Elle ne croira jamais quelque chose comme ça, dit Poppy désespérément.

Christine sourit.

— Eh bien, vous ne le saurez jamais, de toute façon.

Elle se détourna et se dirigea vers l'incinérateur, où elle commença à appuyer sur des boutons du panneau de commande. Poppy sentit le désespoir l'envahir. Elle aurait voulu se lever et courir, mais ses jambes tremblaient tellement qu'elle pouvait à peine se tenir debout. De plus, même si elle parvenait à traverser la pièce en boitillant et à sortir par la double porte, elle ne pourrait pas laisser Amber derrière elle. Et il n'y avait aucune chance qu'elle soit assez forte pour traîner la femme inconsciente avec elle. À la manière nonchalante dont Christine leur avait tourné le dos et s'était éloignée, il était évident que la décoratrice d'intérieur était consciente de la faiblesse de ses prisonnières et était persuadée qu'elles ne lui opposeraient pas la moindre résistance.

Ce fut cette arrogance qui traversa la brume de désespoir de Poppy et qui alluma une étincelle de colère en elle. Une petite flamme au début, qui devint de plus en plus forte et plus brillante.

Je ne vais pas me contenter de pleurnicher et laisser Christine gagner, pensa Poppy d'un air sombre. Elle était faible et étourdie et il n'y avait probablement pas grand-chose qu'elle puisse faire pour résister, mais elle n'allait pas céder sans se battre.

Chapitre 26

Poppy balaya les environs du regard, cherchant à trouver une arme. Mais ce n'était pas très concluant. Le sol était nu autour d'elle, à l'exception de ces petits morceaux de ciment et de plâtre. Il n'y avait même pas un morceau de verre brisé assez grand pour servir d'arme. Les palettes de bois dans le coin auraient pu donner quelque chose – peut-être aurait-elle pu casser une planche de bois pour s'en servir comme d'une sorte de massue –, mais elles étaient trop éloignées. De toute façon, elle doutait d'avoir la force de démonter quoi que ce soit…

Poppy sentit la panique l'envahir à nouveau. Elle se souvint alors que Christine ne lui avait pas attaché les mains ni les pieds. La femme avait manifestement pensé que les effets du fentanyl suffiraient à neutraliser ses prisonnières. Poppy glissa ses mains dans ses poches, en désespoir de cause. Elle savait qu'elle n'avait pas son téléphone – elle l'avait laissé tomber dans sa précipitation, en quittant Hollyhock Cottage pour se rendre chez Amber –, mais elle espérait trouver une autre solution…

Ah ah ! Ses doigts se refermèrent sur quelque chose de petit et de rectangulaire. Gardant un œil méfiant sur Christine, elle sortit l'objet de sa poche avec empressement. Son visage se décomposa lorsqu'elle vit le petit appareil noir. *Oh. C'est juste le stupide répulsif à ultrasons de Bertie.* Génial. À quoi pourrait-il bien lui servir ? Comme si faire fuir tous les rats de l'usine pouvait l'aider…

Hum…

Poppy retourna l'appareil et regarda la molette à l'arrière. Elle entendit à nouveau la voix de Bertie :

« … la mollette détermine la direction. Veillez à la tourner dans le sens des aiguilles d'une montre. Dans l'autre sens, les ondes sonores seraient inversées et l'appareil attirerait les rats ».

Ça paraissait ridicule : comment l'inversion du sens des ondes sonores pourrait-elle attirer les rats ? Et pourtant… et si ça fonctionnait ? De toute façon, quelle autre option avait-elle ?

Poppy jeta un regard furtif à travers la pièce au dos de Christine qui ne se doutait de rien, puis elle baissa les yeux et tourna lentement la molette dans le sens inverse des aiguilles d'une montre, jusqu'à la butée. Elle venait de le faire quand un bruit de pas l'avertit que Christine était de retour.

— J'ai apprécié notre petite conversation, mais je crains qu'il ne soit temps de…

— Attendez, Christine… l'interrompit Poppy, laissant un léger tremblement percer dans sa voix.

Plus elle semblerait faible et effrayée, moins Christine serait sur ses gardes.

— S'il vous plaît, ne faites pas ça. Je sais que vous n'êtes pas une mauvaise personne, je sais que vous ne voulez pas vraiment tuer quelqu'un. Ce qui est arrivé à Valerie était un accident…

— Ce n'était pas un accident, cracha Christine. Tout a été soigneusement étudié et planifié. J'ai même préparé une plante-leurre !

— Une plante-leurre ? répéta Poppy, perplexe.

— Pour détourner les soupçons de la fourche à main, bien sûr, s'impatienta Christine. J'ai réussi à trouver un aconit en pot et j'ai coupé quelques bourgeons pour faire une pâte concentrée, à étaler sur le manche de la fourche. Ensuite, je comptais trouver le moment opportun pour planter l'aconit original parmi les autres plantes qui attendaient d'être mises en place dans les plates-bandes. Ainsi, tout le monde penserait qu'Amber avait acheté un aconit pour le planter dans son jardin et qu'il y avait eu un accident tragique. C'est le genre de chose qui peut facilement arriver à un jardinier inexpérimenté.

Elle s'arrêta, la mine renfrognée.

— Mais vous avez raison, Valerie n'était pas censée être empoisonnée. Quelle idiote ! Toujours à se mêler de ce qui ne la regardait pas et à s'immiscer partout. Elle en a payé le prix, cette fois. Si elle s'était occupée de ses affaires, elle serait peut-être encore en vie et *Amber* aurait été empoisonnée, comme je l'avais prévu.

— *Pourquoi ?* demanda Poppy. Pourquoi vouloir tuer Amber ? Qu'est-ce qu'elle vous a fait ?

Christine la regarda, ses yeux effroyablement calmes et vides.

— Oh, rien de particulier. Elle était juste en travers de mon chemin, c'est tout.

— En travers de votre chemin ?

— Oui. John ne voulait pas la quitter. En fait, il a même essayé de mettre fin à notre liaison à Pâques. Il m'a dit que c'était fini, qu'il ne voulait plus me voir, qu'il retournait auprès d'elle, sa petite femme chérie…

Sa voix se durcit et l'expression de son visage s'enlaidit.

— Il pensait vraiment qu'il pouvait me quitter comme ça ? Me jeter comme une vieille chaussure dont il ne voulait plus ? *Moi ?*

Poppy recula légèrement, surprise par le changement soudain d'attitude de Christine. Elle n'avait plus cette immobilité de statue, ce calme artificiel, cette voix froide et maîtrisée. Au lieu de ça, ses yeux étaient enflammés et deux taches de couleur brûlaient sur son visage mince.

Christine pointa un doigt sur sa propre poitrine.

— Je ne vais pas le laisser me quitter. Non, pas cette fois ! Cette fois, je vais faire en sorte qu'il tienne sa promesse… Je vais faire en sorte qu'il reste avec maman et moi… et qu'il m'emmène à l'école… et qu'il me prenne dans ses bras quand j'ai peur… et qu'il me borde le soir…

Poppy fixa la femme en face d'elle, déconcertée par ce nouveau changement. Son agressivité soudaine avait disparu, ses yeux ne brûlaient plus de colère. Ils étaient doux et perdus dans le vide, et ses lèvres étaient retroussées en un sourire rêveur. Poppy réalisa soudain que Christine ne parlait plus de John Smitheringale. Non, elle parlait d'un autre homme, un homme qui avait abandonné Christine et sa mère alors qu'elle n'avait que 7 ans… un homme qu'elle n'avait jamais pu oublier, à qui elle n'avait jamais pu pardonner…

Malgré la situation, Poppy éprouva une certaine compassion pour la décoratrice. Elle comprenait ce que c'était que d'aspirer désespérément à avoir un père.

— Christine… dit-elle doucement. John n'est pas votre père. Ce n'est pas en vous accrochant à lui que votre père reviendra, et ce n'est pas en tuant sa femme qu'il vous aimera ou qu'il voudra rester avec vous…

— Silence ! cracha Christine. Qu'en savez-vous ? Vous n'avez personne dans votre vie, ricana-t-elle.

Puis elle fit un geste impatient avec ses mains.

— Je ne sais pas pourquoi nous perdons du temps à parler de ça de toute façon. Il faut que je retourne à Oxford et que je mette au point mon alibi…

Et elle s'avança avec un regard déterminé. Poppy se prépara, ses doigts se resserrant autour de l'appareil à ultrasons qu'elle tenait toujours dans sa main droite. Elle chercha l'interrupteur et l'enclencha, puis elle regarda la femme qui s'approchait, essayant d'évaluer la distance qui les séparait. Elle n'aurait qu'une seule chance…

La chance était avec elle. À l'approche de Christine, Amber commença à s'agiter. Les paupières de la jeune femme frémirent et elle gémit doucement.

— Ah ah… la petite Miss Parfaite se réveille aussi, dit Christine en se détournant, momentanément distraite.

Poppy se jeta sur elle. Elle avait espéré attraper Christine avec ses deux bras et la pousser contre le mur, mais elle avait sous-estimé la faiblesse de ses propres jambes. Elle chancela en se remettant debout, bascula sur le côté et s'écrasa sur Christine. La femme poussa un cri de rage tandis qu'elles s'écroulaient en un même tas.

Pendant une fraction de seconde, elles restèrent entremêlées, puis Poppy se précipita pour lui grimper dessus. Elle essaya de la plaquer au sol sous son poids, appuyant son bras sur une épaule, tandis que de l'autre main, elle fouillait à tâtons dans les poches de Christine. La décoratrice portait un jean moulant de marque et, pendant une terrible seconde, Poppy eut peur que toutes les poches soient fausses, simplement cousues là pour faire joli. Ses doigts trouvèrent ensuite un rabat, qu'elle ouvrit et dans lequel elle introduisit l'appareil à ultrasons.

C'était moins une. Jusque-là, Christine jurait et se débattait contre elle, et il avait fallu toute la force de

Poppy pour la retenir, mais la décoratrice d'intérieur tordit soudain son corps d'un mouvement violent et repoussa Poppy.

— Qu'est-ce que vous croyez faire ? grogna Christine.

Poppy retomba en arrière, haletante, attendant que l'appareil fasse quelque chose. Mais rien ne se passa.

Christine émit un rire moqueur.

— Vous pensiez avoir le dessus sur moi ? *Sur moi ?*

Elle ramassa le sac à main qu'elle avait laissé tomber et en sortit un petit objet cylindrique, avec une pompe à une extrémité. Les yeux de Poppy s'écarquillèrent lorsqu'elle reconnut le spray de fentanyl. Elle voulut reculer, mais Christine fut plus rapide. Sa main s'élança et attrapa le col de son T-shirt, le tordant et l'attirant vers elle.

— N… non… non ! Arrêtez ! Lâchez-moi ! s'écria Poppy en se penchant en arrière.

— Ne bougez… pas…, marmonna Christine, essayant de diriger le spray vers le visage de Poppy.

Elle balançait la tête d'un côté à l'autre, essayant d'éviter la buse, et s'agitait dans tous les sens pour s'arracher à la main de Christine. Mais la poigne de la femme était impitoyable. Et Poppy s'aperçut avec angoisse que ses jambes n'arrêtaient pas de se dérober sous elle. *C'est le fentanyl*, pensa-t-elle, hagarde. Même si son esprit s'était éclairci et que la nausée s'estompait, la drogue affectait encore ses muscles et sa coordination. Si les symptômes étaient toujours bien présents après sa première dose, elle ne pouvait pas laisser Christine lui en administrer une nouvelle ! Ça la tuerait probablement.

Poppy sentit la panique l'envahir. Elle s'était accrochée à l'espoir stupide que l'appareil de Bertie ferait quelque chose, le *deus ex machina* qui lui sauverait la vie, mais elle réalisait qu'elle avait été stupide. Comment avait-elle pu s'attendre à ce qu'une invention idiote la tire d'affaire ?

Puis son souffle se bloqua dans sa poitrine quand elle entendit quelque chose couvrant le bruit de leur respiration rauque. Elle crut d'abord que c'était le fruit de son imagination… mais elle l'entendit de nouveau… !

Des couinements. De plus en plus forts.

Le cœur de Poppy fit un bond. Serait-ce… ?

Quelque chose de chaud et de poilu frôla ses jambes, puis sauta sur le dos de Christine et rampa jusqu'à son épaule. Une autre forme brune apparut de nulle part et commença à grimper le long de sa jambe, s'accrochant à son jean.

Christine sursauta et lâcha Poppy, qui tituba, confuse. Instantanément, elle se retrouva entourée d'une masse de corps bruns et poilus. Poppy recula en trébuchant, le regard fixe.

Des rats. Des rats partout.

— Aaargggh ! hurla Christine, les yeux exorbités. N… nooooon ! Allez-vous-en ! *Partez !*

Elle hurla de nouveau et agita les bras, essayant de les éloigner d'elle, mais les rats n'en avaient que faire. Ils grouillaient et remontaient le long de son corps, grimpant les uns sur les autres pour l'atteindre. L'air était rempli de couinements surexcités, qui couvraient presque les cris terrifiés de Christine.

Poppy se dirigea en clopinant vers les doubles portes, son esprit essayant déjà de trouver un moyen d'appeler à l'aide… puis elle s'arrêta net en voyant une petite boîte rouge fixée au mur, avec un panneau de verre sur le devant et les mots « ALARME INCENDIE – BRISEZ LA GLACE » en lettres majuscules.

Mais bien sûr ! L'alarme incendie ! Cela lui apporterait de l'aide plus rapidement que n'importe quelle autre solution. Poppy se précipita et frappa sur le panneau, déclenchant l'alarme. Une sonnerie stridente emplit l'air, étouffant les couinements des rats.

Poppy s'affaissa contre le mur et laissa échapper le souffle qu'elle retenait. Elle jeta un coup d'œil à l'autre bout de la pièce : Christine s'était également affaissée et était à présent assise, les rats continuant à lui grimper dessus. Une pensée inquiète frappa Poppy : que faisaient-ils ? Elle voulait que Christine soit arrêtée, mais elle ne voulait pas qu'elle soit dévorée vivante ou quelque chose comme ça !

Poppy se dégagea du mur et se précipita vers la femme, mais elle n'avait pas fait quelques pas qu'elle se détendit. Les rats ne la mordaient pas et ne la griffaient pas. Non, en fait, ils semblaient tous essayer de se blottir le plus près possible de Christine !

Poppy sentit un rire hystérique monter dans sa gorge alors qu'elle regardait fixement la scène qui se déroulait devant elle. Oh mon Dieu. Elle détestait l'admettre, mais Nick Forrest avait peut-être eu raison une fois de plus : les rats pouvaient être câlins après tout.

Il était difficile de croire qu'à peine quelques minutes plus tôt, Christine Inglewood avait eu l'intention de l'assassiner sauvagement. L'architecte d'intérieur avait perdu son attitude menaçante. Elle était une véritable épave : son visage était maculé de saleté, ses vêtements déchirés, et ses cheveux habituellement impeccables étaient en bataille, deux rats s'affairant à faire un nid parmi les mèches. Quatre autres étaient blottis sur ses genoux, un petit essayait de grimper dans la poche de sa veste et un gros rat brun était assis sur son épaule, cherchant à lui nettoyer l'oreille.

Ce fut ainsi que les pompiers la trouvèrent lorsqu'ils firent irruption dans le bâtiment dix minutes plus tard. Ils s'arrêtèrent, confus, devant l'absence de fumée ou de feu, puis regardèrent, bouche bée, la femme entourée de rats. Lentement, ils se retournèrent et les regardèrent toutes deux, déconcertés.

Poppy répondit à leurs regards interrogateurs par un sourire et dit en haussant les épaules :

— Elle l'a bien cherché, elle était vraiment *nuisible*.

Chapitre 27

— Oh, mon Dieu, Poppy, regarde-moi l'état de cet endroit ! La rouille sur ces robinets… et les taches sur la cuisinière… et cette bouilloire semble ne pas avoir été nettoyée depuis des siècles ! Je n'en reviens pas que tu l'aies utilisée comme ça.

— Elle n'avait pas l'air *si* sale *que ça*, protesta Poppy. Je l'ai rincée…

— Rincée ? *Tu l'as rincée ?* Cette chose a besoin de plus qu'un rinçage ! Elle a besoin d'un bon récurage. Et j'espère que tu n'as pas utilisé cette éponge. Une colonie bactérienne tout entière pourrait bien y vivre, dit Nell en secouant la tête avec dégoût.

Elle se pencha pour fouiller dans les sacs de courses qu'elle avait apportés, puis se redressa avec un paquet neuf de lingettes à récurer. Retroussant ses manches, elle s'approcha de l'évier de la cuisine avec une lueur de combativité dans les yeux.

Poppy sourit en son for intérieur. Nell n'était arrivée à Hollyhock Cottage que depuis deux heures, mais déjà, elles reprenaient leur routine familière – comme au bon vieux temps, lorsqu'elles vivaient ensemble à Londres. Après avoir appris ce qui s'était passé à l'usine d'embouteillage, Nell avait insisté pour venir immédiatement dans l'Oxfordshire, malgré les protestations de Poppy. Et lorsqu'elle s'était présentée sur le pas de la porte, avec une valise, une brassée de produits de nettoyage et une bonne dose de soupe au poulet maison, Poppy avait été secrètement ravie.

Elle ne l'aurait jamais avoué, mais elle se sentait un peu fragile depuis qu'elle était rentrée de l'hôpital. Les effets du fentanyl s'étaient dissipés assez rapidement, mais les souvenirs de cette expérience effrayante demeuraient bien présents. C'était donc agréable de se retrouver soudain en bonne compagnie, de boire une soupe chaude et nourrissante, de raconter à Nell toute l'affaire et d'être entourée d'attentions.

Adossée à la chaise, elle vit avec amusement Nell commencer à récurer l'évier de la cuisine avec ardeur. Puis, se sentant coupable, elle se leva et lui proposa de l'aide.

— Oh non… tu as besoin de te reposer, dit Nell avec fermeté. Allonge-toi sur le canapé du salon.

— Je vais bien, insista Poppy. Ils ne m'auraient pas laissé sortir de l'hôpital sinon. Le médecin m'a dit que le fentanyl est très rapidement métabolisé par le corps et qu'il n'y a pas de séquelles. Ils ont gardé Amber un peu plus longtemps parce qu'elle est enceinte.

— Heureusement que cette horrible Christine a utilisé du fentanyl et non le poison végétal qui a tué Valerie Winkle, dit Nell.

Poppy frémit.

— Oui, si ça avait été de l'aconitine, l'issue aurait été bien différente !

Elle soupira et secoua la tête.

— Maintenant que c'est fini, tout ça me semble tellement surréaliste. Je n'arrive pas à croire que Christine soit la meurtrière. C'est presque comme si… comme si je l'oubliais sans cesse et que je devais me le rappeler.

— Je ne sais pas comment c'est possible, dit Nell d'un air sombre. Si quelqu'un essayait de *me* mettre dans un incinérateur, je ne l'oublierais pas de sitôt. Et j'ai été étonnée quand je t'ai entendue parler à cette inspectrice tout à l'heure. On aurait presque dit que tu avais de la peine pour cette femme ! Poppy, elle a essayé de te tuer.

— Oui, je sais, mais…

Poppy soupira à nouveau. Elle savait qu'elle aurait dû se sentir en colère contre Christine, mais elle éprouvait surtout de la pitié. Il y avait quelque chose dans le mal être de la femme qu'elle pouvait comprendre.

— Je pense qu'elle est très perturbée. Tu sais que son père les a abandonnées, elle et sa mère, alors qu'elle n'était qu'une petite fille ? Je pense qu'elle ne s'en est jamais remise. Ce n'est peut-être pas une coïncidence si son père était médecin et John Smitheringale aussi. C'est comme si elle avait transféré tous ses sentiments pour son père sur lui. Et quand il l'a quittée, elle a totalement perdu les pédales.

— Je te l'ai dit, pas vrai ? Les ruptures sont toujours désagréables et amères. Les gens ne peuvent pas accepter et passer à autre chose. Non... surtout la personne qui reste derrière, dit Nell en hochant la tête.

— Mais des tas de gens se séparent tous les jours, rétorqua Poppy. Ils ne commettent pas tous des meurtres en représailles.

Pourtant, elle devait bien admettre que si elle avait prêté davantage attention aux rêveries romantiques de Nell, elle aurait peut-être deviné plus tôt les motivations de Christine.

— Bon... ça suffira pour l'instant, dit Nell en se détachant de l'évier et en l'examinant d'un œil critique. Je vais devoir attendre la semaine prochaine, quand j'emménagerai, pour faire un vrai bon ménage.

Un vrai ménage ? Poppy regarda avec incrédulité l'évier étincelant. *Qu'allait-elle faire ? Le pulvériser avec un missile nucléaire ?*

— Quand j'aurai quitté la maison de Londres et que je reviendrai avec toutes mes affaires, j'aurai plus de produits de nettoyage et je pourrai récurer cet endroit comme il se doit, dit Nell en regardant la cuisine avec impatience.

Puis elle se tourna vers Poppy.

— Je n'arrive pas à croire que tu m'aies déjà trouvé du travail ! C'est merveilleux ! Tu n'imagines pas à quel point ça m'inquiétait… et maintenant, je vais pouvoir emménager ici en sachant que j'ai un emploi…

Elle secoua la tête, admirative.

— Et je ne t'ai parlé de mon licenciement qu'en début de semaine. Comment as-tu réussi à me trouver un nouveau poste aussi rapidement ?

En vendant mon âme au diable… ou à Hubert Leach, ce qui est presque pareil, pensa Poppy avec ironie. Elle redoutait le jour où son cousin lui demanderait de lui rendre la pareille. Elle se demandait avec angoisse de quoi il s'agirait. Pourtant, en voyant le visage heureux et souriant de Nell, elle se dit que tout ça en valait la peine.

Chapitre 28

Le lendemain matin, Poppy se rendit jusqu'à la maison des Smitheringale et fut surprise de voir Amber lui ouvrir.

— Oh, vous êtes debout ! Je pensais que vous vous reposiez, dit-elle.

Amber roula des yeux.

— Ne commencez pas, vous aussi ! dit-elle en protestant avec bonhomie. John ne m'a pas lâchée de la nuit. On croirait que je suis en train de mourir ou quelque chose comme ça !

— Eh bien, vous avez vécu une expérience assez désagréable, dit Poppy, surprise par la rapidité avec laquelle la femme semblait s'être rétablie.

— Oui, mais je me sens bien maintenant, insista Amber. Et les médecins ont dit que le bébé allait bien aussi.

— Oh, c'est formidable ! C'est la raison pour laquelle je suis passée, en fait. Pour voir comment vous alliez. J'ai appris que l'hôpital vous avait gardée en observation une nuit de plus.

— Oui, je suis rentrée ce matin. John voulait que je retourne à Londres, mais je lui ai dit que je préférais être ici…

Elles furent interrompues par une voix masculine inquiète :

— Amber ? Qu'est-ce que tu fais debout ? Ma chérie, je t'ai dit de ne pas aller ouvrir…

John Smitheringale s'interrompit en arrivant dans l'entrée et en voyant Poppy.

Il avait l'air si différent de la dernière fois qu'elle l'avait vu qu'elle fut choquée. Son visage était pâle et hagard, avec des cernes sous les yeux et des rides autour de la bouche, et son habituelle assurance avait disparu. Il avait l'air au contraire apeuré et presque effrayé, comme quelqu'un qui aurait été battu. On aurait presque pu croire que c'était *lui* qui venait de frôler la mort, et non Amber.

— Oh… bonjour, Poppy, dit-il, l'air très mal à l'aise.

Poppy comprit qu'il devait se sentir coupable et honteux qu'elle soit au courant de sa liaison avec Christine et que ses actions les aient mises en danger, elle et sa propre femme. Pour la première fois depuis qu'elle l'avait rencontré, elle ressentit une véritable empathie pour John Smitheringale.

Pour combler le silence gênant, Poppy brandit le bouquet de fleurs qu'elle avait apporté.

— Tenez… c'est pour vous, dit-elle à Amber. Je crains que ce ne soit pas un bouquet très professionnel.

J'ai simplement coupé des fleurs que j'ai trouvées dans mon jardin et…

— Oh, je les *adore* ! s'écria Amber en prenant le bouquet et en enfouissant son nez dans les fleurs parfumées. Il y a quelque chose de merveilleux dans les fleurs de jardin fraîchement coupées – elles sont tellement plus belles que les bouquets rigides et artificiels qu'on trouve chez les fleuristes. Oh, et j'ai aussi le vase parfait pour elles… Venez, entrez ! J'étais sur le point de prendre une tasse de café. Vous tombez à pic. Je vous sers une tasse ? Ou peut-être préférez-vous du thé ?

— Euh… du thé serait parfait, mais je ne veux pas vous déranger, je n'avais pas l'intention de rester. Je voulais juste voir comment vous alliez…

— Voyons ! C'est agréable d'avoir de la compagnie. Autre que John, qui s'agite autour de moi comme une vieille poule, dit-elle en adressant à son mari un regard malicieux.

Son mari se racla la gorge.

— Oui, eh bien… j'ai des choses à finir dans mon bureau, alors… je vous laisse entre filles.

Poppy l'observa pensivement tandis qu'il quittait précipitamment la pièce. L'attitude d'Amber la surprenait. Elle ne pensait pas que l'ancien John Smitheringale aurait supporté les taquineries de sa femme. C'était comme si la dynamique de leur relation avait changé de manière subtile, mais significative.

Amber la guida jusqu'à l'immense salle de séjour située à l'arrière de la maison. Les portes-fenêtres étaient ouvertes, comme d'habitude, offrant une vue sur tout le jardin de derrière, et Poppy remarqua avec inquiétude que le parterre de fleurs – avec ses étranges sacs de jardin en toile drapés sur les piquets de bois – était facilement visible depuis le salon.

Amber vit son regard et lui demanda en riant :

— Que *faites-vous* dans le parterre de fleurs, Poppy ? Oh, ne vous inquiétez pas, j'ai été sage – je n'y ai pas jeté le moindre coup d'œil –, mais je meurs d'envie de savoir ce que vous cachez là-dessous ! Vous l'avez emballé comme un cadeau et vous prévoyez de me faire une surprise quand le parterre sera terminé ?

— Euh…

Poppy se lécha les lèvres. Puis elle prit une grande inspiration et dit précipitamment :

— En fait… Amber, je dois vous avouer quelque chose. J'ai… j'ai commis des erreurs quand j'ai planté le parterre… pas mal d'erreurs, en fait.

Elle eut un rire nerveux.

— Je pensais savoir ce que je faisais, mais… ce n'était pas le cas. Les plantes souffrent du choc de la transplantation. Elles se sont ratatinées et leurs feuilles tombent.

Les yeux bleus d'Amber s'écarquillèrent de surprise.

— J'ai demandé à Joe et il pense que je pourrais les sauver, ajouta Poppy. Je veille à bien les arroser et à les garder à l'abri du soleil – c'est pour ça que j'ai installé ce voile au-dessus du parterre. Mais si elles ne se rétablissent pas… si elles meurent…

Elle se força à croiser le regard de la femme.

— Je les remplacerai à mes frais. C'est promis.

Amber resta silencieuse pendant un moment, puis, à la grande surprise de Poppy, elle eut un petit rire.

— C'est... ce n'est pas une plaisanterie, fit Poppy, déconcertée.

— Oh, non... non, je suis sûre que vous êtes sérieuse. Vous avez l'air tellement bouleversée.

Amber secoua la tête et sourit.

Poppy cligna des yeux.

— Vous n'êtes pas en colère ?

Amber rit à nouveau.

— Poppy ! Vous réalisez que nous avons toutes les deux failli mourir ? Il y a vingt-quatre heures, nous étions en route vers un incinérateur !

— Oh... oui... dit Poppy avec un rire penaud. C'est juste que... je me sentais mal de vous mentir...

— Oui, eh bien, pour être honnête, j'aurais probablement été un peu contrariée... s'esclaffa Amber. Mais vous savez, le fait d'avoir failli être tuée met vraiment les choses en perspective.

Elle regarda Poppy avec curiosité.

— Suis-je si effrayante que ça ? Pourquoi avez-vous éprouvé le besoin de me mentir ?

— Je ne voulais pas mentir ! Je voulais tout vous dire quand vous m'avez questionnée la première fois... mais je ne sais pas pourquoi, ces mots sont sortis de ma bouche et il était trop tard...

Poppy poussa un soupir et ajouta avec un sourire honteux :

— Je crois que j'étais trop gênée d'admettre que j'avais fait une telle bêtise, après avoir prétendu que je savais ce que je faisais. J'aurais dû vous dire dès le départ que j'étais débutante. C'est juste que c'était mon premier contrat de jardinage et je voulais vraiment vous impressionner…

Elle adressa à la femme un sourire reconnaissant.

— Quoi qu'il en soit, merci… d'être si compréhensive.

Amber posa une main sur son ventre.

— Eh bien… je suis une débutante en matière de maternité et je suis sûre que je vais faire des erreurs, moi aussi. J'espère que les gens feront preuve d'un peu de compréhension à mon égard.

Puis elle adressa un sourire malicieux à Poppy et ajouta :

— D'ailleurs, comment pourrais-je être en colère contre vous ? Vous m'avez sauvé la vie.

— Oh… ce n'était pas… je veux dire, je n'ai rien fait, balbutia Poppy.

Amber ouvrit grand les yeux.

— Comment ça ? Si vous n'aviez pas découvert que la meurtrière était Christine et si vous ne vous étiez pas précipitée à ma recherche, je serais probablement un tas de cendres dans un incinérateur quelque part.

— Argh.

Poppy frissonna et se demanda encore une fois comment la femme pouvait être aussi détachée. Il y avait manifestement un cœur d'acier sous ce joli minois.

Amber posa une main sur son bras.

— Écoutez… John avait déjà choisi le prénom pour le bébé – il a dit que si c'était une fille, nous l'appellerions Henrietta –, mais je lui ai dit que si le bébé était une fille, je voulais l'appeler Poppy.

Elle sourit.

— Si ça ne vous dérange pas, bien sûr ?

— Oh ! Non, bien sûr que non, ça ne me dérange pas ! Je suis… je suis vraiment touchée, dit Poppy, complètement prise au dépourvu.

Elle s'attendait à être blâmée et renvoyée – et non à être honorée d'un homonyme !

— Mais… John est d'accord ? Je pensais que vous aviez dit qu'il aimait décider…

— Oh, John a beaucoup changé. Je pense que toute cette histoire avec Christine l'a mis au pied du mur. Il m'a dit ce matin que lorsque la police l'a appelé pour lui dire ce qui m'était arrivé, il était absolument terrifié. Il a foncé depuis Londres. Il a probablement roulé au-dessus des limites de vitesse pendant tout le trajet !

Amber esquissa un sourire.

— Je pense qu'il n'a pas réalisé à quel point sa famille – le bébé et moi – était importante pour lui, jusqu'à ce qu'il passe à deux doigts de nous perdre.

Peut-être qu'il arrêtera d'être un tel coureur de jupons ? se dit Poppy. Puis elle se mit à rire cyniquement en son for intérieur. C'était peu probable… Pourtant, alors qu'elle se levait pour partir, elle fut surprise de voir John sortir de son bureau pour lui dire au revoir.

— Je vais laisser John vous raccompagner, si ça ne vous dérange pas. J'ai besoin d'aller aux toilettes pour la dixième fois de la matinée, dit Amber avec un rire gêné. Pourquoi personne ne m'a dit que la grossesse faisait rétrécir la vessie à la taille d'un petit pois ?

Elle adressa un petit signe de la main à Poppy.

— On se voit demain.

— Vous voulez quand même que je fasse le reste du jardin ? demanda Poppy.

— Bien sûr ! Vous ne vous en sortirez pas aussi facilement, dit Amber avec un clin d'œil.

Puis elle disparut dans l'escalier, laissant Poppy et John seuls dans l'entrée. Le cardiologue avait l'air terriblement mal à l'aise et honteux, à tel point que Poppy eut pitié de lui et se retourna pour partir. Mais il tendit la main pour l'en empêcher.

— Attendez, Poppy…

Il y eut une pause gênante, puis il s'éclaircit la gorge et dit :

— Je voulais vous dire que… je suis… je suis désolé que vous vous soyez retrouvée impliquée dans tout ça et… euh… je voulais aussi vous remercier pour…

— Oh non, non, il n'y a pas de quoi me remercier, dit-elle rapidement.

— Bien sûr que si. Je vous suis extrêmement reconnaissant d'avoir sauvé la vie de ma femme. Si je peux faire quoi que ce soit pour vous rendre la pareille…

Ses mots étaient un peu pompeux, mais sa voix était sincère, et quand Poppy le regarda, elle ne vit aucune trace de son arrogance habituelle. Elle se souvint de ce que Nick avait dit à propos de son ami et dut admettre qu'il avait peut-être raison : John Smitheringale n'était pas un homme mauvais, simplement imparfait. En fait, elle se sentait légèrement honteuse de l'avoir soupçonné de meurtre.

Elle se souvint alors d'autre chose et dit :

— En fait, il y a bien quelque chose. Une question que j'aimerais vous poser. Il y a quelques jours, je vous ai vu à Oxford. Vous êtes entré dans un cabinet de MTC… Je me demandais ce que vous faisiez là ? Si je vous le demande – ajouta-t-elle précipitamment –, c'est parce que j'ai pensé que vous y étiez peut-être allé pour vous procurer de l'aconitine.

La bouche de John s'ouvrit en grand.

— Vous pensiez que j'étais le meurtrier ?

Poppy lui adressa un sourire penaud.

— Oui. Je vous ai entendu vous disputer avec Valerie la première fois que je suis venue, et elle a fait ce commentaire sur votre « addiction ». Il était évident qu'elle avait une sorte d'emprise sur vous. J'ai pensé qu'elle vous faisait peut-être chanter.

John avait rougi à la mention de son « addiction » et il dit précipitamment, comme s'il voulait changer de sujet :

— Ma visite n'avait rien de mystérieux. J'allais simplement consulter un praticien.

Poppy fronça les sourcils.

— Mais… Vous aviez l'air vraiment furtif, comme si vous ne vouliez pas qu'on vous voie…

John s'éclaircit à nouveau la gorge et dit d'un ton bourru :

— J'ai toujours exprimé haut et fort mon mépris pour les remèdes traditionnels chinois – j'ai même été interviewé à ce sujet dans diverses revues et émissions télévisées. Mais je… euh… souffrais d'un eczéma sur les mains qui ne voulait pas disparaître. C'était vraiment frustrant et j'avais déjà essayé tous les médicaments et traitements disponibles en médecine occidentale. J'ai entendu parler de l'efficacité de la MTC dans le traitement des affections cutanées. Alors je…

— Vous avez voulu essayer, mais vous ne vouliez pas que quelqu'un vous voie après ce que vous aviez dit.

Il haussa les épaules d'un air gêné.

— Voilà. Je suppose que vous pensez que je suis un idiot trop fier pour admettre que j'ai eu tort.

Poppy rit soudain. *Si seulement il savait…*

— Non, en fait, je peux comprendre. Vraiment.

Elle lui sourit – le premier vrai sourire qu'elle lui ait adressé – et se dit que John Smitheringale n'était peut-être pas si mauvais, après tout…

Chapitre 29

Quand Poppy regagna Hollyhock Cottage, elle fut surprise de trouver l'air rempli d'une délicieuse odeur de pâtisserie fraîche. En entrant dans le salon, elle trouva les coussins bombés, les rideaux tirés pour laisser entrer le soleil, et la table basse recouverte d'une nappe propre et d'un assortiment de porcelaine dépareillée. Dans la cuisine, des scones, des flapjacks et des shortbreads sortant tout juste du four étaient posés sur le plan de travail.

— Qu'est-ce qui se passe ? Pourquoi tu as préparé tout ça ? demanda-t-elle à Nell, qui s'affairait à finaliser un gâteau au citron.

Son amie leva les yeux et se mit à sourire.

— Nous organisons une petite fête !

— *Ah bon ?*

— Oui, je me suis dit que ce serait un bon moyen de rencontrer tes voisins, alors je suis passée à la première heure ce matin et j'ai laissé un mot dans leurs boîtes aux lettres pour les inviter à venir prendre le thé.

— Oh… c'est gentil, mais je ne sais pas s'ils viendront, dit Poppy avec douceur. Enfin… Bertie pourrait venir, s'il n'est pas plongé dans une expérience folle ou autre – mais je doute que Nick réponde présent.

Nell mit les mains sur les hanches.

— Et pourquoi pas ?

— C'est juste que… C'est un écrivain. Ils ne sont pas vraiment du genre sociable.

— Oh, les écrivains ne sont pas tous les mêmes…

— Je ne suis pas sûre que Nick soit toujours de très bonne compagnie, dit Poppy en faisant la grimace. Il est terriblement lunatique, et souffle en permanence le chaud et le froid.

Nell lui jeta un regard appuyé.

— Je n'avais pas réalisé que tu le connaissais si bien.

— Oh… eh bien, je… je ne le *connais* pas vraiment. On s'est croisés quelques fois, c'est tout, ajouta Poppy. Ma grand-mère était amie avec Nick et l'avait invité à se balader dans les jardins du cottage quand il voulait. Apparemment, ça l'aide à réfléchir, surtout quand il est bloqué dans ses romans. C'est pour ça que je l'ai vu quelques fois…

— Tu veux dire qu'il vient ici quand tu es seule ? La nuit ? dit Nell, l'air scandalisée.

— Pas dans la maison, juste dans le jardin ! Mais oui, il est déjà venu la nuit, quand j'étais seule ici…

Poppy éclata d'un rire exaspéré.

— Pour l'amour du ciel, Nell, on n'est plus au XVIIIe siècle ! Je n'ai pas besoin de chaperon.

Nell pinça les lèvres.

— Hmm... Eh bien, c'est une bonne chose que je puisse le voir de plus près aujourd'hui, dit-elle, comme quelqu'un qui se préparerait à identifier un criminel au poste.

— Il ne viendra probablement pas, murmura Poppy, se disant que c'était peut-être une bonne chose.

Nell repoussa une mèche de cheveux gris du revers de la main, laissant une trace de farine sur son front.

— Je dois dire, Poppy, que ce vieux four n'a peut-être pas l'air de grand-chose, mais il fait un formidable travail. Regarde comme tout est doré et cuit uniformément. Je n'ai préparé que quelques recettes rapides ce matin, mais j'ai hâte de tester mes gâteaux et brioches plus élaborés une fois que j'aurai emménagé.

— Hmm... dit Poppy, ne l'écoutant qu'à moitié alors qu'elle s'approchait du plan de travail et prenait l'un des scones.

La bonne odeur de beurre lui mettait l'eau à la bouche, et après les maigres repas qu'elle s'était préparés ces dernières semaines, l'idée de déguster de bonnes pâtisseries maison semblait paradisiaque.

— *Tut tut tut*... attends que nos visiteurs arrivent, dit Nell en faisant mine de lui donner une petite tape sur la main.

— Oh Nell... Je suis affamée et je te l'ai dit, je doute que quelqu'un vienne...

Poppy se figea en entendant la sonnette de la porte d'entrée.

Nell sourit d'un air satisfait en se penchant sur la table, prit un flapjack et le tendit à Poppy.

— Tu disais ?

Poppy sourit, prit le flapjack des mains de Nell et alla ouvrir. Tout en grignotant la barre sucrée et moelleuse, tout juste sortie du four et généreuse en flocons d'avoine, beurre, cassonade et golden syrup, elle se rappela une fois de plus pourquoi les flapjacks de Nell étaient légendaires. Elle était encore en train de mastiquer, la bouche pleine, lorsqu'elle ouvrit et trouva Nick Forrest sur le pas de la porte, l'air détendu et suave dans un jean foncé et une chemise en coton impeccable, avec les manches retroussées au niveau des coudes.

— Oh ! Vous êtes venu, dit-elle bêtement.

Il haussa un sourcil, les yeux pétillants :

— N'étais-je pas censé le faire ?

— Non… euh… je ne pensais pas… euh… entrez, balbutia Poppy.

— *Mais euh !* fit un gros matou roux, passant entre les jambes de son maître et entrant dans la maison comme si tous n'attendaient que son arrivée.

Nick sourit. Il semblait être d'inhabituellement bonne humeur.

— Oren m'a dit que l'invitation lui était plutôt adressée, en réalité, mais que je pouvais l'accompagner.

Poppy les conduisit dans le salon où ils découvrirent que le matou s'était déjà installé confortablement dans son fauteuil préféré. Il ne leur restait plus que le canapé et Poppy se percha nerveusement à côté de Nick lorsqu'il s'assit.

— Hum... voudriez-vous une tasse de thé ? demanda-t-elle d'un ton guindé.

Leurs rencontres avaient toujours été un peu impromptues – c'était la première fois qu'ils se rencontraient dans un cadre social « formel » –, et elle se sentait soudain gauche et tendue.

Avant qu'il ne puisse répondre, Nell entra en trombe dans la pièce, portant des assiettes de scones et de biscuits, ainsi qu'une vieille théière au bec ébréché.

— Alors comme ça... c'est vous, l'auteur de romans policiers ? dit-elle en fixant Nick d'un regard dur.

Nick eut l'air perplexe.

— Euh... oui, c'est moi.

Puis il retrouva son aplomb habituel, lui tendit la main et lui adressa son plus charmant sourire.

— Je m'appelle Nick. Et vous devez être l'amie de Poppy... Mrs Hopkins, je crois ?

— Hmm.

Nell se radoucit légèrement, mais son regard demeura suspicieux lorsqu'elle lui serra la main.

— Vous pouvez m'appeler Nell.

— J'ai cru comprendre que vous alliez vivre avec Poppy à Hollyhock Cottage ?

— En effet.

Elle lui jeta un regard acéré.

— Donc tout homme qui pensait pouvoir profiter de Poppy juste parce qu'elle vivait seule ici va devoir y réfléchir à deux fois…

— Hum, merci, Nell ! l'interrompit Poppy en attrapant la théière. Euh… et si tu allais chercher ce que tu as préparé pendant que je sers le thé à Nick ?

— J'ai quelques tartes au four et le glaçage à mettre sur le gâteau au citron, alors j'en ai pour quelques minutes, dit Nell. Mais je reviens vite.

Elle lança à Nick un nouveau regard létal, puis tourna les talons et disparut dans la cuisine.

Poppy lui servit le thé et jeta un coup d'œil à l'auteur à côté d'elle. Il fixait toujours la porte par laquelle Nell avait disparu.

— Euh… désolée, je suis sûre qu'elle ne voulait pas…

Nick cligna des yeux, sortant de son hébétude.

— Hmm ? Quoi ? Elle est *fantastique* ! Absolument parfaite !

Poppy le regarda avec perplexité.

— Je vous demande pardon ?

— Pour un roman ! Elle ferait un excellent personnage, affirma Nick avec enthousiasme. Cette attitude – et ce visage, avec ces yeux durs et méfiants et cette bouche pincée…

Ses propres yeux prirent une expression lointaine.

— Hmm… oui, je la verrais bien comme témoin clé du meurtre… peut-être comme cuisinière… ou comme vieille mégère…

Poppy jeta un coup d'œil rapide à la porte qui menait à l'arrière de la maison et espéra que Nell ne l'entendait pas. Découvrir que Nick l'imaginait jouer le rôle d'une vieille mégère dans un de ses romans serait la goutte d'eau qui ferait déborder le vase !

— Oh, maintenant que j'y pense… Je sais qu'on apporte habituellement des chocolats ou des fleurs quand on est invité quelque part, mais j'ai pensé que vous apprécieriez davantage ceci.

Nick sortit quelque chose de la poche de sa veste et le lui tendit.

C'était un paquet mince et dur, enveloppé dans du papier kraft et entouré de ficelle, comme on emballait les livres autrefois. Et il s'agissait bien d'un livre. Poppy ouvrit l'emballage et découvrit avec ravissement la couverture de l'ouvrage relié, ornée d'illustrations de plantes. Le titre indiquait : *Plantes vénéneuses des îles britanniques.*

— J'espère que ce n'est pas de mauvais goût, compte tenu des événements récents, dit Nick, la bouche tordue par un sourire. Mais j'ai pensé que vous aimeriez l'avoir dans votre bibliothèque.

— Oooh, merci ! s'écria Poppy en ouvrant le livre et en le feuilletant avec impatience. J'ai hâte de le lire d'un bout à l'autre… Oh, regardez, il y a l'aconit dedans !

Elle s'arrêta sur une page et commença à lire à haute voix :

— Souvent appelée « roi des poisons », Aconitum napellus est l'une des plantes les plus toxiques connues de l'homme – le simple frôlement de ses bourgeons peut être mortel. La légende veut qu'il soit né de l'écume de la gueule de Cerbère, le chien à trois têtes gardien des enfers, après que la bête redoutable a été attirée par le héros Hercule.

Elle leva les yeux vers Nick, rayonnante.

— J'ai tellement hâte de me mettre au lit pour le lire !

Il prit sa tasse de thé et haussa un sourcil moqueur.

— Et moi qui, pendant toutes ces années, pensais que c'étaient les chocolats et les roses qui faisaient de l'effet aux femmes…

Poppy lui jeta un coup d'œil rapide. Nick flirtait-il avec elle ?

— J'ai hâte de montrer ça à Bertie quand il arrivera, dit-elle en faisant mine d'ignorer son commentaire. Il m'a parlé de l'aconit l'autre jour et je suis sûre qu'il aura quelque chose à dire sur…

— Bertie ?

Nick se figea alors qu'il s'apprêtait à prendre un scone et tourna vers elle un visage renfrogné.

— Bertram Noble va venir ? Maintenant ?

— Oui, Nell a pensé que ce serait bien de rencontrer mes voisins, alors elle vous a invités tous les… Attendez ! Qu'est-ce que vous faites ? s'écria-t-elle alors que Nick posait sa tasse dans un bruit de porcelaine et se levait vivement.

— Je m'en vais. Je ne compte pas prendre le thé avec cet homme.

— Quoi ? demanda Poppy, incrédule. Mais... pourquoi ?

Nick lui adressa un signe de tête sec.

— Présentez mes excuses à Nell.

Il se retourna et se dirigea vers la porte.

Poppy se leva d'un bond.

— C'est de la folie... vous n'êtes pas sérieusement en train de partir ? Je ne comprends pas – pourquoi haïssez-vous tant Bertie ? s'écria-t-elle avec colère. Qu'est-ce qu'il vous a fait ?

Nick s'arrêta et se retourna. Ses yeux sombres étaient remplis d'une émotion insondable.

— C'est mon père.

Puis il se retourna et quitta la pièce à grands pas. Une minute plus tard, la porte d'entrée claqua, et Poppy le suivit du regard, bouche bée.

Chapitre 30

Il fallut plusieurs minutes à Poppy pour se rendre compte qu'elle était toujours debout au milieu de la pièce, fixant l'entrée déserte. Elle hésita un instant, puis se précipita dehors. Elle pensait pouvoir encore apercevoir Nick dans l'allée, mais il n'y avait plus aucun signe de lui. Il avait dû faire vite ! Elle se demanda si elle devait le poursuivre jusqu'à chez lui (en supposant qu'il y soit retourné). Alors qu'elle réfléchissait à ce qu'elle devait faire, elle entendit le bruit d'un moteur dans l'allée, et quelques instants plus tard, le claquement d'une portière.

Une femme mince et élégante, aux cheveux noirs et à la beauté tranquille, apparut au niveau du portail du jardin. Un sourire se dessina sur le visage de Poppy lorsqu'elle reconnut Suzanne Whittaker, et elle se précipita vers l'inspectrice.

— Suzanne ! Quel plaisir de vous voir ! Venez. Nous étions en train de prendre le thé. Vous arrivez pile au bon moment…

— Oh, j'ai bien peur de ne pas pouvoir rester longtemps. J'étais passée au village pour parler à Desmond Fothergill et je me suis dit que j'allais venir voir comment vous alliez.

— Oh… merci… c'est vraiment gentil de votre part, dit Poppy, touchée. Je vais bien, merci. Pas la moindre séquelle.

Elle regarda l'inspectrice avec curiosité.

— Alors, euh… vous êtes allée voir Fothergill ?

Suzanne lui lança un regard appuyé.

— Oui, nous avons trouvé chez Valerie des brouillons de lettres qui indiquent qu'elle faisait chanter plusieurs personnes… mais j'ai l'impression que vous étiez déjà au courant…

Poppy sentit ses joues s'échauffer et elle s'efforça de ne pas avoir l'air coupable.

— Et oui, vous aviez raison, poursuivit Suzanne. Fothergill était l'une de ses victimes. Aucun nom ne figurait sur les lettres, mais nous avons vérifié le compte bancaire de Valerie et trouvé des versements réguliers de plusieurs personnes – dont Fothergill – depuis plusieurs mois.

— Mais il n'était pas le meurtrier, au final, dit Poppy, se sentant soudain désolée pour l'homme d'affaires. Vous devez vraiment faire éclater ça au grand jour ?

— Il n'est pas impliqué dans le meurtre de Valerie et je suis tout à fait disposée à respecter sa vie privée. J'aime juste aller au fond des choses, personnellement, c'est pour ça que je suis allée le voir. Mais j'ai promis de ne pas divulguer son nom ni les détails du chantage à la presse.

— C'est donc bien lui qui était sur le pas de la porte de Valerie la nuit où elle a été empoisonnée ?

— Oui, apparemment il a pensé – naïvement peut-être – qu'en étant gentil avec elle, il pourrait l'amadouer et la convaincre d'arrêter l'extorsion.

Suzanne eut un petit rire cynique.

— Malheureusement, je ne pense pas que Valerie était très encline à la compassion. Elle se faisait un joli petit magot avec tous ces versements… J'ai été assez surprise de voir combien de personnes du village elle faisait chanter.

Poppy ne put s'empêcher de se rappeler le commentaire de Nick sur le fait que les endroits et les personnes les plus respectables en apparence étaient ceux qui cachaient le plus de secrets.

— Hum… Je suppose que Joe Fabbri ne faisait pas partie de ces personnes ? demanda-t-elle soudain.

Suzanne la regarda avec surprise.

— En fait, si. Je lui ai également parlé. Apparemment, Valerie l'a vu renverser un vase ancien de grande valeur dans l'une des maisons où il travaillait. Il s'est brisé et Fabbri, terrifié à l'idée qu'on lui demande de remplacer un objet aussi coûteux, a menti en disant aux propriétaires qu'un vent violent était entré par la fenêtre et l'avait renversé. Et il versait chaque mois une grande partie de ses revenus à Valerie, pour qu'elle garde le silence à ce sujet.

Elle plissa les yeux.

— Comment avez-vous deviné pour lui ?

— Oh... hum... Je me suis posé la question, parce que je trouvais étrange qu'il nettoie les outils de Valerie, étant donné qu'il ne l'aimait pas beaucoup, dit Poppy sans grande conviction. Ça pouvait être la même chose que Desmond Fothergill, qui avait essayé d'être gentil avec elle...

De toute évidence, Suzanne ne savait pas que Joe s'était introduit dans la maison de Valerie cette nuit-là, et Poppy savait qu'elle ne pouvait pas en parler sans admettre sa propre intrusion. Dans tous les cas, elle ne voulait pas que Joe ait encore plus d'ennuis. Elle ne saurait peut-être jamais ce qu'il était venu faire cette nuit-là. Il allait probablement chercher des lettres de chantage que Valerie aurait conservées, au cas où son nom serait mentionné dedans, ce qui aurait pu le rendre suspect dans cette affaire.

Le souvenir des lettres lui fit penser à autre chose et elle demanda :

— Suzanne, que vont devenir les affaires de Valerie, maintenant ?

— J'imagine que l'exécuteur testamentaire s'en chargera. C'était une vieille fille, sans famille proche. Il me semble que la plus grande partie de son argent ira à diverses associations caritatives de jardinage. Je crois que votre cousin, Hubert Leach, a déjà contacté l'exécuteur testamentaire pour s'occuper de la vente de ses biens.

Ah, ce bon vieux Hubert, pensa Poppy en roulant intérieurement des yeux. Elle ajouta :

— Hum… il me semble que Valerie avait des sachets de graines et je me disais – si son exécuteur testamentaire n'y voit pas d'inconvénient – que j'aimerais bien en récupérer pour les planter dans le jardin. Ce serait une belle façon de se souvenir d'elle, une sorte d'héritage. C'était une femme vraiment agaçante, mais elle m'a donné de bons conseils de jardinage, même si je ne m'en suis pas rendu compte à l'époque.

— Il se trouve que ces paquets de graines sont au poste, parce que c'est là qu'on a retrouvé les lettres de chantage… ce que vous saviez déjà, je suppose, dit Suzanne en jetant à Poppy un nouveau regard ironique. L'exécuteur testamentaire n'est pas intéressé par les graines ; vous pourrez toutes les récupérer.

Elle se pencha en arrière et secoua la tête, un sourire résigné sur les lèvres.

— Vous savez, Poppy, un de ces jours, j'aimerais bien savoir comment vous et Nick en saviez autant sur le chantage exercé par Valerie.

Poppy rougit.

— Oh… en parlant de Nick, je peux vous poser une question à son sujet ?

Suzanne acquiesça, l'air curieuse.

— C'est à propos de lui et de Bertie – le Dr Bertram Noble.

Poppy regarda Suzanne avec hésitation.

— Saviez-vous que Bertie était le *père* de Nick ?

Suzanne soupira.

— Oui. Je suis au courant.

— Pourquoi Nick est-il si hostile envers Bertie ? Pourquoi déteste-t-il autant son propre père ?

Suzanne hésita.

— Vous feriez mieux de le demander directement à Nick. C'est une affaire personnelle et je ne suis pas sûre que ce soit à moi de vous l'expliquer.

Elle adressa un sourire triste à Poppy.

— Mais ne soyez pas étonnée si Nick refuse d'en parler. Bien, je ferais mieux d'y aller.

Elles se dirigèrent ensemble vers le portail du jardin.

— Merci d'être venue me voir. Peut-être…

Poppy regarda timidement la femme.

— Peut-être qu'on pourrait aller prendre un café ensemble un jour ?

— Avec plaisir, dit Suzanne en lui rendant son sourire. Vous avez mon numéro. Il se peut que je sois prise par une affaire et que je travaille 24 heures sur 24, mais appelez-moi ou envoyez-moi un message, et nous essaierons de trouver un moment. Je connais un excellent petit salon de thé à la périphérie d'Oxford qui fait des scones fantastiques.

***

Poppy resta un moment derrière le portail et observa Suzanne s'éloigner avant de regagner le cottage. Elle venait de franchir la porte d'entrée lorsqu'elle entendit un hurlement provenant de l'arrière de la maison. Elle se mit à courir et fit irruption dans la cuisine. Elle trouva Nell en train d'agiter un balai et de crier après un vieil homme avec une tignasse de cheveux gris, qui essayait d'entrer par la porte depuis la serre. Il avait un rat dans une main, un parapluie dans l'autre, des lunettes de natation sur la tête et un petit terrier sur les talons.

— ...vous pensiez pouvoir vous faufiler ici en douce sans que je vous voie ? Sortez ! Sortez de là, maudit vagabond ! hurlait Nell. Je vous ai vu par la fenêtre. Oui, je vous ai vu passer par ce trou dans le mur ! Vous pensiez pouvoir vous glisser dans la propriété par l'arrière, n'est-ce pas ? Attendez que j'appelle la police...

— Mais je ne comprends pas... où est Poppy ? demanda Bertie, l'air ahuri. Elle nous a invités, Einstein et moi, à prendre le thé...

— *Waf... Waf waf... WOUF !* aboyait Einstein en tournant en rond autour d'eux.

— Nell, arrête ! s'écria Poppy en faisant irruption dans la mêlée.

Elle saisit le balai, essayant de l'arracher des mains de Nell, et cria pour se faire entendre :

— Ce n'est pas un vagabond, c'est Bertie !

Nell se figea, confuse.

— Qu... quoi ?

Poppy se racla la gorge et dit en faisant un geste vers le vieil homme devant eux :

— Nell… je te présente notre voisin, le Dr Bertram Noble. Il y a un trou dans le mur qui sépare nos deux propriétés – c'est par là que tu l'as vu arriver. On s'en sert comme d'un raccourci.

Elle se tourna vers le vieil inventeur.

— Bertie, voici mon amie Nell Hopkins, qui va venir vivre avec moi.

Bertie jeta un coup d'œil à Nell.

— Vous criez très fort, dites-moi. On dirait presque une harpie.

Nell se hérissa.

— De quoi m'avez-vous traitée ?

Puis son regard se porta sur ses mains et elle recula précipitamment, poussant un cri strident.

— Est-ce… est-ce que c'est un… *rat vivant* ?

Bertie afficha un grand sourire et brandit le rat albinos.

— Oh oui, voici Celsius, un de mes rats de laboratoire. Son ami Fahrenheit lui manque, voyez-vous. Malheureusement, nous avons perdu Fahrenheit dans la maison de Mr Fothergill – et je ne voulais pas que Celsius se sente seul, alors je l'emmène partout avec moi.

— Je ne veux pas de rat dans cette maison, s'écria Nell en regardant la créature à fourrure avec dégoût.

— Oh, ne vous inquiétez pas, il est très bien dressé et ne mord jamais. En tout cas, pas très fort, lui assura Bertie. Je l'ai même entraîné à aller récupérer…

— *Mais euhhh !*

Poppy se retourna et vit qu'Oren l'avait suivie dans la cuisine. Il se tenait à côté d'elle, ses yeux jaunes dilatés au point d'être noirs et sa queue battant violemment l'air tandis qu'il fixait le rat.

Poppy se retourna précipitamment vers Bertie.

— Euh… Bertie, je pense que vous feriez mieux de…

Trop tard. Dans un miaulement de délice, Oren fonça à travers la pièce. Le rat poussa un cri d'alarme et se débattit, s'extirpant des mains de Bertie. Il tomba par terre et courut tout droit vers la cachette la plus proche, qui se trouva être la jupe de Nell.

Nell poussa un cri et sauta d'un pied sur l'autre, balançant son balai d'un côté à l'autre. Oren poussa un nouveau miaulement surexcité et poursuivit le rat, ses moustaches se hérissant. Et Einstein s'élança vers le chat, aboyant à tue-tête.

Poppy ressentit une envie irrésistible d'éclater de rire. Toute la scène était tellement surréaliste, avec cette chenille rat-chat-chien qui tournait autour de la pièce… et Nell qui agitait son balai… et Bertie qui essayait en vain d'attraper le rat. C'était un véritable pandémonium.

Enfin, Bertie réussit à coincer le rat, tandis qu'Oren et Einstein se hurlaient des insultes dessus.

— Oh non, ne touchez pas aux ustensiles de cuisine ! Je viens de tout nettoyer, et je ne veux pas de germes de rats dessus ! s'écria Nell, regardant avec horreur Bertie tenter de piéger le rat à l'aide d'une passoire.

Elle fit un signe pressant à Poppy.

— Va vite voir dans la serre si tu peux trouver quelque chose pour le piéger.

Poppy se précipita dans l'extension à l'arrière du cottage. Après quelques instants de recherche, elle trouva un vieux panier en fil de fer qui pourrait servir de cage temporaire. Elle s'en empara et s'apprêtait à regagner la cuisine lorsque quelque chose sur la table attira son attention.

Des pousses. De minuscules pousses vertes apparaissant timidement dans la terre des bacs à semis qui recouvraient la table.

— Oh !

Poppy s'arrêta et les regarda fixement.

C'était le deuxième lot de graines qu'elle avait planté. Après les avoir semées et arrosées, elle les avait complètement oubliées dans le chaos des derniers jours. Elle s'approcha de la table et regarda les semis avec émerveillement. Les pousses étaient absolument magnifiques : d'un vert tendre et translucide, avec de minuscules feuilles se déployant à peine sur leurs tiges délicates. Elles avaient l'air fortes et en bonne santé, et pleines de promesses.

En les regardant, Poppy sentit un sourire se dessiner sur son visage. De nombreux obstacles se dressaient encore devant elle : elle n'avait aucune idée de la manière dont elle allait relancer la pépinière, de ce qu'elle arriverait à faire pousser si tard dans la saison, alors que l'hiver arrivait… ni de comment elle allait subvenir à ses besoins pendant ce temps.

Mais au lieu de se laisser gagner par la panique et le désespoir, elle ressentait une lueur d'espoir. Elle n'avait pas encore toutes les réponses, mais en regardant les petits plants robustes, elle se sentit soudain confiante. Les réponses arriveraient, le moment venu.

FIN

À propos de l'auteure

Auteure à succès reconnue, H.Y. Hanna écrit des *cosy mysteries* amusants, remplis de rebondissements habiles, d'humour, de personnages excentriques – et de chats avec de fortes personnalités ! Après avoir été diplômée d'Oxford, Hsin-Yi s'est essayée à divers métiers, avant de revenir à ses premières amours : l'écriture. Elle vit à présent en Australie avec son mari et un petit chaton du nom de Muesli.

Pour en savoir plus sur ses livres et elle, rendez-vous sur www.hyhanna.com ou abonnez-vous à la newsletter française pour être informé de ses nouvelles parutions, obtenir des cadeaux exclusifs et tout savoir sur ses livres ! http://www.hyhanna.com/french-newsletter

H.Y. HANNA
Les thés meurtriers d'Oxford
CHOU À LA CRIM'
City

H.Y. HANNA
Les thés meurtriers d'Oxford
BEAU THÉ FATAL
City

H.Y. HANNA
Les thés meurtriers d'Oxford
FLAGRANT DÉLICE
City

H.Y. HANNA
Les thés meurtriers d'Oxford
POINT DE GLAS SAGE
City

H.Y. HANNA
Les thés meurtriers d'Oxford
TÔT OU TARTE
City

H.Y. HANNA
Les Thés meurtriers d'Oxford
LES ENTREMETS TUEURS
City

Série "Les Thés meurtriers d'Oxford"

Chou à la Crim'

Pour réaliser son rêve d'ouvrir un salon de thé dans un petit village des Cotswolds, Gemma décide de quitter un job bien payé mais trop monotone.

Beau Thé Fatal

Qu'est-ce qui a bien pu passer par la tête de Gemma d'aller au vernissage d'une exposition d'art contemporain d'Oxford ? Elle déteste toutes ces toiles prétentieuses et elle s'ennuie ferme...

Flagrant délice

Un meurtre au cœur de la prestigieuse université d'Oxford ? Heureusement, l'affaire promet d'être résolue rapidement : un homme a été découvert en train de brandir un couteau ensanglanté au-dessus du corps.

Point de glas sage

Passer une journée dans une ennuyeuse kermesse de village ? Très peu pour Gemma Rose, la jeune et dynamique propriétaire d'un petit salon de thé.

Tôt ou tarte

Gemma Rose, propriétaire d'un salon de thé dans les Cotswolds, est impatiente d'assister aux célébrations du 1er mai à Oxford... jusqu'à ce que cette belle matinée se termine par un meurtre.

Entremets tueurs

Servir des petits fours lors des funérailles ? Ce n'est pas vraiment ainsi que Gemma, la propriétaire du petit salon de thé local, imaginait son métier.

H.Y. HANNA
Les thés meurtriers d'Oxford
PÉCHÉS PÂTISSIERS
City

H.Y. HANNA
Les thés meurtriers d'Oxford
ADVIENNE QUE MOURRA
City

H.Y. HANNA
Les thés meurtriers d'Oxford
BÛCHE ET EMBÛCHES
City

H.Y. HANNA
Les thés meurtriers d'Oxford
CRIMES GLACÉS
City

H.Y. HANNA
Les Thés meurtriers d'Oxford
UN SOUPÇON DE JASMIN
City

H.Y. HANNA
Les thés meurtriers d'Oxford
LE PLAID COUPABLE
SCOTCH WHISKY
City

H.Y. HANNA
Petits Crimes et Jardin Secret
Floraison funèbre
City

Série "Les Thés meurtriers d'Oxford"

Péchés pâtissiers

Gemma se fait belle pour se rendre au bal féérique du Boscobel College. C'était compter sans le chef pâtissier, star de l'événement, assassiné avec son propre fouet.

Advienne que mourra

Des vacances sous le soleil de Malte ? Gemma en rêve. Mais lorsque son petit ami annule le voyage à la dernière minute, elle se retrouve seule dans un avion.

Bûche et embûches

Bientôt les fêtes de fin d'année. Gemma la propriétaire du salon de thé à la mode, est engagée comme traiteur pour un goûter d'enfants organisé dans un manoir.

Crimes glacés

Une nouvelle émission de télé-réalité débarque en ville avec pour objectif de découvrir la nouvelle star de la télé. Gemma, la propriétaire du salon de thé à la mode, est engagée comme traiteur pour l'événement.

Un soupçon de jasmin

Le salon de thé de Gemma est désespérément vide ces dernières semaines. *Damned !* Elle subit la concurrence d'un nouveau « bar à thé » à la mode qui vient d'ouvrir de l'autre côté du village et qui lui a volé ses clients.

Le plaid coupable

Lorsque son salon de thé doit fermer quelques jours pour y faire des travaux, Gemma en profite pour passer un séjour dans un château, en Écosse.

Série "Petits crimes et Jardin Secret"

Floraison funèbre

Jeune Londonienne, Poppy a des rêves plein la tête. Elle aimerait ne pas finir chaque mois à découvert et adorerait quitter son insupportable patronne.

Retrouvez-nous sur les réseaux sociaux :

City Éditions

www.city-editions.com
@cityeditions
www.facebook.com/cityeditions/
@CityEditions
@cityeditions

Achevé d'imprimer en mai 2025
sur les presses de la Nouvelle Imprimerie Laballery
58500 Clamecy
Numéro d'impression : 504526

Imprimé en France

La Nouvelle Imprimerie Laballery est titulaire de la marque Imprim'Vert®